polar
VERLAG

William Boyle

Einsame Zeugin

Kriminalroman

Aus dem Amerikanischen von Andrea Stumpf
Herausgegeben von Wolfgang Franßen

Polar Verlag

Originaltitel: The Lonely Witness
First published by PEGASUS BOOKS

Deutsche Erstausgabe, 1. Auflage 2019
Aus dem Amerikanischen von Andrea Stumpf

www.polar-verlag .de

Redaktion: Sven Koch, Gariele Wehrbeck
Umschlaggestaltung: Robert Neth, Britta Kuhlmann
Coverfoto @ tony/adobestock
Autorenfoto: © Katie Farrell Boyle
Satz/Layout: Martina Stolzmann
Gesetzt aus Adobe Garamond PostScript, InDesign
Druck und Bindung: CPI books GmbH, Leck, Deutschland

ISBN: 978-3-945133-81-1

Für Katie Farrell Boyle. Das Leben an deiner Seite ist wunderbar.

Ich kenne die Akkorde nicht. Sie ändern sich dauernd.
Nick Cave in *One More Time with Feeling*

Bei uns hier geht es nicht darum, die Wahrheit zu finden, sondern zu entscheiden, mit welcher Lüge es sich besser leben lässt.
Flannery O'Connor, *The Habit of Being: Letters*

Kapitel 1

Als Mrs. Epifanio die Tür öffnet, weiß Amy sofort, dass irgendetwas nicht stimmt. Vor dem ersten Besuch ein paar Monate zuvor hatte Monsignore Ricciardi Amy gewarnt, dass Mrs. Epifanio gelegentlich unter Demenzschüben leidet und an manchen Tagen wahrscheinlich sehr verwirrt wirkt und nicht weiß, wo sie ist, welches Jahr geschrieben wird und wo oben und unten ist. Aber solche Ausfälle hat Amy nur ein, zwei Mal bemerkt. Vormittags ist Mrs. Epifanio fast immer aufgeweckt und fröhlich. Zwar sind ihre Schultern gebeugt, doch mit den rosa gefärbten, trotz der Haarklemmen zerzausten Haaren und der verwegen vom Hals baumelnden und am Steg mit Klebeband geflickten Brille steht sie für eine Neunzigjährige flott da.

Anders als sonst trägt sie heute eine Kittelschürze. Normalerweise macht sie sich mit einer geblümten Bluse und langen Hosen für die Kommunion schick. Ihr Blick ist zittrig, so als wäre sie den Tränen nahe, wobei man das bei alten Frauen nie so genau weiß. Sie wirft einen Blick über Amys Schulter und sieht die Straße rauf und runter.

»Geht's gut, Mrs. E?«, fragt Amy.

»Nein, gar nicht«, sagt Mrs. Epifanio.

»Was ist los?«

»Du kennst doch Diane, die Frau von der Kirche, die mich viermal in der Woche besucht?«

»Ja, vom Sehen.«

»An ihrer Stelle ist gestern und vorgestern ihr Sohn gekommen.

Vincent heißt er. Ein widerlicher Mensch. Ich sitz am Küchentisch, spiel Solitär und ess, was mir Meals on Wheels gebracht hat, und er geht einfach in mein Schlafzimmer und kramt rum. Ich ruf ihm hinterher, dass ich die Polizei hole. Worauf er sagt: ›Regen Sie sich ab, ich räum nur ein bisschen auf, Mrs. E‹, so als wären wir beste Freunde.«

»Echt?«, fragt Amy.

»Wenn ich's doch sage.«

»Vielleicht haben Sie es nur geträumt.«

»Nie im Leben.«

»Was sagt Diane dazu?«

»Sie hat Grippe, hat er gesagt. Ich erreich sie nicht.«

»Um wie viel Uhr besucht sie Sie normalerweise?«

»Zehn.«

»Haben Sie Angst, dass er wiederkommt?«

»Ja.«

»Wie wär's, wenn ich hierbleibe und mit ihm rede?«

»Ach, das wär nett. Danke, meine Liebe.« Mrs. Epifanio wirkt erleichtert.

Amy deutet auf ihre Tasche. »Ich hab Ihnen die Kommunion mitgebracht.«

»Komm rein, komm nur rein«, sagt Mrs. Epifanio. Sie zeigt den engen Flur hinunter, an dessen Ende sich die Tür zu einer kleinen Küche befindet.

Amy tritt ein.

»Ich hab gerade meinen Enkel Rob angerufen und ihm alles von dir erzählt«, sagt Mrs. Epifanio.

»Ist das Elaines Sohn?«

»Ja, genau der. Sie leben drüben in Metuchen. Angeblich will er mich Sonntag besuchen, mal sehen. ›Amy Falconetti‹, sag ich zu ihm. ›Ist eigentlich aus Flushing. Sie bringt mir die

Kommunion. So ein nettes Mädchen. Hübsch. Dunkle Haare. Lauter Tattoos, genau wie du‹, sag ich zu ihm.«

»Da werd ich ja rot.«

Kurz fragt sich Amy, woher Mrs. Epifanio das mit den Tattoos weiß. Sie sind auf ihrem Rücken und ihren Oberschenkeln, Erinnerungen an ihr früheres Leben. Vermutlich hat es sich herumgesprochen. Jemand hat sie zufällig im Sommer in Tanktop und Shorts gesehen und es rumerzählt. Sie schämt sich nicht für ihre Tattoos und bereut auch nicht, dass sie sie sich stechen ließ. Es kommt ihr inzwischen nur so vor, als würden sie zu jemand anderem gehören. Ihre dunklen Haare sind ihr auch fremd. Schon seit ein paar Jahren färbt sie ihre blonden Haare kohlrabenschwarz, aber so ganz hat sie sich noch nicht daran gewöhnt. Manchmal erkennt sie sich selbst nicht im Spiegel. Aber irgendwie fand sie die Veränderung nötig.

»Das ist die reine Wahrheit. Du hättest Immacula sehen sollen, die mir vorher die Kommunion gebracht hat.« Mrs. Epifanio streckt die Arme wie ein Zombie von sich. »Eine lebende Tote. Ein bisschen Spaß hat noch niemand umgebracht, oder? Gut, es gibt Aufregenderes, als einer alten Frau, die nicht mehr aus dem Haus kann, die Kommunion zu bringen, aber deshalb muss man doch nicht immer so ein miesepetriges Gesicht ziehen. Tust du ja auch nicht.«

»Nett, dass Sie das sagen, Mrs. E«, sagt Amy. »Ich bemüh mich. Und ich freu mich immer, wenn ich Sie besuche.«

»Ich bin besser als die anderen, was?«

»Wen meinen Sie?«

»Na, die anderen alten Schachteln, die du besuchst.«

Amy lacht. »Sie sind spitze.«

Mittlerweile haben sie die Küche erreicht. Mrs. Epifanio setzt sich auf ihren gepolsterten Stuhl, Amy ihr gegenüber. Der

Tisch ist bedeckt mit Rubbellosen, Kirchenblättchen aus den letzten Monaten, Sudoku-Heften, Rezepten, Werbebroschüren und Tablettenschachteln. Bei jedem Besuch sieht Amy das Foto an der Wand an: Mr. Epifanio als junger Mann, wie er mit einem Klemmbrett in der Hand in einem Subway-Tunnel steht. Amy weiß nicht genau, was er gearbeitet hat – es ist nicht leicht, Mrs. Epifanio eine konkrete Antwort auf eine Frage zu entlocken –, aber sie vermutet, dass er bei der Metropolitan Transport Authority war. Er ist 1986 gestorben, gleich nachdem die Mets die World Series gewonnen hatten, was Amy nie vergessen wird, weil sie damals in der Ersten war und ganz Queens ausflippte. Das ist mehr als dreißig Jahre her. Wahnsinn, wie die Zeit vergeht.

Amy hört Mrs. Epifanio gerne zu, wenn sie von ihrem Mann erzählt. Die meisten Geschichten handeln davon, dass er irgendeinen Unsinn in einer Kneipe angestellt oder die ganze Nacht mit einem Schrotgewehr eine kleine Maus gejagt hat.

»Kommen Sie mit den Tabletten zurecht, Mrs. E?«, fragt Amy.

»Meine Tabletten«, sagt Mrs. Epifanio und winkt ab. »Wer weiß das schon? Der Kopf will nicht mehr wie der Rest und umgekehrt.«

»Kommt die Pflegerin noch?«

Mrs. Epifanio lässt das Kinn auf die Brust sinken. »Ja. Aber verstehen tu ich sie mit ihrem russischen Akzent nicht.«

Amy ergreift die Gelegenheit, Mrs. Epifanio die Kommunion zu reichen. Eigentlich soll sie sich nicht unterhalten, bis das Gemeindemitglied die Kommunion empfangen hat, aber das ist fast nicht durchzuhalten, besonders bei Mrs. Epifanio, die sich über ein bisschen Gesellschaft freut. Wie bei allen einsamen Witwen vollzieht Amy die abgekürzte Zeremonie. Sie holt die Bibel, das Kreuz, die Kerze und das weiße Tuch aus ihrer Tasche. Dann beten sie.

Wie sie sich für den Kirchendienst anzieht – blaue Hose, weiße Bluse –, hat so gar nichts mit ihrem früheren Stil zu tun. Jahrelang hat sie ein ziemlich striktes Modediktat befolgt: Rockabilly-Frisur, manchmal mit Tuch in den Haaren, dazu Bleistiftrock oder Tellerrock, Caprihose oder Marlenehose, eine kurzärmlige Bluse, ein rückenfreies Top oder ein Vintage-Pulli oder auch ein Sarong-Kleid. Ausschließlich in Rot, Weiß, Schwarz und Marineblau, mit Punkten, Streifen, Leopardenmuster oder Karos. An Motiven waren Kirschen, Totenschädel, Anker, Hufeisen, Würfel, Schleifen und Pin-up-Girls erlaubt. Als Schuhe Ballerinas oder Pumps. Sie sah immer so aus, als wäre sie auf dem Weg zu einem Social-Distortion-Konzert oder wäre Komparsin in einem Film von John Waters.

Inzwischen blitzen Bilder aus ihrem früheren Leben – eigentlich waren es ja mehrere – nur noch manchmal auf, verschwommene Erinnerungen an Bars, Musik, Tattoos, Saufereien, Frauen. Mit Merrill, ihrer abgestürzten Punker-Freundin, die die Krätze und einen fiesen Köter an einer zerfransten Leine hatte, wurde alles noch düsterer. Dann lernte Amy in der Seven Bar, in der sie jahrelang gearbeitet hat, Alessandra kennen und zog mit ihr nach Brooklyn, genauer gesagt nach Gravesend. Das war vor fünf Jahren. Eigentlich hat Alessandra das Viertel, aus dem sie stammte, von jeher gehasst und wollte immer weg. Gleichzeitig hatte sie ein schlechtes Gewissen, weil sie nach der Highschool nach Los Angeles abgehauen war, um Schauspielerin zu werden, und selbst dann nicht heimgekommen war, als ihre Mutter Krebs bekam und starb. Erst danach beschloss sie, zurückzukommen und sich eine Zeitlang um ihren Vater zu kümmern. Wie fast immer bei Alessandra hatte der Entschluss eher mit einem Wunschbild von sich zu tun als mit der Person, die sie wirklich war.

Eine Weile waren sie glücklich. Amy fuhr mit der Subway in die City und stellte sich hinter den Tresen der Seven Bar, während Alessandra ihrem Vater half und sich hin und wieder beim Film etwas dazuverdiente. Als ihr Vater plötzlich an einer Lungenembolie starb, ließ sie Amy von einem Tag auf den anderen sitzen und ging nach Los Angeles zurück. Amy fiel in eine Depression. Sie überlegte, ob sie Alessandra nachreisen sollte, ließ es aber bleiben. Sie verkaufte ihre Plattensammlung, kündigte in der Seven Bar und aß von da an einsam und verlassen bei ihrem Lieblingschinesen, dem Liu's Shanghai in der Bath Avenue. Sie blieb zurück. Das konnte sie, zurückbleiben.

Eines Tages hatte sie das Gefühl, dass ein Mann sie verfolgte, seit sie an der Station Bay Parkway aus der Subway gestiegen war, und flüchtete in die Kirche St. Mary. Sofort fühlte sie sich an die Kirche ihrer Kindheit in Queens erinnert. Die Organistin übte gerade. Sie war wunderschön. Sie hieß Katrya und kam aus der Ukraine. Amy fühlte sich in Sicherheit. Von da an ging sie jede Woche in die Kirche, was sie nicht mehr gemacht hatte, seit sie dreizehn war, kurz vor dem Tod ihrer Mutter.

Papst Franziskus war ihr sympathisch. Er schien alles Gute an der katholischen Kirche zu verkörpern. Sie beschloss, etwas Nützliches zu tun und zu helfen. Das andere, das Nichthelfen, hatte sie lange genug gemacht. Sie wurde Kirchendienerin und fing an, alte Leute zu besuchen und ihnen die Kommunion zu bringen, meistens alten Frauen wie Mrs. Epifanio. Jetzt lässt sie sich Geschichten erzählen und heitert sie auf. Es freut sie, dass man sie für so jung hält, wo sie doch schon Mitte dreißig ist und sich langsam alt fühlt.

Nach dem Empfang der Kommunion schließt Mrs. Epifanio die Augen zum stillen Gebet. Sie bekreuzigt sich, dann entfernt sie mit einem Zahnstocher ein Stückchen Oblate aus ihrem Gebiss.

Als sie fertig sind, sagt Mrs. Epifanio: »Möchtest du was trinken? Kaffee? Ich hab auch leckere Sesamkekse. Und gute Brötchen. Außerdem hab ich mindestens hundert von diesen kleinen Orangensaftpackungen von Meals on Wheels. Magst du Orangensaft? Nimm dir welche. Nimm alle. Ich mag keinen Orangensaft.«

»Nein danke, ich hab keinen Durst«, sagt Amy und sieht auf die Uhr. Zehn vor zehn. Diane – oder ihr Sohn – wird bald auftauchen. Amy fragt sich, ob Mrs. Epifanio sich das alles ausdenkt. Wenn Amy ehrlich ist, rechnet sie damit, dass Diane kommt, und wenn sie sie nach Vincent fragt, wird es überhaupt keinen Vincent geben.

»Ich bild mir das nicht ein«, sagt Mrs. Epifanio, als könnte sie Gedanken lesen.

»Nein, natürlich nicht«, sagt Amy.

»Schade, dass Vincent so widerlich ist. Er hat ungefähr dein Alter.«

Viele alte Frauen wollen sie unbedingt mit ihren Enkeln, Neffen, Nachbarn oder sonst wem verkuppeln. Amy wimmelt sie ab. Bei den meisten hätte es keinen Sinn, ihnen die Wahrheit zu sagen. Einer Neunzigjährigen, die ihr ganzes Leben nichts anderes kannte als Vater, Mutter, Kind, kann man so was nicht erklären.

»Hört sich nicht danach an, als wär er mein Typ«, sagt sie zu Mrs. Epifanio.

»Er hat gemeine Augen.«

»Ich weiß nicht, Mrs. E. Vielleicht hatten Sie ja doch nur einen schlechten Traum.«

»Du wirst schon sehen.«

Ein paar Minuten später geht die Tür auf. Das muss er sein. Sie sieht Vincent hereinkommen. Er hat einen Schlüssel. Er ist mindestens fünf Jahre jünger als sie, wahrscheinlich keine dreißig. Er ist dünn und hat gemeine dunkle Augen und dunkle Haare. Mit seinem schwarzen Trenchcoat sieht er aus wie einer dieser Columbine-Amokläufer aus den Neunzigern. Er hat ein unangenehmes Grinsen.

»Und wer bist du?«, fragt er, als er in die Küche kommt und sich ihr gegenüber an den Tisch setzt.

»Siehst du?«, sagt Mrs. Epifanio. »Ich hab's doch gesagt.«

»Woher hast du den Schlüssel?«, fragt Amy Vincent.

»Von meiner Mom. Sie hat die Grippe und hat gesagt, ich soll Mrs. Epifanio besuchen, weil sie ausfällt.« Vincent deutet auf Mrs. Epifanio, als wäre sie blind oder ein Kleinkind, und hebt die Stimme an, als er sich an sie wendet. »Wie geht's Ihnen heute, Mrs. E? Erinnern Sie sich noch an mich? Ich war die letzten zwei Tage hier. Ich bin Vincent.«

»Ach ne. Veräppeln kann ich mich selber«, sagt Mrs. Epifanio.

»Sie mag mich nicht besonders«, sagt er zu Amy.

»Mrs. Epifanio hat mir erzählt, dass sie deine Mutter angerufen hat und niemand drangegangen ist«, sagt Amy.

»Meine Mutter schafft's nicht mal ausm Bett raus. Also, wer bist du?«

»Ich bin von der Kirche. Ich bringe Mrs. E die Kommunion.«

»Na, dann passt ja alles. Hast du eine von diesen kleinen Oblaten übrig? Ich kenn niemand außer mir, dem die Dinger als Kind geschmeckt haben. So wie wenn man die Achselhöhle von einer Nonne leckt. Hey, du bist nicht zufällig Nonne, oder?«

»Nein, ich bin nicht zufällig Nonne.«

»Wenn ich wissen will, ob du lügst, muss ich nur deine Achselhöhle lecken.« Wieder das Lächeln. Gelbe Zähne. Mundgeruch, den sie sogar aus der Entfernung riechen kann.

»In meinem Haus wird nicht so geredet«, sagt Mrs. Epifanio.

»Mrs. E braucht dich heute nicht«, sagt Amy. »Bis es deiner Mutter besser geht, werde ich sie besuchen.«

Vincent reibt die Hände aneinander, ohne etwas zu erwidern.

»Warst du in ihrem Schlafzimmer?«, fragt Amy.

Er seufzt, so als würde ihn die Fragerei ermüden. »Meine Mutter hat gesagt, ich soll da drin abstauben.«

»Mrs. E will das nicht.«

Vincent steht auf. »Hör mal, Lady. Ich hab echt Besseres zu tun. Ich tu meiner Mutter nur einen Gefallen, mehr nicht. Wenn's dir nicht passt, dass ich hier bin, geh ich eben.«

»Lass den Schlüssel hier.«

»Ne. Der gehört meiner Mutter.«

»Es ist der Schlüssel von der Wohnung von Mrs. E.«

»Ich werd den Schlüssel ganz sicher nicht dalassen.« Vincent macht einen Schritt den Flur hinunter, dann dreht er sich noch mal um. »Ich weiß nicht, was der Scheiß soll. Da will man mal nett sein und wird behandelt wie ein Verbrecher. Meine Mutter wird ziemlich sauer sein, wenn ich ihr das erzähle.« Er geht hinaus, ohne die Haustür ins Schloss zu ziehen.

Amy steht auf und drückt die Tür zu. »Himmel«, sagt sie, als sie zurück zum Tisch geht und sich wieder setzt. Seit einiger Zeit versucht sie sich das Fluchen abzugewöhnen.

»Und, hab ich's nicht gesagt?«, sagt Mrs. Epifanio.

»Vielleicht sollten wir die Polizei rufen.«

»Die tun doch sowieso nichts.«

»Es gefällt mir nicht, dass er den Schlüssel hat.«

»Mir auch nicht.«

»Ich bleib noch ein bisschen. Wir denken uns was aus. Haben Sie die Nummer von Diane bei der Hand? Dann können wir's noch mal bei ihr versuchen.«

Mrs. Epifanio stützt sich auf die Armlehnen und stemmt sich hoch. Langsam schlurft sie zur Vorratskammer in der Ecke hinter dem Kühlschrank und kehrt mit einem uralten grünen Adressbuch zurück. »Da drin steht irgendwo ihre Telefonnummer«, sagt sie. Auf dem Weg zurück bleibt sie beim Kühlschrank stehen, holt ein paar kleine Orangensaftpackungen heraus und drückt sie sich an die Brust. Als sie wieder am Tisch ist, schiebt sie das Adressbuch und den Orangensaft zu Amy. »Trink«, sagt Mrs. Epifanio.

»Danke, aber ich hab keinen Durst«, sagt Amy. »Ehrlich. Danke.«

»Jetzt trink schon.«

»Gut, ein bisschen.« Amy blättert durch das Adressbuch, geht die vergilbten Seiten mit Mrs. Epifanios Krakelschrift durch. Viele Namen, Adressen und Telefonnummern sind ausgestrichen. In der Mitte steckt ein Stapel Trauerkarten.

»Neun von zehn Leuten da drin sind tot«, sagt Mrs. Epifanio.

»Traurig«, erwidert Amy.

»Traurig wär's, wenn ich im Adressbuch von jemand steh und der streicht mich aus, wenn ich krepier, so wie ich ihn ausstreich, wenn er krepiert.« Mrs. Epifanio lacht.

»Wie heißt Diane mit Nachnamen?«

Mrs. Epifanio reibt sich übers Kinn. »Ja, wie heißt sie? Ich nenne sie eigentlich immer nur Diane. Grasso? Nein. Das ist ihre Nachbarin Edna … Marchetti. Sie heißt Marchetti. Genau wie meine Cousine Janet.«

Amy findet Dianes Nummer in der letzten Spalte der Seite unter M. Sie geht zu dem Wählscheibentelefon an der Wand, wählt und lässt es zehnmal klingeln, dann hängt sie ein. »Nichts«, sagt sie. »Einen kurzen Moment hatte ich Angst, Vincent hebt ab.«

»Ich freu mich, dass du da bist, Amy. Ehrlich.«

Amy geht den Flur hinunter und linst durch den Vorhang am Fenster in der Haustür. Vincent steht vor dem Apartmenthaus auf der anderen Straßenseite, pafft an seiner E-Zigarette und geht umhüllt von einer Dampfwolke auf und ab. Er scheint ein Selbstgespräch zu führen.

Sie geht zum Telefon zurück und ruft im Pfarrhaus an. Dort gibt sie Connie Giacchino, der Sekretärin, Bescheid, dass sie an diesem Tag keine weiteren Hausbesuche machen kann. Mrs. Epifanio bräuchte ihre Hilfe. Connie sagt, dass Monsignore Ricciardi das sicher versteht und Immacula sich vielleicht bereit erklärt, sie zu vertreten. Amy dankt ihr und kehrt an den Tisch zurück.

»Ich hol die Karten«, sagt Mrs. Epifanio. »Wir können Rommé spielen.«

»Gute Idee.«

Irgendwas an Vincent macht Amy nervös. Er erinnert sie an jemanden. In ihrem letzten Highschool-Jahr, als sie noch bei ihren Großeltern wohnte, sah sie von ihrem Fenster aus, wie ihr Nachbar Bob Tully in der Einfahrt einen Mann erwürgte und in seine Garage schleifte. Das Gesicht des Mannes war rot, seine Augen traten hervor und er rang um Atem. Bob Tully hatte Riesenpranken. Er war stiernackig und wirkte brutal und verschlagen. Amy beobachtete ihn oft von ihrem Fenster, weil sie angefangen hatte zu rauchen und von dort den Rauch zur Feuertreppe hinausblies. Als er den Mann in die Garage schleifte, blickte er zu ihr hoch und lächelte. Sah er wirklich wie Vincent aus oder verschwammen beide Gesichter nur in ihrem Kopf?

Damals kam ihr Bob Tully alt vor, aber er konnte nicht älter als achtundzwanzig, neunundzwanzig gewesen sein. Sie rief nicht die Cops und auch ihren Großeltern sagte sie nichts. Sie ließ die Jalousien runter und fragte sich, ob sie tatsächlich gesehen hatte, was sie glaubte, gesehen zu haben. Als sie am nächsten Tag zur Schule aufbrach, trat Bob Tully aus dem Haus. Er schälte mit einem Taschenmesser einen Apfel, lächelte, sagte, dass sie sich täuschte, dass sie nichts gesehen hatte und das Ganze einfach vergessen sollte. Wenn nicht, würde sie Probleme kriegen, weil Mädchen, die ihre Klappe nicht hielten, oft am nächsten Baum endeten. Er hielt ihr das Messer unter die Nase. Den Anblick seines Daumens auf dem Messer würde sie nie vergessen. Danach sah sie Bob Tully oft. Er winkte ihr von der Treppe aus zu. Je stiller sie war, desto freundlicher wurde er.

Eines Tages folgte sie ihm von der Werkstatt, in der er arbeitete, zu einer Kneipe, in der er was trank, und dann zum Haus seiner Freundin. Sie suchte in Zeitungen nach Meldungen, dass jemand vermisst wurde – ein Ehemann, ein Sohn. Nichts. Nie erfuhr sie, wen Bob Tully erwürgt hatte. Vielleicht hatte sie es sich ja doch eingebildet, dachte sie. Aber sie folgte Bob Tully weiter. Bis sie sich irgendwann darauf freute. Sie fragte sich, ob er wusste, dass sie ihm folgte. Die katholische Schule war langweilig. Die Nonnen waren langweilig. Ihre Großeltern waren langweilig. Rauchen war langweilig. Sie war nicht sicher, ob sie Bob Tully in der Hoffnung verfolgte, er würde wieder etwas Schreckliches tun oder verhaftet werden oder dass jemand kam und für den Mann Rache nahm, den er getötet hatte.

Nach ihrem Highschool-Abschluss, mit neunzehn, als Amy in einer Bäckerei in der Nachbarschaft arbeitete und überlegte, wie sie es aus Queens schaffen könnte, war Bob Tully im Vollrausch in einen Obstlaster geknallt. Sie hatte den Unfall nicht gesehen, aber es wurde ihr erzählt. Über die ganze Straße verstreut lagen Bananen und Äpfel, und Bob Tully war mit Vollkaracho durch die Windschutzscheibe gesegelt und vor einem Friseursalon auf dem Bürgersteig gelandet.

Er konnte Vincent wohl doch nicht so ähnlich gesehen haben, wie Amy gemeint hatte.

Kapitel 2

Eine Dreiviertelstunde später steht Vincent immer noch auf der anderen Straßenseite. Amy nimmt an, dass er auf sie wartet, um sie zur Rede zu stellen. Aber vielleicht ist er auch so dämlich zu glauben, sie würde ihn nicht bemerken, wenn sie von Mrs. Epifanio weggeht. Inzwischen sieht er, so linkisch, wie er dasteht, Bob Tully immer weniger ähnlich.

Am liebsten würde sie Hilfe rufen. Aber sie kennt kaum jemanden hier. Es sagt viel, dass ihr außer Monsignore Ricciardi, Connie Giacchino und ihrem Vermieter Mr. Pezzolanti niemand einfällt.

Zurück in der Küche berichtet Amy Mrs. Epifanio, dass Vincent immer noch draußen steht.

»Unheimlich, was?«, sagt Mrs. Epifanio.

»Kann ich jemanden anrufen? Vielleicht Elaine?«

»Elaine stören wir lieber nicht.«

»Ich mach mir Sorgen, Mrs. E. Er hat Ihren Hausschlüssel, und wenn ich gehe, kann er einfach hier reinspazieren. Und irgendwann muss ich gehen.«

»Ich weiß.«

»Ich werd rausgehen und mit ihm reden.«

»Sei vorsichtig.«

Amy lässt ihre Tasche in der Küche und geht hinaus. Es ist seltsam, aus der Enge des Hauses ins Freie zu treten. Es scheint wärmer geworden zu sein. Ungewöhnlich warm. Von Winter kann man in diesem Winter sowieso nicht reden. Überrascht stellt sie fest, dass Vincent verschwunden ist. Sie sieht sich um, kann ihn aber nirgends entdecken. Die Bay Thirty-Seven gleicht vielen Straßen in der Gegend: Rechts und links von dem alten grünen Holzhaus Neubauten mit Eigentumswohnungen, gegenüber ein Wohnblock, viele weitere kleinere Häuser. Die Stadt hat spirrelige Bäume gesetzt, an denen traurige weiße Etiketten baumeln, und sie kräftig gemulcht. An einem Februarvormittag wie heute, wenn die Kinder in der Schule sind, hört man die Busse in der Bath Avenue und das Klicken der Ampeln. Sie geht zum Gartentürchen. Vincent hat es offen gelassen und es ragt auf den Bürgersteig. Sie zieht es zu, verriegelt es und sieht sich ein letztes Mal nach Vincent um.

Zurück im Haus sagt sie Mrs. Epifanio, dass er weg ist.

»Sehr gut«, sagt sie.

»Aber ich bin mir nicht sicher, ob er nicht wiederkommt. Ich lasse Ihnen sicherheitshalber meine Nummer da.« Sie zieht ihr altes Samsung-Klapphandy aus der Tasche. Sie ist einer der wenigen Menschen, die sie kennt, die kein Smartphone besitzen. Man kriegt solche Handys eigentlich kaum noch, aber für Alte und Technikfeinde wie Amy führen die Läden noch welche im Sortiment. »Sie können mich jederzeit anrufen, Tag und Nacht. Geben Sie Bescheid, wenn er zurückkommt. Ich wohne ja nur ein paar Straßen weiter.«

»Das ist sehr nett von dir.«

Amy entdeckt einen Notizblock und einen schwarzen Filzstift und schreibt ihren Namen und die Nummer in Druckbuchstaben darauf. »Soll ich den Zettel auf den Tisch legen oder an den Kühlschrank hängen?«

»Auf dem Tisch ist gut.«

»Okay. Haben Sie sich ein bisschen beruhigt?«

»Ja.«

»Hat Vincent etwas aus Ihrem Schlafzimmer mitgenommen?«

»Nicht dass ich wüsste.«

»Haben Sie in den Schubladen nachgesehen?«

»Ich glaube, es fehlt nichts.«

Amy geht noch mal ins Schlafzimmer. Es ist dunkel. Sie tastet an der Wand neben der Tür nach dem Lichtschalter und erspürt einen Drehknopf. In einem Messingkronleuchter leuchten drei Glühbirnen auf. Die Einrichtung stammt aus einer anderen Zeit. Ein Bett mit einer Chenilledecke aus den Fünfzigern. Blumengirlanden. Fransen. Zierdeckchen. Amy blickt zur Decke. Rauputz. Neben ihr an der Wand ein schlichtes goldenes Kreuz. Darunter eine alte Singer mit dem Originalnähmaschinentisch und dem Bänkchen davor. Sie fährt mit dem Finger über die schartige Platte. Gegenüber an der Wand eine ockerfarbene Kommode mit neun Schubladen, auf der ein gerahmtes Hochzeitsbild von Mr. und Mrs. Epifanio steht. Was Vincent hier gewollt haben könnte, ist ihr ein Rätsel. Auf dem Bett scheint seit Jahren niemand auch nur gesessen zu haben. Sie weiß, dass Mrs. Epifanio wie viele ihrer alten Leute auf dem Sessel im Wohnzimmer vor dem laufenden Fernseher schläft.

Sie überlegt, ob sie in den Schubladen nachsehen soll, lässt es aber bleiben. Sie wüsste gar nicht, was fehlen könnte. Hoffentlich hat Mrs. Epifanio keine Geldumschläge darin versteckt – auch das machen viele Alte – und es nur vergessen. Mrs. DiPaola zum Beispiel hat Amy nach der Kommunion einmal gebeten, in den Keller zu gehen und ihre Wäsche aufzuhängen. Auf dem Tisch neben der Waschmaschine stand eine offene Zigarrenkiste, in der massenhaft Geld war. Mindestens zehntausend Dollar. Amy klappte die Kiste zu, hängte die Wäsche auf, ging hoch und sagte Mrs. DiPaola, dass es keine gute Idee sei, so viel Geld offen rumliegen zu lassen.

Sie setzt sich aufs Bett. Etwas erinnert sie an ihren Vater – die Zimmerdecke. Die Wohnung, in der ihr Vater wohnte, nachdem er sie und ihre Mutter verlassen hatte, hatte solche Decken. Nur zweimal war Amy dort, dann hörte er auf, sie fürs Wochenende abzuholen. Sie war zwölf. Im Jahr darauf starb ihre Mutter. Deshalb zog sie zu ihren Großeltern in das Haus neben Bob Tully. Ihr Vater hat sich nie mehr bei ihr gemeldet. Er zog aus Queens weg nach Poughkeepsie. Später fand ihre Großmutter heraus, dass er sich in Kingston und Hudson und ganz Upstate herumtrieb. Aber an die Decken in der Wohnung in Pomonok erinnert sie sich. Sie erinnert sich, wie sie sie angestarrt hat, während er den Abend in der Kneipe verbrachte.

Sie steht auf und streicht den Bettüberwurf glatt.

Mittlerweile hat Mrs. Epifanio in der Küche ein groß gedrucktes Sudoku-Buch aufgeschlagen und knobelt an einem Rätsel.

»Hab nichts Ungewöhnliches bemerkt«, sagt Amy, als sie sich wieder an den Tisch setzt. »Vielleicht probier ich's noch mal bei Diane.« Mit dem Adressbuch in der Hand wählt sie gleich von ihrem Handy aus, nachdem es schon da liegt, außerdem nervt sie die Wählscheibe des Wandtelefons. Sie lässt es sechsmal klingeln und will schon auflegen, da hebt jemand ab, ohne etwas zu sagen. »Diane?«

»Diane ist krank«, sagt eine Männerstimme. Vincent.

Amy unterbricht die Verbindung und klappt das Handy zu. Augenblicklich bereut sie, unter ihrer Nummer angerufen zu haben. »Es war Vincent«, sagt sie zu Mrs. Epifanio.

Mrs. Epifanio schüttelt den Kopf und senkt ihren Blick. »Ich hoffe nur, dass er seine Mutter nicht umgebracht hat. Wäre nicht der Erste, der heimgeht, um die eigene Mutter auszurauben. Weil die Mutter nichts hat, was man stehlen kann, liegt sie am Ende mit durchgeschnittener Kehle im Bad. Arme Diane.«

»Mrs. E! Sie glauben doch nicht, dass er das getan hat?«

»Wer weiß das heutzutage noch? Die Alten gelten ja nichts mehr.«

»Wo wohnt Diane?«

»Im ersten Stock von dem Backsteinhaus gegenüber von dem Haus mit den Löwen vor der Tür.«

»Das kenn ich.«

»Giorgio Gianfortune. Ihm gehört der Fischladen. Hält sich für Wunder was.«

»Dann werde ich dort mal vorbeischauen.«

»Hältst du das für eine gute Idee?«

»Ich will nur schauen, ob mir etwas auffällt.«

Amy nimmt ihre Tasche und sagt Mrs. Epifanio, dass sie die Küchentür absperren soll. Die Wohnung im ersten Stock steht leer – Mrs. Epifanio vermietet sie seit dem Tod ihres Mannes nicht mehr –, weshalb die Küchentür ein eigenes Schloss hat. Amy ist froh darüber. Mrs. Epifanio verspricht es ihr. Noch einmal deutet Amy auf ihre Telefonnummer und sagt Mrs. Epifanio, sie könne jederzeit anrufen. *Wirklich.* Dann sagt sie noch, wenn Vincent zurückkommt und an der Tür klopft oder sonst etwas macht, solle Mrs. Epifanio unbedingt die Polizei rufen. Niemand darf ungebeten in ihr Haus kommen, egal warum.

Amy geht in den Flur und wartet, dass Mrs. Epifanio die Küchentür schließt und verriegelt. Mrs. Epifanio schlurft zur Tür und drückt mit der Schulter dagegen. Dann hört Amy, wie der Riegel vorgeschoben wird.

»Okay?«, fragt Mrs. Epifanio.

»Okay. Ich ruf Sie an, sobald ich bei Diane war.«

Das Haus mit den auffälligen Betonlöwen an der Einfahrt ist nur ein paar Blocks entfernt, in der Bay Thirty-Fourth zwischen der Bath und der Benson. Wahrscheinlich stehen solche Löwen auch vor anderen Häusern, aber sie weiß, dass Mrs. Epifanio dieses gemeint hat.

Amy bleibt auf Mrs. Epifanios Treppe stehen, dann geht sie langsam zum Gartentürchen und sieht sich nach Vincent um. Sie tritt auf den Bürgersteig, schließt das Türchen hinter sich, überquert die Straße und geht rechts in die Bath Avenue. In Augie's Deli holt sie sich einen Kaffee. Sie fragt sich, ob Vincent auf dem Heimweg hier auch einen Halt eingelegt hat.

Zu dieser Tageszeit liegt die Bath Avenue ruhig da. Sie kommt an dem seit kurzem verwaisten Grundstück vorbei, wo einmal Flash Auto war. Als sie und Alessandra eine Zeitlang ein Auto hatten, hatten sie es hierher zum Reparieren gebracht. Das Auto hatte sie schnell genervt – Parkplatzsuche, Winter, Reparaturen. Alessandra war eine grauenvolle Fahrerin und Amy kaum besser. Sie ging sowieso lieber zu Fuß oder nahm den Bus oder die Subway, wenn sie in die City musste. Wenn sie Zeit hatte, konnte sie stundenlang gehen. Oft machte sie lange Spaziergänge nach Bay Ridge und Sunset Park, nach Coney Island und Brighton Beach und hörte Musik dabei. Zwar hatte sie ihre Plattensammlung verkauft, aber ihren Uralt-Walkman und ein paar Kassetten, die sie in der Highschool aufgenommen hatte, besaß sie noch. Liz Phair, Tori Amos, Stone Temple Pilots, Alice in Chains, Nirvana, Hole, Sonic Youth, L7, The Breeders. Zeug, das sie hörte, als sie aus dem Fenster rauchte. Vermutlich könnte sie für wenig Geld einen iPod Touch oder so etwas bekommen, aber sie mag den alten

Sony-Walkman, der gut in der Hand liegt. Die Batteriefachabdeckung ist mit Klebeband befestigt, die Kopfhörerkabel sind steif. Aber er zickt nicht rum, und außerdem gefällt es ihr, die Kassetten umzudrehen. Es gefällt ihr, dass die Seiten die Zeit einteilen.

Sie wünschte, sie hätte ihn dabei. Stattdessen schleppt sie die Tasche mit den Kommunionssachen mit sich rum, die sie am liebsten in der Kirche abladen würde, weil sie sie beim Ausspähen von Dianes Wohnung nur stört. Hunderte möglicher Szenarien gehen ihr durch den Kopf. Was, wenn sie Vincent in die Arme läuft? Was, wenn er gerade das Haus verlässt und sie sieht? Was, wenn er sich beim Dampfen zum Fenster rauslehnt und sie beschimpft? Was, wenn er ihr die Cops auf den Hals hetzt? *Officer, da steht eine Frau vor dem Haus und verhält sich verdächtig.* Was, wenn sie Hinweise entdeckt, dass Diane umgebracht wurde?

Als sie in die Bay Thirty-Fourth Street biegt, hat sie Herzklopfen. Vor ihr schiebt eine alte Frau einen ratternden Einkaufswagen über den rissigen Bürgersteig. Die Frau sammelt leere Flaschen und Dosen. Vor jedem Haus bleibt sie stehen und durchwühlt die Mülltonnen. Sie trägt Gummihandschuhe. Amy grüßt sie beim Vorbeigehen.

Vor dem Haus mit den Löwen bleibt sie stehen, dreht sich um und schaut zu dem Backsteinhaus, das Mrs. Epifanio ihr beschrieben hat. Erster Stock, hat sie gesagt. Es ist ein kleines, gedrungenes Haus. Im ersten Stock drei Fenster mit heruntergelassenen Rollos zur Straße raus und im Erdgeschoss ein Erkerfenster. Auf dem Fensterbrett stehen Pflanzen, dazwischen sitzt eine weiße Katze. Nur eine Eingangstür für beide Wohnungen. Vorne ein kleiner Garten mit einer Statue des heiligen Franz von Assisi und einer Reihe Tomatenpflanzen. Der Zaun ist rot gestrichen, ein schiefes Schild mit der Aufschrift VORSICHT BISSIGER HUND ist mit einem Stück Draht am Gartentürchen befestigt.

Sie überlegt, dass es wahrscheinlich nicht schlau ist, einfach dazustehen, und geht die Straße ein paarmal auf und ab. Nichts tut sich. Müde lehnt sie sich an den Maschendrahtzaun eines Hauses ein Stück weiter und sieht zu Dianes Haus hinüber.

Ein paar Minuten später taucht Vincent dampfend daraus auf. Weil sie hinter einem parkenden Auto steht, bemerkt er sie nicht. Er geht auf der anderen Straßenseite Richtung Benson Avenue. Sie weiß nicht, was sie tun soll. Zum Haus gehen, die Klingel des ersten Stocks drücken und warten, dass Diane aufmacht? Oder Vincent folgen? Er hat zwar die entgegengesetzte Richtung eingeschlagen, könnte aber trotzdem zu Mrs. Epifanio zurückgehen.

Kurz entschlossen folgt sie ihm, spürt denselben Nervenkitzel wie damals bei Bob Tully.

Vincent biegt unter der Hochbahntrasse nach links in die Eighty-Sixth Street. Er scheint tatsächlich nicht zu Mrs. Epifanio zurückzuwollen. Trotzdem folgt Amy ihm weiter in einem Abstand von einem halben Block. Mit demselben Abstand und immer wieder hinter Telefonmasten und Bäumen Schutz suchend hatte sie auch Bob Tully verfolgt.

Bei Grün überquert Vincent rasch die Eighty-Sixth Street. Die eine Hand hat er in der Tasche seines Trenchcoats und hält irgendetwas fest, in der anderen hält er seine E-Zigarette. Vor der HSBC an der Ecke Twenty-Third Avenue bleibt er stehen und nimmt einen Zug. Amy sieht zu dem Schnapsladen, wo sie mit Alessandra oft Wein und Gin gekauft hat.

Nichts Bemerkenswertes daran. Seit Alessandra die Stadt verlassen hat, war sie nicht mehr dort. Sie trinkt fast nichts mehr.

Vincent geht an der Schule St. Peter Catholic Academy vorbei, die früher St. Mary hieß. Die Kirche, die wie seit über hundertfünfundzwanzig Jahren auch heute noch St. Mary Mother of Jesus heißt, liegt gleich am Ende des Blocks. Ein paar Häuser weiter wohnt Amy. Am liebsten würde sie aufgeben und einfach nach Hause gehen. Sie könnte die Kommunionssachen in der Kirche lassen und hätte den Rest des Tages für sich. Im Liu's Shanghai zu Mittag essen. Mit Xiùlán reden. Lesen. Musik hören. Worauf sie gerade Lust hat.

Amy hat das Gefühl, dass das, was sie hier tut, etwas Endgültiges hat. Vielleicht ist es falsch, sich wieder so etwas anzugewöhnen. Dumm. Immerhin begibt sie sich dadurch vielleicht in Gefahr. Aber der Nervenkitzel treibt sie weiter. Seit Bob Tullys Tod und dem Beginn ihres eigenen Lebens mit der Wohnung in Queens und dem Job in der City vermisst sie das Gefühl, ein Ziel zu haben, das ihr die Verfolgung von Bob Tully gegeben hatte. Eine Zeitlang hat sie eine Domina gedatet, die wollte, dass Amy ihr bei ihren Treffen mit teigigen Geschäftsmännern zusah. Dann hat sie eine Trapezkünstlerin gedatet, die sich nur in der Luft lebendig fühlte und einmal betrunken auf die Brooklyn Bridge geklettert ist, während Amy darunter stand und sich beinah in die Hose pinkelte. Vincent ist ein Widerling, der bei schönstem Sonnenschein im Trenchcoat rumrennt und Mrs. Epifanios Schlafzimmer durchsucht. Diese Augen. Sie will verstehen, was in ihm vorgeht. Sie will wissen, wie sein Leben aussieht.

Von der Twenty-Third Avenue zur Stillwell und zum Kings Highway. Nicht ein einziges Mal sieht Vincent hinter sich. Sie erinnert sich, wie es geht, das Verfolgen. Es ist leicht, ihn im

Blick zu behalten und dabei so weit zurückzubleiben, dass sie nicht auffällt. Bob Tully war mit gesenktem Kopf dahingeschlurft, aber Vincent läuft wie aufgezogen. Er wirft beim Gehen die Arme vor und zurück, springt über die Risse in den Bürgersteigen, zieht sein iPhone raus und stolpert, dann wieder bleibt er stehen und fotografiert eine Kritzelei an einem Telefonmast.

Auf dem Kings Highway zwischen West Ninth und West Tenth, aber näher an der West Tenth, verschwindet Vincent im Homestretch. Zweimal war Amy in der Kneipe gewesen, beide Male mit Alessandra. Damals war es eine miefige kleine Sportsbar mit Dartscheiben und einer Pferderennen-Wandmalerei, in der man Quick Draw spielen konnte. Bei einem ihrer samstagabendlichen Besuche gab es ein Ravioli-Büfett. Massenhaft alte, nörgelnde Stammgäste. Einer der Läden, von dessen Fassade Touristen, die sich in die Gegend verirren, Fotos schießen. Ein handgemaltes Kneipenschild: in Schönschrift HOMESTRETCH auf rotem Grund, darunter in Blockbuchstaben schwarz auf weiß BAR & GRILL. Auf der schwarzen Markise steht leicht verrutscht HOMESTRETCH BAR in Weiß, darunter ist auf einem weißen Streifen die Silhouette von Rennpferden zu sehen. Im Fenster hängt eine Budweiser-Leuchtschrift und von der Markise baumelt ein blau-oranges Quick-Draw-Fähnchen. Vor der Bar steht eine verlassene Bank. Links und rechts davon zwei Delis, darüber heruntergekommene Wohnungen mit verbeulten Klimaanlagen in den Fenstern.

Amy überquert den Kings Highway und die Quentin Road und bleibt an der Ecke zur West Tenth vor dem 3-Stars-Waschsalon stehen.

Die meisten Kneipen in der Gegend haben aufgegeben. Sie selbst geht kaum noch aus, aber sie und Alessandra haben oft nach einer Alternative zu den ewigen Pizzerien oder Chinesen gesucht. Alessandra hatte ihr vom Wrong Number erzählt, das jedoch schon dichtgemacht hatte, als Amy hierherzog. Von keiner der vielen Kneipen, die zu ihrer Zeit in der Gegend eröffnet und geschlossen worden waren, kann sie sich an den Namen erinnern. In der Eighty-Sixth Ecke Bay Thirty-Second befindet sich jetzt eine richtig gute georgische Bäckerei in einer ehemaligen Bar. Seit sie selbst keine Kneipen mehr besucht und auch nicht mehr in einer arbeitet, hat sie mehr oder weniger aufgehört, an sie zu denken.

Jedenfalls wird sie Vincent nicht hineinfolgen. Sie sieht auf ihrem Handy nach, wie viel Uhr es ist, und stellt erstaunt fest, dass es erst Mittag ist. Sie fragt sich, ob Vincent den ganzen Tag im Homestretch verbringen wird. Als sie in der Seven Bar arbeitete, gab es vereinzelte Stammgäste, die in der Mittagszeit kamen und blieben, bis um vier Uhr morgens geschlossen wurde. Wenn sie gedurft hätten, wären einige auch dann nicht gegangen. Ein paarmal war Amy so betrunken, dass sie die Tür verriegelte, und die letzten Gäste hielten die Party mit Saufen und Poolspielen am Laufen, bis alle in den Sitznischen schliefen. In einer solchen Nacht hat sie Merrill kennengelernt.

Sie kommt sich dumm vor, wie sie da so steht. Bei jedem vorbeifahrenden Auto denkt sie, die Insassen sehen sie misstrauisch an. Aus dem Waschsalon kommt eine Familie, bepackt mit Taschen voll frischer Wäsche, und mustert sie von Kopf bis Fuß. Ein bärtiger Mann mit losen Schnürsenkeln und einem Pappbecher heißem Kaffee in der Hand zwinkert ihr im Vorbeigehen zu und fragt: »Wie viel?« Sie sieht weg. Er lacht. Früher hätte sie ihn angeschnauzt, gefragt, was er denkt, mit wem er spricht. Früher. So etwas bringt nichts. Der Mann ist es nicht wert.

Wie lange soll sie hier stehen? Das ist die Frage. Bei Bob Tully hatte sie das Gefühl, es könnte jederzeit etwas passieren, aber Vincent kommt ihr langsam wie einer der Spinner vor, wie es sie zuhauf in der Stadt gibt, die nichts Besseres zu tun haben, als einer alten Frau Angst einzujagen. Außerdem hat sie sich verändert. Sie ist zu alt, um sich nur von ihrer Neugier treiben zu lassen.

Vincent tritt aus dem Homestretch und setzt sich dampfend auf die Bank. Ihm folgt ein Mann und nimmt neben ihm Platz. Der andere ist käsig, trägt rote Basketball-Shorts, die ihm bis zu den Knien hängen, Flip-Flops und ein Softball-Trikot mit schwarzen Ärmeln. Die beiden unterhalten sich. Vincent wirkt wütend. Amy versteht kein Wort. Sie dreht sich zum Waschsalon, weil sie genau in Vincents Blickrichtung steht, und lehnt sich gegen die Scheibe. Langsam tun ihre Füße weh. Sie sollte gehen. Aber sie ist wie festgeschraubt.

Vincent gestikuliert wild. Plötzlich steht er auf. Beinah erwartet Amy, dass er im nächsten Moment zuschlägt. Er tut es nicht. Stattdessen stürmt er zurück ins Homestretch. Der andere Mann folgt ihm.

Eine Dreiviertelstunde wartet Amy noch. Ein kleines Mädchen im Waschsalon zieht Grimassen. Amy rollt ihre Zunge und schielt dabei. Das Mädchen lacht. Amy beschließt, dass es Zeit ist zu gehen. Das kleine Mädchen hat sie an etwas erinnert. Vincent ist Zeitverschwendung. Ein Widerling, aber mehr auch nicht. Über einen Umweg geht sie zur Kirche. Ein paarmal dreht sie sich um, um sicherzugehen, dass ihr jetzt nicht Vincent folgt. Einmal glaubt sie ihn zu sehen, stellt aber fest, dass es ein anderer Mann ist, der ihm kein bisschen ähnlich sieht.

Kapitel 3

Amy bringt die Kommunionssachen zurück nach St. Mary und zündet auf dem Weg nach draußen eine Kerze an.

Mindestens einmal in der Woche zündet sie eine Kerze an, immer unter dem Kirchenfenster mit der heiligen Therese. Therese ist der Name, den sie sich für ihre Firmung ausgesucht hatte. Wenn man erwachsen wird und sich nicht mehr für die Kirche interessiert, vergisst man solche Sachen wie den Firmnamen.

Mit vollem Namen heißt sie Amy Lynn Therese Falconetti. Als Kind hat sie die heilige Therese, die kleine Blume, geliebt. Sämtliche Bücher, die es in der Bücherei über sie gab, hat sie verschlungen. Thereses Kindheit, wie jung sie war, als sie Nonne wurde. Ihre Jahre im Karmel von Lisieux. Ihr tragischer Tod mit vierundzwanzig durch Tuberkulose. Auch Thereses Autobiographie, *Geschichte einer Seele,* hat Amy gelesen. Von ihrer Mutter hatte sie zur Firmung ein Medaillon mit der heiligen Therese bekommen, das sie später im Wohnheim des Colleges verlor. Betrunken war sie mit einer Flasche Gin duschen gegangen, hatte es abgenommen und neben ihre Shampooflasche gelegt und dann auf der Ablage vergessen. Als es ihr am nächsten Morgen wieder einfiel, war das Medaillon weg. Ab und zu fragt sie sich, ob es das Medaillon noch gibt, ob es an jemands Hals hängt oder in einer Nachttischschublade liegt.

Nach der Geschichte mit Alessandra fand Amy zum Glauben zurück und da fiel ihr auch die heilige Therese wieder ein. Besonders was sie zur Wohltätigkeit sagte. Amy wurde klar, wie sehr sie ihr Leben eigennützigen, bedeutungslosen Dingen verschrieben hatte, und sie beschloss, das durch gute Taten wettzumachen. Sie war keine Heilige, klar, aber sie dachte, sie könnte ein bisschen Licht in das Leben anderer bringen: Besuche im Altenheim, Einkäufe für Leute erledigen, die ans Haus gefesselt sind, mit einsamen Menschen beten und reden.

Wie alle Heiligendarstellungen in den Fenstern von St. Mary ist die von der heiligen Therese ziemlich bunt. Der ursprüngliche Kirchenbau von 1889 brannte 1967 ab. Bald darauf wurde an derselben Stelle eine neue Kirche gebaut und 1971 geweiht. Der Bau mit glockenförmigem Grundriss, schmucklosem Altar und psychedelischen Fenstern ist typisch für diese Zeit. Die Kerzen flackern einsam vor sich hin. Jetzt ist die Kirche still und riecht nach Myrrhe. Weil die Gemeinde so stark geschrumpft ist, ist es hier eigentlich immer still. Noch leben alte Italiener in dem Pfarrbezirk, aber die neu Zugezogenen sind Chinesen, Russen und Mexikaner.

Beten fällt ihr nicht leicht. Amy weiß nie, wofür sie beten soll. Als sie sich vor die heilige Therese und die Kerzen kniet, merkt sie, dass ihr Vincent und Bob Tully durch den Kopf schwirren. Sie betet für Mrs. Epifanio und für Diane, für Vincent und Bob Tully und auch für den Mann, den er umgebracht hat. Beten ist etwas Seltsames.

Als sie wieder draußen ist, ruft sie die Anrufliste ihres Handys auf und versucht es noch mal bei Diane. Niemand geht dran. Mrs. Epifanios Nummer hat sie nicht gespeichert, aber sie kann sie auswendig und tippt sie. Mrs. Epifanio sagt, dass alles gut ist, dass sie wie ein Baby ein Mittagsschläfchen gehalten und keine Angst mehr hat. Amy sagt, dass sie das freut und dass Mrs. Epifanio sich melden soll, wenn sie etwas braucht.

Bis zu ihrer Wohnung sind es nur ein paar Schritte. Mr.

Pezzolanti, ihr Vermieter, steht vor dem offenen Gartentürchen und blättert durch einen Werbeprospekt von Rite Aid, als sie eintrifft. Amy ist ihm dankbar. Er überlässt ihr die Souterrainwohnung in seinem geräumigen Haus für eine lächerlich kleine Miete. Vierhundert Dollar im Monat. Er ist regelmäßiger Kirchgänger. Früher kannte sie regelmäßige Kneipengänger, heute kennt sie regelmäßige Kirchgänger. Er ist ein netter Mann. Aufrichtig. Bei der Spätmesse am Samstag sammelt er die Kollekte. Für die Kirche zieht er ein Tweedjackett an, trimmt seine Nasenhaare und kämmt sich die Haare zurück. Heute hat er ein fadenscheiniges blaues Arbeitshemd, ein kariertes *beretto,* dunkle Hosen und Sandalen an. Auf seinen Schultern und Armen sind Leberflecken.

Mr. Pezzolantis einziges Kind, ein Sohn, ist mit siebzehn an einem Herzfehler gestorben. 2001 starb seine Frau an Krebs. Er hat Geld gespart und ist auf ihre Miete nicht angewiesen. Die obere Wohnung lässt er leer stehen. Amy behandelt er wie eine Tochter. Mehr als einmal hat er gesagt, dass sie überhaupt nichts zu zahlen braucht, aber sie besteht darauf. Vierhundert kann sie aufbringen. Hauptsächlich arbeitet sie ehrenamtlich: Sie gibt die Kommunion aus, sammelt Kleiderspenden, arbeitet in mehreren Suppenküchen. Wenn sie Geld braucht, hütet sie Kinder und putzt. Für die Kirche und eine Arztpraxis im Bay Parkway übernimmt sie gelegentlich Buchhaltungsaufgaben. Manchmal bittet sie jemand, sich um seine alten Eltern im Sea Crest in Coney Island oder im Haym Salomon in der Cropsey Avenue zu kümmern. Vor ein paar Monaten hat Kathy D'Ambrosio ihr zwölf Dollar die Stunde dafür gezahlt, dass sie montags bis donnerstags am Bett ihrer Mutter im Sea Crest saß, während sie selbst in die Arbeit musste. Das war nett. Mrs. D'Ambrosio hat ihr Geschichten über Coney Island erzählt und sie haben sich Gameshows im Fernsehen angesehen. Wenn es ganz eng wird, sucht sich Amy für ein paar Wochen einen Job als Kassiererin in einem der russischen Supermärkte in der Eighty-Sixth Street. Das musste sie erst dreimal machen, und die Ladenbesitzer sind froh, in der Not auf sie zurückgreifen zu können, nachdem sie ihre Angestellten ständig vergraulen.

»Gerade eben war ein Mann hier, der nach dir gesucht hat«, sagt Mr. Pezzolanti.

»Was für ein Mann?«, fragt Amy. Zuerst denkt sie an Vincent. Es ist sicher nicht schwer herauszukriegen, wer sie ist und wo sie wohnt.

»Älteres Semester. Hab ihn noch nie gesehen.«

Also doch nicht Vincent. »Hat er gesagt, was er will?«

»Schien mir nicht ganz auf der Höhe. Sah ein bisschen aus wie ein Penner, wenn ich das so sagen darf. Viel hat er nicht gesagt, nur dass er nach dir sucht.«

»Danke, Mr. P.«

»Brauchst du was? Passt alles? Ist das Wasser heiß genug?«

»Ja. Alles passt. Danke.«

Sie wartet auf die Frage, die kommen muss: Warum sie keinen Freund habe? Es gebe so viele Kandidaten mit guten Stellen. Installateure, Elektriker, Anwälte. Sie stünden doch bestimmt Schlange bei ihr. Auch heute hat Amy keine Lust, es ihm zu erklären. Wenn er sie mit Alessandra gesehen hat, bevor sie bei ihm einzog, dann scheint er sich nichts dabei gedacht zu haben. Und weil sie jetzt sowieso niemanden mehr mit nach Haus nimmt, gibt es auch nichts über das zu berichten, was neugierige Alte besonders gerne hören.

»Wie ich diesen heruntergekommenen Mann seh«, sagt Mr. Pezzolanti, »da denk ich, wann sucht sich Amy endlich einen netten Freund? Kennst du Nicky DiMarzios Sohn? Ist ein bisschen jünger als du, aber er arbeitet in dem Fitnesscenter in der Twenty-Fourth Avenue. Netter Junge. Anständig. Trinkt nicht.«

»Kein Bedarf, Mr. P. Danke.«

»Du tust so viel für andere. Da soll zur Abwechslung mal jemand was für dich machen.«

Lächelnd geht Amy an ihm vorbei. Zu ihrer Wohnung führen ein paar Betonstufen hinab. Mr. Pezzolanti hat das Geländer mit Alufolie umwickelt und rote Filzblumen an die Seiten geklebt. Sie hat nie gefragt, warum. An der Eingangstür ist ein kleiner Messingklopfer. Sie zieht ihren Schlüssel heraus und bemerkt um das Schlüsselloch herum Kratzer, die sie noch nie gesehen hat. Vielleicht rühren sie einfach daher, dass sie mehrmals am Tag den Schlüssel ins Schloss steckt und herauszieht. Sie dreht den Knauf und stößt die Tür auf.

Die kleine Wohnung ist spärlich möbliert. Das mag sie so. Ein Röhrenfernseher mit Adapter, den jemand in der Straße zum Sperrmüll gestellt hat, auf dem Boden eine Doppelmatratze, daneben ein Klapptisch mit Klappstühlen. Sie vermisst ihre Plattensammlung und die Bilder an den Wänden der alten Wohnung in Queens, aber dieses frühere Leben hat sie weit hinter sich gelassen. Nur ein paar Dinge hat sie behalten – eine Handvoll LPs, Entwürfe ihrer Tattoos, ein paar Lieblingsklamotten – und in einer Holzkiste auf dem obersten Brett des einzigen Schranks in ihrer Wohnung verstaut. Sie hat keine Kommode und kein Sofa. Ihre neuen Kleider – Blusen, Hosen, Unterhosen, Strümpfe, Jeans, ein Hoodie, ein paar T-Shirts – liegen in einer Plastikwanne. In dem kleinen Kühlschrank mit Tiefkühlfach befinden sich Joghurt, Saft und eine Schachtel mit Eis am Stiel. In der Wohnung ist kein Herd. Für Reis und Tee reichen ihr ein elektrischer Hot Pot und der Wasserkocher.

In der Ecke liegen Bücher aus der Bücherei, Dorothy Days Tagebücher, ihr Buch über Therese von Lisieux und ein Buch über die katholische Arbeiterbewegung. Neben den Büchern liegt Amys Walkman, das Kopfhörerkabel schlängelt sich über ein paar Kassetten. An der hinteren Wand ist etwas, das wie ein zweiter Schrank aussieht, aber ihr Bad ist, ein winziger Raum mit Toilette, Waschbecken und Duschkabine, in dem man sich kaum umdrehen kann. So stellt sie sich das Bad in einem Wohnwagen vor, auch wenn sie noch nie einen von innen gesehen hat.

Wer ist der Mann, der sich nach ihr erkundigt hat? Die Frage geht ihr nicht aus dem Kopf. Wenigstens verdrängt sie fürs Erste den Gedanken an Vincent.

Sie überlegt, ob sie im Liu's Shanghai zu Mittag essen soll. Es ist ihr einziger Luxus. Das Essen ist hervorragend. Und außerdem mag sie Xiùlán, die sieben Tage in der Woche hinter dem Tresen steht. Xiùlán stammt aus Bath Beach. Ihren Eltern gehört das Restaurant. Sie und Amy haben nicht viel gemeinsam, deshalb reden sie meistens übers Wetter. Manchmal reden sie auch über die Nachrichten, die Nachbarschaft oder irgendeine merkwürdige Begegnung, die sie hatten. Xiùlán ist wunderschön, und Amy ist in sie verknallt, aber aus ihnen beiden wird nie etwas werden. Sie weiß, wie solche Bekanntschaften laufen. Viele Stammgäste in ihrer Kneipe waren in sie verknallt, einfach weil sie die Barfrau war und sie schon kannte und sich immer mit ihnen unterhielt und ihnen Getränke ausschenkte. Besonders tief ging das nicht. Es war nicht mal freundschaftlich.

Amy hat Xiùlán mit einem Mann gesehen, der ihr Freund sein muss. Sie erkundigt sich nicht nach ihm. Sie will es gar nicht wissen. Wahrscheinlich wird sie heute doch nicht essen gehen. Viermal in vier Tagen ist übertrieben. Gestern war so viel los gewesen, dass Xiùlán nur einmal kurz vom Telefon aufschauen und hallo sagen konnte.

Wahrscheinlich hat Mr. Pezzolanti recht, wenn er sagt, dass sie viel für andere tut. Wenigstens war es so in letzter Zeit. Heute wird sie aber keinen Finger mehr für irgendjemanden rühren. Sie setzt sich auf die Matratze und streift ihre Schuhe ab. Langweilige Schuhe mit langweiligen Schnürsenkeln. Sie legt das linke Bein über das rechte Knie und kratzt sich die Fußsohle. Vielleicht sollte sie ein Nickerchen machen, so wie Mrs. Epifanio. Ein bisschen lesen und warten, ob ihr die Augen zufallen. Etwas von ihrer Anspannung abbauen.

Amy kratzt sich am anderen Fuß, dann rollt sie sich auf der Seite zusammen. Sie greift nicht mal nach einem Buch. In solchen Momenten fühlt sie sich sehr allein. Sie hat schon viele Frauen gehabt, aber sie vermisst fast nur Alessandra. Kein Wunder, Gravesend ist Alessandras Viertel. Bensonhurst auch. Dazu Bath Beach und die umliegenden Straßen. Sie geht in eine der beiden Kirchen, die Alessandra als Kind besucht hat. Sie besucht die Treffen mit dem Monsignore, der Alessandras Vater beerdigt hat. Überall in den Straßen in diesem Viertel stecken Geschichten von Alessandra. Dort, wo jetzt das neue Haus mit den Eigentumswohnungen steht, wohnten einmal die D'Innocenzios. Und gleich in der Nähe ist das Haus der Calabreses. Und in dem Rite Aid hat Stephanie Dirello gearbeitet. Amy ist froh, dass Stephanie und ihre Mutter letztes Jahr nach Jersey gezogen sind. Sie hat nie gewusst, was sie mit Steph reden soll, wenn sie sich hin und wieder begegnet sind. An den Sex mit Alessandra mag sie gar nicht denken, so sehr vermisst sie ihn. Dem Schmerz, der diese Sehnsucht begleitet, ist sie hilflos ausgeliefert.

Ein Klopfen an der Tür.

»Einen Moment«, sagt sie und fragt sich, ob es der Fremde ist, der sie vorhin gesucht hat. Die Neugier treibt sie an die Tür. Sie wünschte, sie hätte einen Türspion. »Wer ist da?«

»Ich bin's, Mr. P, zusammen mit dem Mann, der dich vorhin gesucht hat.«

Amy ist froh, dass Mr. Pezzolanti so aufmerksam ist und den Mann nicht einfach zu ihr schickt, sondern mitgegangen ist, so dass Amy nicht allein mit ihm ist. Sie öffnet die Tür.

Der Mann neben Mr. Pezzolanti ist ihr Vater.

Kapitel 4

Fred Falconetti ist nervös und zittrig. Er trägt ein rotes Sweatshirt mit zerfranstem Halsausschnitt, knittrige Chinos und schmutzige schwarze Nike-Sneakers. Sein grauer Bart ist völlig verfilzt, kleine Dreadlocks stehen wie Pfeilspitzen von seinen Wangen ab. Über seinen Hals verteilen sich Haarbüschelchen, die wie Staubmäuse aussehen. Seine welligen, fast grauen Haare scheint er zur Feier des Tages versuchsweise gekämmt zu haben. Auf seinem Gesicht liegt ein überraschter Ausdruck, den sie aus ihrer Zeit in der Seven Bar kennt: ein nüchterner Alkoholiker, der seine Würde aufs Spiel setzt, weil er um etwas bitten will. Um was will er bitten? Vergebung? Vor ein paar Jahren hätte sie ihm noch gesagt, er solle sich zum Teufel scheren. Aber was soll sie angesichts ihres neuen Lebens anderes tun, als ihn hereinzubitten und ihm eine Chance zu geben? In seinen Augen stehen Tränen.

»Kennst du den Mann?«, fragt Mr. Pezzolanti.

»Amy Lynn«, sagt Fred.

»Wer ist das?«, fragt Mr. Pezzolanti.

Amy bringt kein Wort raus.

»Ich bin ihr Vater«, sagt Fred.

Mr. Pezzolanti sieht ihn schockiert an. »Ihr Vater? Ich wusste gar nicht, dass sie einen Vater hat.« An Amy gerichtet: »Du hast einen Vater? Das ist dein Vater?«

Amy nickt. »Ich wusste auch nicht, dass ich noch einen Vater habe, aber offenbar ist es so.«

»Beim Zigarettenholen verlorengegangen, was?«, sagt Mr. Pezzolanti.

»So in der Art«, erwidert Fred.

»Als ich ihn das letzte Mal gesehen hab, war ich zwölf«, sagt Amy.

»Ach du meine Güte«, sagt Mr. Pezzolanti. »Da habt ihr euch bestimmt eine Menge zu erzählen.«

»Darf ich dich umarmen?«, fragt Fred Amy.

Erneut nickt Amy und er tritt vor. Er riecht nach Zigaretten und billigem Rasierwasser. Sein Bart kratzt an ihrer Wange. Tränen steigen ihr in die Augen. Sie denkt an ihre Mutter. Unbeholfen, nervös lacht Fred leise, vielleicht dachte er, dass das hier schiefgehen würde, dass sie ihn wegschicken würde. Vermutet sie jedenfalls. Sie liest es aus seiner Haltung, aus der vorsichtigen Umarmung und den zitternden Armen.

»Dann lass ich euch beide mal allein«, sagt Mr. Pezzolanti. »Ich bin oben, wenn du mich brauchst, Amy.«

»Danke, Mr. P«, sagt Amy, entwindet sich Fred und reibt sich mit den Handballen die Augen.

»Darf ich reinkommen?«, fragt Fred.

»Klar«, sagt Amy. »Ist aber nicht besonders gemütlich. Ich hab nur zwei Klappstühle.«

»Das macht nichts.«

Sie setzen sich einander gegenüber an den kleinen Tisch auf die starren, harten Klappstühle. Fred stützt seine Ellbogen auf den Tisch und lächelt.

»Ich glaub es nicht«, sagt Amy.

»Ich auch nicht«, sagt Fred.

»Nach so vielen Jahren.«

»Wie geht es dir?«

»Seit wann interessiert dich das?«

Fred lehnt sich zurück. »Ich weiß, ich weiß. Soll ich anfangen?«

Amy steht auf und geht hin und her. »Warum jetzt?«

»Weißt du, manchmal dauert es das ganze Leben, bis man bestimmte Sachen kapiert. Ich hab einfach nicht gewusst, was wirklich wichtig ist. Am liebsten würde ich die Zeit zurückdrehen.«

»Ich hab keinen Bock drauf, dass wir uns hier unsere Lebensgeschichten erzählen. Wie wir wurden, was wir sind.« Amy reißt sich zusammen. Das ist ihre Stimme von früher. So hätte sie vor ein paar Jahren reagiert. Sie sollte Mitgefühl zeigen. Aber sie bringt es nicht über sich, so zu tun, als wollte sie noch einmal neu anfangen.

Sie setzt sich wieder. »Was willst du? Hast du Schwierigkeiten?« In ihrer Stimme liegen Misstrauen und Wut. Er muss aus einem eigennützigen Grund hier sein. Er ist pleite und will Geld. Er hat kein Dach überm Kopf. Die Polizei ist hinter ihm her. Er ist todkrank und kann sich kein Krankenhaus leisten.

Er zögert.

»Ich hab nicht viel Geld«, sagt sie. »Ich arbeite hauptsächlich ehrenamtlich für die Kirche.«

»Du gehst zur Kirche? Das ist gut.«

»Nach Moms Tod hab ich eigentlich damit aufgehört, außer wenn ich von der Schule aus musste. Aber vor ein paar Jahren hab ich wieder angefangen.«

»Ich geh auch wieder zur Kirche. Nicht hier in der Gegend, klar, sondern in Queens drüben, wo ich wohn. Es ist schön, wenn man sich irgendwo willkommen fühlt. Ist bei mir inzwischen selten genug der Fall.«

»Wie hast du mich gefunden?«

»Hab die Fühler ausgestreckt.«

»Du wohnst in Queens?«

»Ich hab mal hier, mal da gewohnt, und vor drei Jahren ungefähr bin ich in Queens gestrandet.«

»Was meinst du damit, du hast die Fühler ausgestreckt?«

»Wenn man ein bisschen sucht, findet man eigentlich die meisten Leute übers Internet. Aber du bist nicht in den sozialen Medien, oder? Richtig so. Ist das reinste Gift. All diese Smartphone-Zombies. Und jetzt haben wir auch noch diesen komplett bekloppten Reality-TV-Präsidenten, der den ganzen Tag twittert.«

»Mit wem hast du gesprochen?«

»Ich bin in unsere alte Straße. Hab eine getroffen, mit der du in die St. Agnes Academic High gegangen bist. Die hat mir was von der Bar in der City erzählt, in der du gearbeitet hast. Das ist mehr als ein Jahr her. Dort haben sie was von Brooklyn gesagt, aber Brooklyn ist verdammt groß. Deshalb musste ich richtige Detektivarbeit machen. Ich fand mich ehrlich gesagt ziemlich gut. So hart hab ich noch nie im Leben gearbeitet.« Neuerliches Lachen. »Ich will kein Geld oder so, ehrlich.«

»Okay«, sagt Amy.

»Es tut mir leid, dass ich abgehauen bin. Das mit deiner Mutter tut mir leid. Alles tut mir leid.«

»Okay.«

Fred steht auf und verschränkt die Arme. »Ich nerv dich, oder? Ich will dir nicht auf die Pelle rücken. Ist blöd genug, wenn ich hier unangekündigt aufkreuze. Du musst das erst mal verdauen. Vielleicht darf ich wiederkommen und wir gehen was essen oder Kaffee trinken oder so?«

Sie nickt. »Klar«, sagt sie. Mehr kriegt sie nicht raus.

»Morgen? Selbe Zeit?«

»Das passt.«

»Wie wär's mit einer Umarmung zum Abschied?«, fragt Fred.

Sie umarmen sich. Fred geht, wirft aber einen Blick zurück, bevor er die Tür hinter sich schließt.

Das ist wirklich passiert, denkt sie. Ihr Vater war in ihrer kleinen Wohnung und jetzt ist er weg. Ihr *Vater.* Erst vorhin hat sie an ihn gedacht, in Mrs. Epifanios Wohnung, wegen der Rauputzdecke. Sie hat ihn für längst tot gehalten.

Sie schiebt den Riegel vor und geht zurück ins Bett, rollt sich wieder zusammen und versucht, ihren Geist zu leeren. Am liebsten würde sie verschwinden.

Gedanken an ihre Mutter Barbara drängen sich auf. Dass sie alles für ihr Kind getan hat. Fred war ständig unterwegs, hing in Kneipen rum, war bei anderen Frauen – war einfach nicht da. Barbara hätte etwas Besseres verdient. Als Fred endgültig abgehauen ist, hat Barbara Himmel und Hölle in Bewegung gesetzt, um ihre Ehe annullieren zu lassen, und Amy hat gehofft, dass ihre Mutter einen besseren Mann findet. Einen mit Job. Einen, der nach der Arbeit heimkommt und nicht sofort wieder auf die Piste geht. Der mit ihnen Karten spielt. Mit am Tisch sitzt und isst. Der weiß, wie man nett ist.

Amy erinnert sich an einen Abend, an dem Barbara ausgegangen ist. Der Mann hieß Terry De Santis. Er hatte einen Platz an einem Taxistand in Ozone Park. Für den Abend mit ihrer Mutter hatte er sich in Schale geworfen, ein offenbar neuer Anzug mit einer kurzen, breiten Krawatte. Er hielt für Barbara die Tür seines Lincoln Continental auf und führte sie ins Don Peppe aus. Amy war bei ihren Großeltern und konnte nicht schlafen, bis Barbara heimkam und sagte, dass sie einen wunderschönen Abend gehabt habe und was für ein Gentleman Terry sei. Amy war froh und voller Hoffnung. Eine Woche später erhielt Barbara ihre Diagnose Bauchspeicheldrüsenkrebs. Terry kam nie wieder.

Es war eine reine Routineuntersuchung gewesen. Von einem Tag auf den anderen ging es ihr schlecht, und man konnte fast zusehen, wie sie verfiel. Sie magerte ab und ihre Haut wurde gelb. Nach nicht einmal acht Monaten war sie tot. Amys Großeltern suchten ihren Vater, fanden ihn aber nicht. Sie hätten es nicht zu tun brauchen. Sie kümmerten sich gerne um sie. Aber sie glaubten, dass Fred das Recht habe, eine Rolle im Leben seiner Tochter zu spielen. Amy wurde sauer. Sie wandte sich von Gott ab. Sie verdrängte den Gedanken an ihren Vater. Sie versuchte, ihren Großeltern nicht allzu viel Mühe zu machen. Das Einzige, was sie von ihr mitkriegten, war, dass sie zur Schule ging und gute Noten hatte. Sie log ihnen vor, weiter die Kirche zu besuchen. Aus irgendeinem Grund glaubten sie ihr. Dass sie rauchte, bemerkten sie auch nicht. Ihr Verhältnis zu Bob Tully beschränkte sich auf höfliches Grüßen. Er war erst zwei Jahre vor dem Tod ihrer Mutter ins Nachbarhaus gezogen. Amy hat ihren Großeltern nie erzählt, was sie beobachtet hat. Niemals hätten sie vermutet, dass Amy ihm bei jeder Gelegenheit folgte.

Und jetzt soll sie, nur weil sie wieder zur Kirche zurückgefunden hat, ihrem Vater eine zweite Chance geben? Sie weiß nicht, ob sie das kann. Sie weiß nicht, ob sie die Kraft dazu hat.

Ihr Vater hat weder sie noch ihre Mutter jemals geschlagen. Er war ein Säufer, mehr nicht. Seine Abwesenheit in ihrem Leben hat sie nicht zu dem gemacht, was sie ist, das waren ihre Mutter und ihre Großeltern. Sie wünschte, Fred hätte genug Anstand, sich von ihr fernzuhalten. Es geht ihm nicht um sie – es geht ihm ausschließlich um ihn selbst. Da ist sie sicher.

Sie steht auf und zieht sich aus. In dem kleinen Badezimmer stellt sie sich unter die Dusche. Der Wasserdruck ist hervorragend. Sie dreht das heiße Wasser ganz auf – Mr. Pezzolanti hat den Heißwasserregler neu eingestellt, und jetzt hat sie so viel heißes Wasser, wie sie will. Das Badezimmer ist in Dampf gehüllt. Duschen beruhigt sie. Das Prasseln verschluckt jedes andere Geräusch. Sie schließt die Augen. Es mag verschwenderisch sein, aber sie bleibt so lange unter der Dusche, bis das Wasser kalt wird, dann dreht sie es ab und streckt die Hand nach einem Handtuch aus. Sie trocknet sich ab und geht nackt mit über der Brust verschränkten Armen zu der Plastikwanne und sucht frische Kleider raus. Ein rotes T-Shirt, Jeans, einen schwarzen Hoodie und ihre schwarzen Converse. Sie will nun doch ins Liu's Shanghai gehen. Ihr Handy nimmt sie mit, falls Mrs. Epifanio anruft. Es ist in ihrer Tasche, das Anrufsignal auf Vibrieren eingestellt.

Mr. Pezzolanti steht am Gartentürchen. Er scheint auf sie gewartet zu haben und bemerkt ihre nassen Haare. »Das heiße Wasser hat jetzt richtig viel Druck, was?«, sagt er.

Sie fasst an ihren Kopf. »Tut mir leid, dass ich so lange geduscht habe.«

»Aber das macht doch nichts. Das war wirklich dein Vater, oder?«

»Ja.«

»Besonders ähnlich seht ihr euch nicht.«

»Ich komm nach meiner Mom.«

»Wie lief's?«

»Schwer zu sagen.«

Mr. Pezzolanti nickt. »Schon gut. Ich will nicht indiskret sein.« Er lehnt sich gegen das Türchen und sieht zu den Telefonleitungen hoch. »Ich war auch nicht der allerbeste Vater. Jetzt tut mir einiges leid.«

»Aber Sie waren da.«

»Chris war noch ein Kind. Wir haben uns ein paarmal ziemlich in die Wolle gekriegt. Ich will dir gar keine Ratschläge geben. Aber dein Vater ist dein Vater. Blut ist dicker als Wasser.«

»Das stimmt.«

Amy würde Mr. Pezzolanti gerne fragen, ob er sie ins Liu's Shanghai begleitet oder ob sie für sie beide etwas zum Essen holen soll. Aber sie kann sich nicht dazu durchringen. Denn eigentlich will sie allein sein. Sie will mit ihren Frühlingsrollen und der Wan-Tan-Suppe dasitzen und heimlich Xiùlán beobachten. Beim Abschied sagt sie zu Mr. Pezzolanti, dass sie sich später sehen werden. Er hebt die Hand zum Gruß.

In der Eighty-Sixth Street ist viel los. Sie hat nicht auf die Uhr gesehen, muss aber nach Freds Aufbruch länger als gedacht zu Hause gewesen sein. In den Obst- und Gemüseläden herrscht spätnachmittäglicher Hochbetrieb und über ihrem Kopf donnern die Züge. In Scharen steigen die Pendler an der Station Bay Parkway aus. Autos parken in zweiter Reihe. Um die Telefonmasten sammelt sich Müll. An den Fußgängerüberwegen haben sich schlierige Pfützen gesammelt. Zerdrückte Zigarettenschachteln, Zeitungen und leere Verpackungen liegen herum. Kids mit Bubble-Tea-Bechern gehen an ihr vorbei. In den Auslagen der Asialäden ein Durcheinander getrockneter Nahrungsmittel: alles Mögliche von Pilzen bis Shrimps, Hauptsache, getrocknet. Hinter den Scheiben der Chinarestaurants hängen Hühner und Enten, hinter anderen sind überfüllte Aquarien zu sehen. Vor einem russischen Supermarkt sitzt eine alte Frau mit einer welken Tulpe in der Hand auf einer umgedrehten Orangenkiste, zu ihren Füßen ein zusammengeklappter Einkaufswagen. Amy erinnert sich an Alessandras Geschichte von dem Gitarrenspieler, der an der Ecke Bay Parkway stand und jedem Passanten ein Ständchen sang. Sie erinnert sich, wie Alessandra ihr gezeigt hat, wo mal Sam Goody war, in dem sie ihre erste Pixies-Kassette gekauft hat.

Bis zu Liu's ist es ziemlich weit. Es liegt an der Ecke Nineteenth und Bath Avenue, offiziell in Bath Beach, dreizehn Blocks von der Straße, an der sie vorhin zu Dianes Wohnung abgebogen ist. Jetzt bleibt Amy auf der Eighty-Sixth Street. Sie geht gerne unter der Hochbahntrasse. Die Straße ist voller Menschen, voller Leben. Gleichzeitig scheint sie langsam zu sterben. Viele rostige Absperrgitter. Die malträtierten Hochbahnpfeiler, die bis zum Horizont in die Höhe ragen. Überall weggeworfener Abfall – Rubbellose, Bierdosen in braunen Papiertüten, herausgerissene Blätter aus Malbüchern. Überall ins Stocken geratene Baustellen, dazwischen mal ein durchhängendes Dach, mal ein eingeschlagenes Fenster. Ein graffitiverschmiertes hübsches altes Schild eines Schuhladens. Alles wirkt krank. Macht krank. Die Männer haben krumme Zähne hinter einem krummen Lächeln, die Frauen schlurfen mit gebeugten Schultern dahin. An einen Laternenmast ist ein Fahrrad gekettet, dem die Räder fehlen.

Meistens weiß Amy nicht, ob ihr in der Gegend auch nur eine Sache gefällt. Eigentlich hat ihr hier noch nie was gefallen. Sie hat das Viertel durch Alessandras Augen kennengelernt, die es gehasst hat, und dieser erste Eindruck ist geblieben. Aber genau das ließ sie dableiben. Anfangs hat sie geglaubt, sie könne hier verschwinden. Jetzt glaubt sie, sie könne unter den Zurückgebliebenen leben und etwas Licht in ihr Dasein bringen. *Sei nicht so melodramatisch,* denkt sie. Aber manchmal übermannt sie die Trostlosigkeit.

An der Nineteenth Avenue biegt sie nach links und geht geradeaus weiter über die Benson. Liu's taucht auf, eine unauffällige weiße, um die Ecke laufende Markise mit dem Namen des Lokals in grüner und roter englischer Schrift, dazu irgendwelche chinesischen Zeichen und rechts und links davon die

Shanghaier Skyline. Von außen sieht das Lokal wie jeder x-beliebige Chinese in der Gegend aus, in dem man die immer gleiche trübe Einlaufsuppe und schlechten Fried Rice bekommt. Das erste Mal ist sie wegen einer Kritik gekommen, die sie gelesen hatte. Sie weiß nicht mehr, wo. Vielleicht im *New York*. Der Schreiber lobte die gedämpften Wan Tan, die vegetarische Ente, den Fischkopf-Eintopf und die Hackfleischbällchen mit Kohl. Sie hatte mit dem schlichten Lo Mein nach Shanghaier Art angefangen und sich dann langsam zu den ausgefalleneren Gerichten vorgearbeitet.

Im Lauf des letzten Jahres hat sich herumgesprochen, wie gut das Lokal ist, und inzwischen kommen Leute auch aus anderen Vierteln zum Essen – sogar aus der City. Das Lokal ist klein und jeden Abend bis auf den letzten Platz besetzt. Amy hofft, dass um diese Zeit noch ein Tisch frei ist.

Beim Eintreten stellt sie überrascht fest, dass das Lokal fast leer ist. Sie setzt sich an einen Fenstertisch. Xiùlán kommt aus der Küche und winkt ihr zu, dann geht sie an den Tresen, nimmt den Telefonhörer ab und sagt etwas auf Chinesisch. Sie ist klein, knapp eins sechzig, und ihre Haare sind schwarz. Sie trägt eine rosa Mütze, an die kleine Fuchsohren genäht sind, eine schwarze Bluse und Jeans mit Rissen an den Knien. Sie beendet das Gespräch und kommt an Amys Tisch.

»Wie geht's?«, fragt sie mit ihrer sanften Stimme.

»Wie immer«, sagt Amy. »Und selbst?«

Xiùlán zuckt mit den Achseln. »Nerviger Anruf.«

»Ich hoffe, du hast mich noch nicht satt. Ich komm mittlerweile jeden Tag.«

Ein Lächeln. »Unsinn. Was darf ich dir bringen?«

Amy muss nicht auf die Speisekarte schauen. Sie bestellt ihre beiden Lieblingsgerichte: A1 und A3. Gedämpfte Jakobsmuschel-

Dumplings und gebratene Wan Tan. Die Wan Tan werden mit einer Erdnuss-Chili-Soße serviert. Sie ist nicht besonders hungrig. Die Begegnungen mit Vincent und Fred schlagen ihr auf den Magen. Seltsam, denkt sie, in welche Richtung sich ein Tag entwickeln kann. Seit zwei Jahren sehen ihre Tage mehr oder weniger gleich aus, und dann das.

Xiùlán gibt ihre Bestellung an die Küche weiter. Dann kehrt sie zurück an den Tresen und holt das Getränk, das es kostenlos zu jeder Bestellung gibt. Sie muss Amy nicht fragen, was sie trinken will, und das freut Amy. »Hier, bitte«, sagt sie und stellt die Dose Ginger-Ale vor Amy auf den Tisch.

Amy bedankt sich und Xiùlán setzt sich zu ihr. Sie reden darüber, wie warm und sonnig es ist, immerhin ist es erst Februar, und über die neuesten Nachrichten. Wie beängstigend sie sind. Dieser Volltrottel als Präsident. Das Einwanderungsverbot. Xiùlán erzählt, was einige ihrer Verwandten durchmachen mussten, ihre Ängste und Sorgen, wie schwer sie gearbeitet hatten, um so weit zu kommen, und dass ihnen jetzt alles unter den Füßen wegzubrechen scheint. Amy schüttelt den Kopf, sagt, wie traurig sie das findet. Dass sie es kaum erwarten kann, bis er abgewählt wird. Xiùlán sagt, sie wäre da nicht so optimistisch.

Sie wechseln das Thema. Xiùlán fragt Amy, ob sie von dem Doppelmord in der Bay Twenty-Third gehört habe, die Frau, die ihren Mann und ihren Sohn umgebracht hat. Schrecklich. Amy fragt, wie die Frau es gemacht hat. Xiùlán spreizt Zeigefinger und Daumen der rechten Hand ab. »Sie hat beide erschossen«, sagt sie. »Eine Kugel hat den Boden durchschlagen und beinah den alten Mann in der Wohnung drunter umgebracht.«

Amy überlegt, ob sie Xiùlán von Vincent und Fred erzählen soll. Es kommt ihr albern und egozentrisch vor und sie lässt es bleiben. Ihre Bestellung ist fertig, und Xiùlán steht auf, damit Amy in Ruhe essen kann.

Mit dem Geruch des Essens bekommt Amy Appetit. Das erste Dumpling geht in ihrem Mund auf, perfekt. Dann nimmt sie mit den Essstäbchen ein Wan Tan auf. Scharf. Auch perfekt. Sie schaufelt weiter in sich hinein, denkt, wie gut es schmeckt, und versucht, nicht daran zu denken, dass sie mit Fred zu Mittag essen oder Kaffee trinken wird. Hierher wird sie ihn jedenfalls nicht mitnehmen. Lieber geht sie mit ihm in ein Starbucks oder einen Ableger einer anderen Kette, der an jeder Straßenecke der Stadt sein könnte. Sie spült das Essen mit dem Ginger-Ale runter. Xiùlán fragt, ob alles in Ordnung sei. Wie immer hervorragend, sagt Amy.

Dann geht Amy zum Tresen, um zu bezahlen. Das Essen ist nicht teuer. Insgesamt zahlt sie ein bisschen über siebzehn Dollar. Sie gibt Xiùlán den genauen Betrag und legt fünf Dollar Trinkgeld auf den Tresen. Xiùlán bedankt sich für ihren Besuch. »Ich freu mich immer, dich zu sehen«, erwidert Amy und fragt sich, ob das ein wenig zu dick aufgetragen war. Xiùláns Gesicht verrät nichts.

Kaum hat Amy das Liu's Shanghai verlassen, vibriert das Handy in ihrer Tasche. Sie zieht es heraus und klappt es auf. »Vincent ist wieder da«, sagt Mrs. Epifanio. »Er trommelt gegen meine Küchentür.«

Kapitel 5

Draußen wird es langsam dunkel. Die erste Hälfte des Wegs rennt Amy, und als sie keine Luft mehr kriegt, fällt sie in einen schnellen Trab. Sie fragt sich, was bei Mrs. Epifanio los sein wird. Vincent gegen die Tür gelehnt, nachdem er aufgegeben hat? Aber vielleicht ist er doch nicht nur ein Spinner, wie es sie in jedem Viertel gibt. Vielleicht hat er die Tür eingetreten, ist reingestürmt und hat Mrs. Epifanio erwürgt. Vielleicht hat Mrs. Epifanio auch die Cops gerufen und Amy wird in dem Durcheinander nur dumm rumstehen.

Sie braucht eine gute Viertelstunde. Als sie ankommt, steht die Haustür offen. Sie geht rein. Von Vincent ist nichts zu sehen. Die Küchentür ist zu. Sie dreht den Knauf. Abgeschlossen. Sie klopft.

»Wer ist da?«, fragt Mrs. Epifanio von drinnen.

»Amy. Ist er weg, Mrs. E?«

»Ich glaube.« Mrs. Epifanio seufzt und öffnet die Tür. Sie sieht erschöpft und verängstigt aus. »Er stand da draußen und hat gegen die Tür gehämmert. Dann hat er mich alte Hexe genannt und gesagt, dass er die Tür eintritt. Ich bin so froh, dass du darauf bestanden hast, dass ich abschließe.«

»Hat er gesagt, was er will?«

»Nein. Nur dass er reinwill.«

»Warum haben Sie nicht die Polizei gerufen?«

»Ich hab doch dich gerufen.«

»Ich bin nicht die Polizei. Was hätte ich groß tun können?«

»Stimmt. Komm rein. Lass uns Kaffee trinken.«

»Ich kann nicht, Mrs. E. Tut mir leid.« Sie weiß nicht, warum sie nein sagt. Im Grunde wartet niemand auf sie. Gehört das hier nicht zu dem, was sie für ihre Aufgabe hält? Mrs. Epifanio beruhigen, für sie da sein, die Polizei rufen und Anzeige erstatten? Stattdessen sagt sie einfach nein. Ihr altes Ich kommt immer mehr zum Vorschein.

»Verstehe«, sagt Mrs. Epifanio.

»Verriegeln Sie auf jeden Fall die Tür«, sagt Amy.

Mrs. Epifanio nickt und schließt die Tür, nach wie vor verstört und jetzt auch noch enttäuscht. Bestimmt ist sie davon ausgegangen, dass Amy für eine Weile bleibt, weil sie so ein nettes Mädchen ist.

Amy betätigt das Schloss am Türknauf innen und zieht die Tür hinter sich zu. Sie sieht sich nach einem Hinweis auf Vincent um. Er war so fahrig gewesen, dass er vielleicht etwas hat fallen lassen. Während er mit dem Schlüssel rumgefummelt hat, hat er vielleicht seine E-Zigarette oder sein Handy verloren, irgendwas. Aber sie kann nichts entdecken.

Sie läuft die Stufen hinunter und geht hinaus auf den Bürgersteig. Wieder will sie ihm folgen. Derselbe Impuls wie zuvor. Sie hat nur zwei Spuren. Entweder ist er zu Diane oder ins Homestretch. Wenn er weder hier noch dort ist, ist sie aufgeschmissen. Dieses Mal wird sie ihn sich vorknöpfen, überlegt sie. So leicht lässt sie ihn nicht davonkommen. Bob Tully hat sie sich nie vorgeknöpft, dazu hat ihr der Mut gefehlt. Sie tippt auf das Homestretch und geht los.

Vom vielen Gehen tun ihr die Füße weh. Als sie beim Homestretch ankommt, bleibt sie draußen stehen und späht durchs Fenster. Die Budweiser-Leuchtschrift taucht die wenigen Gäste in rotes Licht. Von Vincent ist nichts zu sehen. Sie tritt ein und setzt sich auf den letzten freien Hocker am Ende des Tresens. Der Barmann sieht aus wie ein Klempner. Eine Goldkette hängt über seinem T-Shirt mit der italienischen Flagge. Er hat einen Schnurrbart und isst ein zusammengeklapptes Stück Pizza.

»Was wollen Sie trinken?«, fragt er.

»Nur ein Mineralwasser, bitte«, sagt Amy.

Wer in einer solchen Kneipe bedient, lacht nicht. Wahrscheinlich denkt er, dass sie ein Ex-Alki ist und mal wieder Bierdunst schnuppern will. Kann gut sein, so wie sie angezogen ist. So unauffällig. So wie eine, die vor ihrer Vergangenheit davonläuft.

Er bringt ihr ein großes Glas Mineralwasser mit Eis und einem Zitronenschnitz am Rand und stellt es vor sie auf einen Bierdeckel. Sie legt drei Dollar auf den Tresen. Er nimmt einen. Sie schiebt ihm die anderen beiden hin, damit er weiß, dass sie Trinkgeld sind. Er nickt. »Danke, Schätzchen.«

Das Homestretch hat sich kein bisschen verändert. Auf den Fernsehern läuft der New Yorker Sportkanal. Die Football-Übertragung ist vorbei. Baseball hat noch nicht angefangen. Die Eishockey-Fans warten darauf, dass die Rangers aufs Spielfeld kommen. Sie nimmt einen Strohhalm aus dem Spender auf dem Tresen, zieht ihn aus der Papierhülle und steckt ihn ins Glas. Saugt daran.

Als Vincent aus der Toilette kommt und sich ans andere Ende des Tresens setzt, ist sie nicht überrascht. Er sieht sie nicht. Ein Bud Light wartet auf ihn. Er scheint allein zu sein. Sie stützt einen Ellbogen auf den Tresen, dreht sich weg und legt die Hand ans Gesicht.

Aus dem Augenwinkel sieht sie, wie Vincent an seiner E-Zigarette zieht. Eine bläuliche Dampfwolke steigt um ihn auf.

Einige ältere Gäste sehen ihn an, als würde er auf seiner Cocktailserviette einen Frosch sezieren.

»Ich hab dir doch gesagt, dass du das lassen sollst«, fährt der Barmann ihn an.

»Komm schon, Bernie«, sagt Vincent. »Das tut doch niemand weh.«

»Darum geht's nicht. Du machst dich zum Deppen mit dem Teil. Uns alle. Wenn du unbedingt nuckeln musst, geh raus.«

Vincent seufzt. »Ich hab hier schon Leute gesehen, die aufm Tresen Kakerlakenrennen veranstalten, und du machst mich wegen meinem Dampfen schwach an?«

»Schon der Name«, sagt Bernie der Barmann. »*Dampfen.* Bist du 'ne Lokomotive? Hol dir einfach Zigaretten.«

Vincent gluckert den Rest seines Biers runter und geht raus. Er lässt sich auf die Bank plumpsen. Amy senkt die Hand und setzt sich wieder gerade. Hinter der Scheibe ist ganz am Rand Vincents Scheitel zu sehen. Wenn sie wirklich mit ihm reden wollte, wäre jetzt die Gelegenheit. Jetzt wäre der ideale Zeitpunkt. Sie überlegt, was sie ihm sagen könnte. Es sollte sitzen. Etwas wie »Mrs. Epifanio lässt schön grüßen«. Er würde aufblicken und sie angrinsen.

Aber was, wenn er wirklich gefährlich ist, so wie Bob Tully? Was, wenn er ihr eine verpasst? Das ist ungefähr das Letzte, was sie will. Aber vielleicht treibt sie ja gerade die Frage an, ob er zu dem imstande ist, wozu Bob Tully imstande war. Sie hat ein neues Geheimnis erwartet und bislang nur Langeweile geerntet.

Besser, sie wäre bei Mrs. Epifanio geblieben und hätte die Polizei gerufen, dann hätte sie ihnen eine Beschreibung von Vincent gegeben und gesagt, dass sie sich Sorgen um Diane macht.

Durch die Scheibe sieht Amy den dunklen Fleck seiner Haare, den darüber schwebenden Dampf und das Scheinwerferlicht vorbeifahrender Autos. Jemand tritt zu ihm. Ein Mann mit Hoodie. Nicht so ein leichter Hoodie wie ihrer, sondern dicker, weiter. Die Kapuze hat er sich eng ums Gesicht gezogen. Es könnte der von vorhin sein, nur anders angezogen. Der Mann setzt sich neben Vincent auf die Bank. Noch mehr Dampf.

Bernie tritt zu ihr und fragt, ob alles passt. Sie nickt und bedankt sich. Dann steht sie auf, lässt ihr Glas stehen, geht zur Wand und betrachtet das Poster für den Mayweather-Pacquiao-Kampf von vor ein paar Jahren. Daneben ist ein Flipperautomat längs an die Wand geschoben, auf dem lauter leere Flaschen stehen. Ein Stück weiter steht ein Barhocker mit einem riesigen Strauß künstlicher Rosen darauf. Sie berührt eine der Plastikblüten.

Wenn sie jetzt rausgeht, müsste sie mit Vincent reden. Sie würde die Tür aufziehen und praktisch vor ihm stehen. Wenn er den Kopf gesenkt hält, käme sie vielleicht an ihm vorbei, ohne dass er ihr Gesicht sieht.

»Gute Nacht, Schätzchen«, sagt Bernie, als sie zur Tür geht.

»Danke«, sagt sie. »Gleichfalls.«

Als sie die Tür öffnet, dreht sie den Kopf nach links, sucht Blickkontakt mit Vincent. Überrascht stellt sie fest, dass er und der andere Mann nicht mehr auf der Bank sitzen. Sie geht ein paar Schritte zur Bürgersteigkante und sieht sich in alle Richtungen nach ihnen um. Endlich entdeckt sie die beiden, die in die West Tenth Street Richtung Highlawn Avenue verschwinden. Ihr Bauchgefühl sagt ihr, es bleiben zu lassen, aber sie folgt ihnen, als wäre das ihre Pflicht.

Zwischen Kings Highway und Highlawn ist die West Tenth

eine ruhige Wohnstraße, hauptsächlich Reihenhäuser mit halb zugeparkten Einfahrten, Werbung, die hinter Scheibenwischern klemmt, Mülltonnen und Recyclingtonnen auf den Bürgersteigen. Die dicht an dicht stehenden Autos gönnen sich kaum einen Zentimeter Parkplatz. Unter dem trüben Schein der Straßenlaternen liegen weggewehte Zeitungen im Rinnstein. Die Dunkelheit ist hier viel dunkler als auf dem geschäftigen Kings Highway.

Amy folgt in sicherem Abstand auf der anderen Straßenseite. Sie zieht sich die Kapuze über den Kopf, um ihr Gesicht zu verbergen. Der andere Mann – jetzt sieht sie ihn richtig – trägt Schlabberjeans mit einem Loch in der Gesäßtasche und Timberland Boots. Die Kapuze hat er nicht abgestreift.

Vincent wirkt extrem nervös. Wild gestikulierend redet er auf den Mann ein und versucht offenbar, ihm etwas zu erklären.

Der Mann erwidert etwas. Er macht einen entspannten Eindruck.

Amy ärgert sich, dass sie kein Wort ihres Gesprächs verstehen kann.

Sie fragt sich, worauf das alles hinausläuft. Eine Reihe hässlicher Möglichkeiten gehen ihr durch den Kopf: Drogendeals, Erpressung, ein illegales Bordell, das Verprügeln eines armen Kerls, der ihnen Geld schuldet.

Unvermittelt bleiben sie stehen. Amy duckt sich hinter einen Nissan Maxima mit einer von Vögeln vollgeschissenen Windschutzscheibe. Vincent wird lauter. Sie hört das Wort *Mutter*. Die beiden sehen sich an, die Gesichter nur eine Handbreit voneinander entfernt. Hinter dem geschwungenen Rand der Kapuze erkennt sie undeutlich das Profil des Mannes. Er hat eine lange Nase und ein kantiges Kinn. Den Mann, mit dem

Vincent vorher zusammen war, hat Amy nur von vorne gesehen. Auf sein Gesicht hat sie kaum geachtet, eigentlich nur auf seine Kleidung. Die Basketball-Shorts und die Flip-Flops. Die leicht gebeugte Haltung, mit der er auf der Bank saß.

Vincent hebt beide Arme und versetzt dem Mann einen Stoß.

Der Mann stolpert zurück und prallt gegen ein parkendes Auto. Er zieht ein Messer. Amy bemerkt es nur, weil es im Licht der Straßenlaterne aufblitzt. Es hat eine kurze, breite Klinge. Viel mehr erkennt sie von ihrer Position aus nicht.

Amy zieht den Kopf noch weiter ein und presst eine Hand auf den Mund, um bloß keinen Laut von sich zu geben. Falls er zusticht, soll er nicht wissen, dass sie hier ist. Sonst ist er hinter ihr her. Sie fragt sich, ob jemand die Szene von einem der umliegenden Fenster aus beobachtet. Vielleicht geht's ja nur darum klarzustellen, wer von beiden das Sagen hat. Machtspielchen, Alphamännchen-Scheiß. Nichts wird passieren.

Aber dann holt der Mann nach Vincent aus und erwischt ihn an der Kehle. Vincent reißt die Arme nicht schnell genug hoch, um den Angriff abzuwehren. Amy hört ein Schmatzen, dann hustet Vincent. Er legt die Hand an den Hals, als wollte er verhindern, dass etwas daraus herausfällt, dann sinkt er hinter einem Auto zu Boden und sie kann ihn nicht mehr sehen. Ohne Zögern rennt der Mann los, läuft auf die Straße, sieht sich einmal um, dann biegt er schnell in die Highlawn Avenue. Seine Boots auf dem Asphalt klingen unheimlich.

Amy richtet sich auf und späht über die Motorhaube des Maxima, aber auch so kann sie Vincent nicht sehen. Sie überquert die Straße und blickt sich nach möglichen Zeugen um. Sie sollte die Cops rufen und tut es nicht. Sie fühlt sich wie damals, als sie Bob Tully aus dem Fenster beobachtet hat. Zuerst hat sie gedacht, dass Vincent wie Bob Tully aussieht, aber jetzt wird ihr klar, dass Vincent wie der von Bob Tully erwürgte Unbekannte aussieht. Sie muss stillhalten.

Sie tritt zu Vincent. Er liegt neben dem Rinnstein auf der Seite, das Messer steckt ihm noch im Hals. Unter ihm bildet sich eine Blutlache. Seine Augen sind aufgerissen. Der Mund steht in stummer Verzweiflung offen. Aus seinem Mund und zwischen seinen Fingern rinnt Blut. Mit einem heftigen Ruck zieht er das Messer aus seiner Kehle – das Schlimmste, was er tun kann. Dick quillt das Blut aus seinem Hals, seine Finger tasten ziellos herum.

Amy steht nicht weit von ihm an dem Gartentürchen eines bescheidenen kleinen Reihenhauses mit einem Valentinstag-Herzen aus Pappe an der Tür. Fasziniert und mit Ekel betrachtet sie das Blut. Morgens saß sie noch mit Vincent an Mrs. Epifanios Tisch. Sie weiß nicht, ob er das hier verdient hat. Wahrscheinlich nicht, sagt sie sich. Sie denkt an die heilige Maria Goretti, der ein Beinahevergewaltiger die Kehle aufgeschlitzt hat, als sie elf war. Wo sie das gelesen hat, weiß sie nicht mehr. Bestimmt in einem der Heiligenbücher aus der Bücherei. Mit ihrem letzten Atemzug vergab die heilige Maria Goretti ihrem Mörder, sagte, sie hoffe, ihm im Himmel wiederzubegegnen. Vermutlich ist sie deswegen eine Heilige, denkt Amy.

Sie geht in die Hocke und sagt: »Es wird alles gut, Vincent.«

Jetzt erst nimmt Vincent sie wahr. Er röchelt zwei Worte: »Hol … Hilfe.«

Sein Blut rinnt auf die Straße und in den dunklen Spalt zwischen der Bordsteinkante und dem Vorderreifen eines geparkten Autos. Amy riecht das Gummi des Reifens. Sie riecht Vincents Angst. Er blickt sie mit traurigen, sterbenden Augen an. Sie schiebt ihre Kapuze zurück, damit er ihr Gesicht sehen kann. Schwarze Haare. Blasse Haut. Mitfühlende Augen. Sie fragt sich, ob er sie für eine Heilige hält.

Ohne dass er noch etwas sagt, weicht das Leben aus Vincent. Ihm ist nicht mehr zu helfen, nicht bei einer solchen Wunde. Amy übernimmt jetzt eine Rolle, das ist es. Ihr ist klargeworden, dass es ihre Aufgabe ist, diesem Fremden in seinem Todeskampf beizustehen.

Sie streckt die Hand aus und legt sie auf seine Brust. Er ist ein Bild vollkommener Stille.

Neben ihm liegt das Messer. Sie nimmt es in die Hand. Ein Klappmesser, um die zwanzig Zentimeter lang, der Griff aus Horn, eine spitze Stahlklinge. Vincents Blut darauf. Sie steht da, klappt die Klinge ein, sichert sie. Jetzt ist Vincents Blut auch auf ihrer Handfläche. Sie steckt das Messer in die Tasche ihres Hoodies und geht in die entgegengesetzte Richtung wie der Killer zurück zum Kings Highway.

Kapitel 6

Als ihr bewusst wird, was eben passiert ist, fängt Amy vor Angst an zu zittern. Mit dem Messer in der Tasche fühlt sie sich wie ein Killer. Sie weiß nicht, ob sie heimgehen soll. Und wie kann sie jemals wieder in die Kirche? Bestimmt wird sie Vincent auf dem Altar sehen, die Hände am Hals, das Blut die Marmorstufen hinunterfließend. In Katryas Orgelspiel wird sie ihn um Luft ringen hören. Sie wird das Gummi und die Angst riechen, wenn sie die geweihte Oblate auf ihrer Zunge spürt. Wird sein Blut im Kelch sehen und auf ihren Lippen schmecken. Wenn sie sich hinkniet und eine Kerze anzündet, wird Vincent in den Kirchenfenstern erscheinen. Hingeschlachtet wie ein Heiliger. Und sie wird sich in diesem Moment, seinem letzten, selbst mit einer Heiligen verwechseln.

Ziellos geht sie weiter. Die Hand in der Tasche. Das Blut an der Hand. Blut an den Spitzen ihrer Sneakers, mit denen sie in die Blutlache getreten sein muss, als sie die Hand auf Vincents Brust gelegt oder das Messer aufgehoben hat.

Sie ist links in den Kings Highway gebogen, weg vom Homestretch, und zur Seventy-Eighth Street gegangen, über den Bay Parkway, vom dem die nummerierten Avenues nach unten abgehen. Die Seventy-Eighth Street sieht mehr oder weniger aus wie die Straße, in der Vincent erstochen wurde, wie alle kleinen Straßen in der Gegend. Bäume. Hydranten. Eiserne Gartentürchen. Marienstatuen in den Vorgärten. Mülltonnen auf dem Bürgersteig. Parkplatznot. Schummrige Straßenlaternen. Hin und wieder brummt ein Auto vorbei, die Scheinwerfer eine Katastrophe an Möglichkeiten. Als sie durch Bensonhurst Richtung Dyker Heights läuft, ersetzen größere Häuser mit breiten Einfahrten die Reihenhäuser. Amy sieht auf und bemerkt, dass sie gleich die Sixteenth Avenue erreicht. Der Roulette Diner fällt ihr ein.

Das Roulette befindet sich an der Sixteenth Ecke Eighty-Sixth. Es ist ein alter, rund um die Uhr geöffneter Diner, in den Alessandra sie ein paarmal mitgenommen hat. Sie biegt nach links und geht rasch die acht kurzen Blocks.

Angekommen steigt sie die bröckelnden Stufen hinauf. An der Tür hängt ein laminiertes Schild, auf dem steht: DAS ROULETTE WIRD AM 15. APRIL 2017 SCHLIESSEN. WIR DANKEN UNSEREN GÄSTEN FÜR VIERUNDVIERZIG JAHRE TREUE! Amy öffnet die Tür. Eine Glocke ertönt. Es sieht genau aus wie ein Lokal auf den letzten Metern: Kunstledersitze, die mit Klebeband geflickt sind, gesprungene, dreckige Wandspiegel. Der frühere Casinochic ist schlecht gealtert und hat sich in Casinotristesse verwandelt. Heute sehen die Kellner und Kellnerinnen in schwarzen Jacken und zugeknöpften Hemden und Blusen aus, als hätten sie die ganze Nacht an einem Black-Jack-Tisch mit niedrigen Einsätzen gestanden. An der Kasse hockt ein alter Mann mit einer *Daily News,* dem die Lesebrille auf die Nasenspitze gerutscht ist.

Amy schiebt sich in eine Sitznische, von der aus sie den Parkplatz überblickt, und zieht ihre Kapuze herunter. Die Hälfte des Parkplatzes ist wegen eines sinnlosen Bauprojekts aufgerissen. Über das Lokal verteilt sitzen ein paar versprengte Gäste an den Tischen und in den Nischen. Es ist spät, aber so spät auch nicht. Sie hat Angst, auf ihr Handy zu schauen. Gegenüber von ihr machen zwei kichernde Mädchen von sich und zwei riesigen Tellern mit Pommes Selfies. Amy erinnert sich daran, dass Alessandra hier auch einmal Pommes bestellt hat.

Ein Kellner mit langen Fingernägeln und müden Augen, auf der Jacke einen verkrusteten grünlichen Fleck, tritt an ihren Tisch. Er reicht ihr eine klebrige Speisekarte und füllt ihr Wasserglas. Das Glas ist mit einem weißen Geschirrspülmittelfilm überzogen. Sie dankt ihm und bestellt einen Kaffee.

Dann steht sie auf und geht in die versiffte Toilette. Der rosa Schaum aus dem gerissenen Seifenspender hat im Waschbecken eine schleimige Spur hinterlassen. Noch ein gesprungener Spiegel. Einige Bodenfliesen sind gebrochen. Es gibt zwei Kabinen, die Türen von außen mit Schmierereien – Tags, Telefonnummern – und halb abgerissenen Aufklebern überzogen. Als Erstes wäscht sie das Blut von ihrer Hand.

Dann geht sie in eine Kabine, breitet Klopapier auf dem Sitz aus und setzt sich zum Pinkeln darauf. Sie sieht auf die Tattoos auf ihren Schenkeln. Es waren einmal ihre Lieblingstattoos. Zwei mexikanische Totenschädel, bunt, fröhlich. Der eine gut, der andere böse. Joey Assassin in Flushing hat sie gemacht. Ein passendes Bild, wenn sie an die Freude und das Gefühl, eine Aufgabe zu haben, denkt, die sie beim Anblick des sterbenden Vincent hatte.

Sie wickelt Klopapier ab, wischt das Blut von den Sneakers und lässt das zerknüllte Papier zwischen ihren Beinen in die Schüssel fallen. Dann nimmt sie das Messer aus der Tasche und klappt es auf. Sie stellt sich vor, wie es in Vincents Kehle steckt, hört ihn gurgeln. Das Profil des Killers taucht vor ihr auf. Das Blut ist da. Es ist real. Ihre Beine schlafen ein. Sie wischt das Blut vom Messer und steht auf. Das blutige Papier wirft sie in die Kloschüssel und drückt energisch den Spülknopf, als würde es wieder hochschwappen, wenn sie nicht fest genug drückt. Rote Schlieren wirbeln durchs Wasser.

Sie legt das Messer auf den Spülkasten und zieht ihre Hose

hoch. Am liebsten würde sie das Blut vom Messer entfernen, hat aber Angst, es im Waschbecken zu tun. Was, wenn jemand reinkommt? Sie taucht es ins Klo und bewegt es durch das nachgelaufene Wasser wie beim Geschirrspülen. Wieder Rot im Wasser. Sie dreht es in der Hand und hält es an der Klinge, damit sie auch den Griff säubern kann. Als sie fertig ist, trocknet sie das Messer mit Klopapier, dann drückt sie noch einmal fest die Spülung. Das zusammengeklappte Messer steckt sie zurück in die Tasche.

Sie will sich nicht selbst in die Augen sehen. Sie wäscht sich die Hände am Waschbecken und vermeidet wie beim Reinkommen den Blick in den gesprungenen Spiegel. Sie weiß nicht, wer oder was sich in dem Dreck spiegeln wird.

Am Tisch wartet ihr Kaffee. Er dampft noch. Sie schließt die Hände um den Becher und hält das Kinn in den Dampf, die Ellbogen auf dem Tisch. Der Kaffee riecht ekelhaft. Sie sieht wieder aus dem Fenster. In dem Moment kommt ihr der Gedanke, dass sie verfolgt worden sein könnte. Von wem? Jemand, der sie gesehen hat, wie sie den Mord beobachtet? Vielleicht war der Killer auch zurückgekehrt, um sich das Messer zu holen, und hat gesehen, wie sie sich über Vincent beugt? Jede dunkle Gestalt dort draußen ist der Killer. Jeder Hochbahnpfeiler bietet ihm Deckung. Um jede Ecke späht er mit gemeinen Augen, die Kapuze eng um den Kopf gezogen, so dass sein Gesicht ein Schatten des Bösen ist.

»Amy?«, sagt eine Stimme.

Sie sieht auf. Es ist Mr. Castricone aus der Kirche. Er sammelt die Kollekte bei der Frühmesse am Sonntag. Beinah hätte sie ihn nicht erkannt, weil er kein steifes Tweedjackett trägt. Er hat eine Windjacke an, graue Jogginghosen und eine verschlissene Mets-Kappe. Er muss Ende fünfzig sein, sieht in der Freizeitkleidung aber älter aus, wie ein Mann, der mit einer Flasche Billigwein auf einer Bank vor einem Wettbüro sitzt. Plötzlich merkt sie, dass sie nicht geantwortet hat.

»Geht's Ihnen gut?«, fragt Mr. Castricone. »Sie sehen verstört aus.«

»Ich bin nur ein bisschen müde«, sagt Amy.

»Kann ich was für Sie tun?«

»Das ist nett. Aber es geht mir gut.«

»Wie wär's mit ein bisschen Gesellschaft?«

»Es geht mir gut, ehrlich.«

Mr. Castricone setzt sich trotzdem an ihren Tisch. »Haben Sie schon bestellt? Ich hatte das Hühnchen-Souflaki.« Er küsst seine Fingerspitzen. »Köstlich. Ich hab Carmine gesagt, er soll dem Koch mein Kompliment ausrichten. Carmine bedient mich immer. Er arbeitet hier schon eine Ewigkeit. Traurig, dass der Laden zumacht. Seit vierundvierzig Jahren gibt es das Roulette und seit vierundvierzig Jahren komm ich her. Hier war schon meine Firmungsfeier, kaum zu glauben, was? Meinen Junggesellenabschied hab ich auch hier gefeiert. Ich und die Jungs. Führt mich bloß nicht in einen Strip-Club, hab ich ihnen gesagt. Ich will ins Roulette. Jeden Sonntag bin ich mit meiner Frau und meiner Tochter hergekommen. Als meine Frau 2006 gestorben ist, ist meine Tochter trotzdem jeden Sonntag von Jersey reingefahren und mit mir ins Roulette. Carmine hat auch nach ihrem Tod für meine Frau eingedeckt. Als meine Tochter dann selbst Kinder gekriegt hat, ist sie nicht mehr gekommen, aber ich bin immer noch da und Carmine deckt jetzt für meine Frau und meine Tochter ein. Wo soll ich denn jetzt hin? In der Gegend hier wüsste ich nichts.«

»Das tut mir leid«, sagt Amy.

»Ich stör Sie, was?«, sagt er.

»Ich will nur …«

»Wenn Sie mit jemand reden wollen, ich bin da. Ich weiß einiges übers Leben. Hab verdammt viel Mist durchgemacht.« Er hält inne. »Ich sollte nicht fluchen, Entschuldigung. Ich hab meine Frau sterben sehen. Die ganzen Streiks. Und ich hab eine Bruchlandung bei diesem Schneeballsystem in Bay Ridge gemacht. Haben Sie davon gehört? Meine ganzen Ersparnisse gingen flöten. War ich nicht der Einzige. Ich hab dem Mann, der das angezettelt hat, vertraut. Hab ihn wie einen Sohn behandelt. Ach, ich red schon wieder zu viel. Meine Frau hat immer gesagt, dass ich zu viel rede. Meine Tochter auch. Erinnere ich mich richtig, dass Sie aus Queens stammen?«

»Ja.« Amy nimmt einen Schluck Kaffee. Er schmeckt noch schlechter, als er riecht. Eine säuerliche Plörre. Zwei Päckchen Zucker schüttet sie hinein, damit er genießbar wird. Dabei fragt sie sich, ob er so furchtbar schmeckt wegen dem, was sie gerade gesehen hat. Nachdem Bob Tully sie mit dem Messer bedroht hatte, hatte sie eine Zeitlang nichts mehr geschmeckt, erinnert sie sich. Ihre Großmutter hatte sie zum Arzt geschickt, weil sie so viel abgenommen hatte.

Wieder trinkt sie. Der Zucker kann den widerlichen Kaffeegeschmack kaum mildern.

»Flushing, stimmt doch, oder? Toi, toi, toi, noch funktioniert mein Gedächtnis.«

»Mr. Castricone, ich will bestimmt nicht unhöflich sein«, sagt Amy und lehnt sich zurück. »Und ich finde es nett, dass Sie sich um mich sorgen. Aber ich würde gerne allein sein, wenn es Ihnen nichts ausmacht.«

»Verstehe«, sagt Mr. Castricone. »Liebeskummer, oder? Bestimmt hat Ihnen einer wehgetan. Kenn ich. Aber eins kann ich Ihnen sagen: Der hat nicht alle Tassen im Schrank. Hübsch, wie Sie sind.« Er steht auf. »Ich hab gehört, dass Sie tätowiert sind. Ich hab auch eine Tätowierung. Aus meiner Zeit bei der Navy. Meine Frau fand sie schrecklich. Na, wir haben alle unsere Geheimnisse.«

Amy erwidert nichts. Als Mr. Castricone endlich aufsteht und den Diner verlässt, ist sie erleichtert. Der Kellner kommt zurück und fragt, ob sie etwas zu essen möchte. Sie sagt, dass sie beim Kaffee bleibt. Wenn sie Lust auf was Süßes habe, solle sie unbedingt den Rainbow Cake probieren, erwidert er. Der sei ihr Renner unter den Desserts. Sie sagt, dass sie sich nicht ganz wohl fühlt, aber dass sie ihn das nächste Mal bestimmt nehmen wird. Es würde nicht mehr viele nächste Male geben, sagt er. Sie gibt nach, und er bringt ihr ein Stück Kuchen und versichert, dass sie es nicht bereuen wird.

Sie sticht mit der Gabel hinein. Der Kuchen ist matschig, und die Glasur schwitzt, so als würde er seit Tagen in der heißen Theke liegen. Sie bringt keinen Bissen runter. Auf keinen Fall.

Um nicht mehr an Vincent und seinen Killer zu denken, denkt sie an Alessandra. Als sie einmal an ebendiesem Tisch saßen, hat Alessandra ihr eine Geschichte aus der Highschool erzählt. Wie sie im letzten Jahr nach einer Schulaufführung hierhergegangen sei und mit einem Mädchen namens Marilu Pirraglia eine Halbliterflasche Pfefferminzlikör im Klo getrunken habe. Danach hätten sie zwei Stück Schokoladenkuchen gegessen, den sie auf dem Parkplatz ausgekotzt hätten, und den ganzen Heimweg über gelacht.

Der Kellner schlurft an ihren Tisch. »Na, wie ist der Kuchen?«

»Gut«, sagt Amy.

»Aber Sie haben ja noch gar nicht richtig davon gegessen.«

»Tut mir leid. Mein Magen.«

Er zuckt mit den Achseln. »Ich hätte Sie nicht überreden sollen.«

»Darf ich Sie um einen Gefallen bitten?«

»Klar.«

»Rufen Sie mir bitte ein Taxi?«

»Natürlich.« Er geht zu dem alten Mann an der Kasse und sagt etwas zu ihm. Der Alte nimmt den roten Telefonhörer ab und tippt langsam eine Nummer ein, sagt etwas in die Sprechmuschel. Er hält die Hand in die Höhe, fünf Minuten, dann sind sie da.

Amy will nur noch heim. Sie ist so viel gelaufen, dass sie für die drei Kilometer zu ihrer Wohnung keine Energie mehr hat. Außerdem weiß sie nicht, was draußen in der Dunkelheit auf sie wartet. Sie fährt nicht gerne Taxi, für die paar Stationen nimmt sie lieber den Bus oder die Subway, aber um diese Uhrzeit müsste sie sicher eine Weile warten, und das hieße, vor aller Augen an einer Straßenecke oder auf einem Bahnsteig herumzustehen.

Sie legt zehn Dollar auf den Tisch, mehr als genug für den schlechten Kaffee, ein Stück Kuchen, das sie nicht gewollt hat, und das Trinkgeld fürs Taxirufen.

Ein paar Minuten später fährt ein großer schwarzer PKW aus den Achtzigern auf den Parkplatz, die Scheinwerfer werfen ein trübes Licht auf die halbfertige Baustelle. Amy verlässt rasch den Diner. Auf der Beifahrertür steht in weißen Buchstaben GRAVESEND & BENSONHURST BEST CAR SERVICE. Der Fahrer öffnet nicht die Tür für Amy. Sie steigt ein, mit der Rechten umklammert sie das Messer in der Tasche, damit es nicht herausfällt und zwischen die Sitze rutscht.

Der Fahrer hat ein breites Kreuz, trägt eine weiße Kangol-

Kappe und eine schwarze Lederjacke mit hochgeschlagenem Kragen und hat sich zu großzügig mit Aftershave eingesprüht. Seine Augen wandern im Rückspiegel von ihrem Gesicht zu ihrem Busen. »Wohin, die Lady?«, fragt er.

Der Geruch ist so penetrant, dass Amy die Scheibe herunterkurbeln muss. »Kennen Sie die St. Mary?«

»Klar.«

»Da will ich hin. Zum Eingang in der Eighty-Fifth Street.« Sie will ihm nicht ihre Adresse nennen, damit er nicht weiß, wo sie wohnt.

»Eine kleine nächtliche Beichte, was?«

Darauf sagt sie nichts.

Er fährt vom Parkplatz und biegt links in die Eighty-Sixth Street. Amy sieht durch das offene Fenster Ladenfronten vorbeiziehen und hofft, nicht weiter mit dem Fahrer reden zu müssen. Fliesengeschäft. Reifenwerkstatt. Tasty Chicken. Bagel Shop. Farbenladen. Die New-Utrecht-Zweigstelle der Bücherei. East Ocean Buffet. Nähatelier. Marshall's. An der Kreuzung zur New Utrecht Avenue taucht die Hochbahntrasse auf, an einer Ecke ist das Capelli's Funeral Home. Unter der Hochbahn leuchten rote Lichter auf. Bremslichter. Autos in zweiter Reihe. Eine Frau auf einem Laufband hinter der Scheibe eines Fitnesscenters, das rund um die Uhr geöffnet hat. Dukes's Deli. Ein polnisches Restaurant. Meats Supreme. Zigarrenladen. Ein paar Sushi-Läden, die Amy, soweit sie sich erinnert, noch nie besucht hat. Ein Popeyes mit chinesischer Schrift auf dem Ladenschild.

»Kennen Sie eine Betty Clay?«, fragt der Fahrer.

»Tut mir leid, nein«, sagt Amy.

»Meine Tante. Sie geht in die St. Mary. Als Kind bin ich in die Most Precious Blood gegangen. Gibt's die überhaupt noch?«

»Ja.« Ein paarmal war sie mit Alessandra in der Most Precious Blood in der Bay Forty-Seventh. Alessandra war dort zur Schule gegangen, aber die Schule hatte vor Jahren geschlossen und ihr Vater mochte die St. Mary lieber.

»Warum die schlechte Laune, Lady. Lächeln Sie.« Der Fahrer warf ihr einen Blick im Rückspiegel zu.

»Sie kennen mich überhaupt nicht.«

»Sie sind hübsch. Lächeln Sie.«

»Lecken Sie mich am Arsch.«

Der Fahrer lacht. »Na, na, na.«

Sie biegen an dem hell erleuchteten russischen Supermarkt in die Twenty-Third Avenue ein. Er lässt sie vor der Kirche an der Eighty-Fifth Street aussteigen und nennt ihr den Fahrpreis. Amy zählt das Geld bis auf den letzten Cent ab und gibt ihm kein Trinkgeld. Nach ihrem Aussteigen tritt der Fahrer aufs Gas, bevor sie die Tür ganz zugeschlagen hat.

Sie geht den Block entlang zu ihrer Wohnung. Als sie das Gartentürchen öffnet, sieht sie auf und entdeckt Mr. Pezzolanti, der sie von seinem Fenster aus beobachtet. Er hebt eine Hand. Amy bleibt stehen, bevor sie die Treppe zu ihrer Wohnung hinuntergeht. Mr. Pezzolantis Tür öffnet sich und er tritt heraus. Er trägt Hausschuhe und einen dicken Bademantel mit einem großen Eiscremeklecks darauf.

»Ich hab mir Sorgen gemacht«, sagt er. »Als ich gesehen hab, wie spät es ist, hab ich gedacht: *Das sieht ihr überhaupt nicht ähnlich.* Gerade nachdem dein Vater heute da war.«

»Alles okay, Mr. P.«

»Sicher? Du wirkst ein bisschen mitgenommen.«

»Doch, wirklich. Ich bin nur müde. Ich hab einen langen Spaziergang gemacht.«

»Sag mir Bescheid, wenn du was brauchst.« Er ist aufrichtig

besorgt um sie, aber auch neugierig. Sie sieht die Fragezeichen auf seiner Stirn. Wo war sie? Und mit wem?

In ihrer Wohnung schaltet sie das Licht nicht ein, sondern setzt sich im Dunkeln aufs Bett und schlüpft aus ihren Sneakers. Sie sieht sich über Vincent gebeugt, eine Straßenlaterne wirft einen Lichtkranz um ihren Kopf. Vincents Mund öffnet sich. Er ist ganz nah. Blut. Gurgeln. Seine geflüsterte Bitte um Hilfe. Dann das Profil des Killers und seine Boots auf dem Asphalt. Sie versucht sich an jedes Detail zu erinnern. Denkt wieder an Bob Tully, wer sie war und was sie sah und wie das ihr Leben geprägt hat, wie es vor allem jeden ihrer Schritte bestimmt hat von dem Moment an, als sie bei Mrs. Epifanio eintraf. Ihre Untätigkeit war die Untätigkeit des Mädchens, dem Bob Tully Todesangst eingejagt hat. Der Nervenkitzel, den sie gespürt hat, als sie Vincent folgte, war derselbe Nervenkitzel, den sie damals gespürt hat. Es war, als würde sie sich von außen sehen. Wie *langweilig* sie geworden ist. Sie hat sich gehen lassen.

Sie zieht das Messer aus der Tasche. Hält es in der Hand wie etwas, das sie im Wald vergraben gefunden hat. Am Griff ist immer noch Blut. Sie trägt es ins Bad und wäscht es mit ihrer Sandelholzseife. Die Reste von Vincents Blut verschwinden im Abfluss. Als sie fertig ist, trocknet sie es mit einem rauen schwarzen Handtuch ab.

Sie fragt sich, ob Vincents Leiche schon gefunden wurde, und stellt sich die Szenerie vor: ein Rettungswagen, dessen hintere Türen aufgestoßen werden, zwei Sanitäter, die sich über die Leiche beugen, hin und her laufende Cops, kopfschüttelnde Nachbarn auf den Eingangsstufen zu ihren Häusern, schockiert, dass so etwas in ihrer Straße passieren kann. Wieder fragt sie sich, ob sie gesehen wurden – zwei kämpfende Männer und eine Frau, die sich hinter ein Auto kauert, und nachdem der Killer Reißaus genommen hat, läuft die Frau zu dem am Boden liegenden Mann. Die Frau hilft nicht, nicht soweit man sieht. Die Frau nimmt das Messer und steckt es ein, dann geht sie weg.

Wenn sie das Messer behält, muss sie es verstecken. Sie geht zum Kühlschrank, in dem die Schachtel Himbeer-Minze-Eis im Tiefkühlfach liegt. Sie steckt das Messer in die Schachtel, dann tritt sie an ihr Bett und zieht den Hoodie an. Sie vergräbt sich in ihrem Alleinsein. Sie versucht, sich zu vergeben. Sie bittet Gott um Vergebung. Sie betet. Sie ist sicher, dass sie hört, wie sich das Gartentürchen öffnet. Sie hört das Knirschen von Sohlen. Sie vermisst ihre LPs. Sie setzt den Kopfhörer auf, aber die Batterien ihres alten Walkmans sind leer. Sie fühlt sich verlassen. Sie kann nicht schlafen. Sie sieht Bob Tullys lächelndes Gesicht. Sie fragt sich, ob sie jemals wieder schlafen wird.

Kapitel 7

Amy fragt sich, ob sie überhaupt geschlafen hat. Als sie sich morgens um halb acht im Bett aufsetzt, brennen ihre Augen unter den schweren Lidern. Sie hat keine Lust, frische Sachen anzuziehen. Sie geht ins Bad und putzt sich die Zähne. Wieder vermeidet sie den Blick in den Spiegel und schlüpft in ihre Sneakers und geht raus.

Draußen ist es kälter geworden. Gestern war es fast frühlingshaft. Aber so sehr hat sich das Wetter nicht geändert, es ist nur wieder mehr Februar.

Erleichtert sieht Amy, dass Mr. Pezzolanti nicht am Gartentürchen steht, um sie abzupassen.

Im russischen Supermarkt in der Twenty-Third Avenue besorgt sie sich die *Daily News* und einen Kaffee. Sie blättert durch die Zeitung und sucht nach einem Bericht über den Mord, nach einem Bild von Vincent. Sie hat halb mit einem Bericht auf der Titelseite gerechnet. Vermutlich denkt jeder, der Zeuge oder das Opfer eines Verbrechens ist, es sei das Wichtigste, was in der Stadt passiert. Dasselbe hat sie damals bei Bob Tully gedacht, aber in der Zeitung stand nichts über den Fall, der Mann wurde nicht einmal vermisst. Über den Mord an Vincent ist auch nichts zu finden, nicht einmal im Mittelteil, bei den Kurzberichten. Sie wirft die Zeitung in den Abfalleimer an der Straßenecke und nippt an ihrem Kaffee. Wenigstens ist er stärker als der im Diner. Der blaue Pappbecher in ihrer Hand ist heiß, fast lebendig.

Sie hat einmal gelesen, dass Schlaflosigkeit bei Heiligen,

gefördert noch durch Fasten, zu Visionen führen kann. Erlebt sie so etwas gerade? Nicht, dass sie eine Heilige wäre. Sie ist ein ganz normaler Mensch, der ein Trauma erlitten hat. Dazu kein Essen, kein Schlaf, die Nerven blank. Die Welt um sie herum erscheint ihr schärfer und heller, alle Konturen sind klarer. Die Subway ist lauter. Die Zeit fühlt sich verdünnt an, so als befände sie sich in einer Illusion.

Sie muss der Realität ins Auge sehen. Sie geht zur Eighty-Fourth Street und tritt in das Pfarrhaus von St. Mary. Es warten Aufgaben auf sie. Sie soll Botendienste übernehmen. Eine gute Seele sein. Helfen.

Connie Giacchino sitzt am Eingang und hält einen roten Becher in der Hand, auf dem GOTT GIBT KRAFT steht. Vor ihr liegen Heiligenbildchen aufgefächert. Ihre getönten Brillengläser verbergen nicht den Schrecken in ihren Augen, als sie Amy erblickt.

»Geht's dir gut?«, fragt sie und stellt den Becher ab.

»War schon mal besser«, sagt Amy und ihre Stimme klingt fremd in dem stickigen Raum. Sie betrachtet die Wände, als sähe sie sie zum ersten Mal. Herz-Jesu-Kalender, seltsame Urkunden, gerahmte Porträts von Papst Franziskus. »Bist du so nett und richtest Monsignore Ricciardi aus, dass ich heute leider nicht zur Verfügung steh?«

»Selbstverständlich.« Connie steht auf. »Du siehst mitgenommen aus. Willst du dich setzen? Möchtest du was trinken? Tee?«

»Ich geh lieber wieder heim.«

»Ist was passiert, Amy?«

»Wie meinst du das?«

»Keine Ahnung. Du machst einfach den Eindruck, als wäre was passiert.«

»Nein, es ist nichts passiert.«

»Keine Sorge. Immacula hat gestern schon ausgeholfen, sie wird auch heute einspringen können. Bei Gott, sie hat ja sonst nichts zu tun.«

»Danke.«

»Willst du mit Monsignore Ricciardi sprechen? Er ist in einer Viertelstunde wieder da.«

»Was soll ich denn mit ihm besprechen?«

»Ich dachte nur, dass du vielleicht lieber mit ihm redest als mit mir. Wenn du überhaupt reden willst.«

Amy macht einen Schritt zurück. »Ich hab doch gesagt, dass alles in Ordnung ist, Connie.«

»Schon gut.« Connie nimmt den Hörer ab. »Dann ruf ich mal Immacula an.«

Amy dreht sich um und verlässt das Pfarrhaus. Sie trinkt einen Schluck Kaffee und spuckt ihn gleich wieder aus, weil er kalt ist. Den Rest gießt sie in einen Gully und wirft den Becher in die kleine Mülltonne am Zaun.

Sie geht quer über den Parkplatz zum Kircheneingang in der Eighty-Fifth Street. Auf den Stufen vor den Glastüren, in denen sich zitternd das Morgenlicht spiegelt, sitzt ihr Vater. Hätte sie ihn nicht gestern gesehen, würde sie ihn für einen der Heimbewohner aus der Cropsey Avenue halten. Ungewaschene Haare. Verfilzter Bart. Tränende Augen. Zu weite Klamotten aus der Kleiderkammer. Dreckige Turnschuhe. Hände auf den Knien wie ein ausgeschimpftes Kind. Seine Brust sieht unter dem zerschlissenen Flanellstoff wie ausgestopft aus. Er lächelt sie an.

»Was willst du denn hier?«, fragt Amy.

»Ich war ein bisschen früh dran für unsere Verabredung zum Mittagessen, deshalb dachte ich, ich setz mich vor die Kirche und genieß den Morgen.«

Amy ist sprachlos. Freds Stimme geht in den Geräuschen um sie herum fast unter. Die Verabredung hatte sie völlig vergessen. Außerdem ist es nicht annähernd Mittag. »Ein bisschen früh ist gut. Es ist Viertel nach acht.«

»Kann sein. Ich wollt mir auch nur die Beine vertreten. Damit ich nicht auf falsche Gedanken komme. Alles okay bei dir?«

»Ja, alles okay.«

»Siehst aber nicht so aus.«

»Das hör ich nicht zum ersten Mal.«

»Wenn du willst, können wir auch frühstücken gehen oder einen Kaffee trinken. Aber es macht mir nichts aus, die Zeit bis Mittag totzuschlagen. Ich geh gern spazieren. Ich kann mich noch ein bisschen rumtreiben.«

Amy sieht zum Dach des Wohnhauses auf der anderen Straßenseite. Tauben hocken auf der Regenrinne. »Ist schon okay«, sagt sie, und ihr wird auf einmal bewusst, wie oft sie das Wort okay benutzt, als wäre es eine Stütze, als würde es wahr werden, wenn man es nur oft genug sagt.

Sie geht mit ihm in das Starbucks in der Eighty-Sixth Street, gleich hinter der Kreuzung zur Twentieth Avenue neben Lenny's Pizza. Beim Eintreten sagt Fred: »Da wo ich normalweise übernachte, gibt's einen Computer, und da hab ich gelesen, dass das Lenny's in *Saturday Night Fever* vorkommt und deswegen berühmt ist. Drin war ich noch nie. Aber an den Film erinner ich mich, war ja ein Riesenhit. Mit Travolta. Ich hab ihn in der O.-J.-Simpson-Serie gesehen, wo er Bob Shapiro gespielt hat, ziemlich gut sogar. Wenn's geht, schau ich fern. Aber ich red zu viel, tut mir leid.«

»Klar, hab ich auch gesehen«, sagt Amy. »*Saturday Night Fever.* Nicht das O.-J.-Ding.«

»Irgendwann sollt ich mir auch den Film anschauen.«

Am Tresen bestellt sie einen großen Americano, Fred einen Heidelbeer-Muffin und einen großen Filterkaffee. Amy will zahlen, aber Fred lässt es nicht zu und schiebt der Barista mit der schwarzen Schirmmütze, der grünen Schürze und dem Drachentattoo auf dem Unterarm einen zerknüllten Zehner hin.

Sie setzen sich an einen Fensterplatz und beobachten die Passanten, die mit Einkaufswagen, Kinderwagen und Plastiktüten aus den umliegenden Supermärkten kommen. Die D Richtung Manhattan rumpelt über ihnen. Ein Verkehrspolizist verteilt Strafzettel an Autos, deren Parkschein abgelaufen ist. Lieferautos stehen am Randstein. Amy sieht eine Frau mit blauen Schuhen, die im Gehen einen Sausage McGriddle von McDonald's isst. Die Strähnchen in ihren Haaren haben dieselbe Farbe wie die Schuhe.

»Kaum zu glauben, dass erst Februar ist«, sagt Fred.

»Stimmt«, sagt Amy.

Fred nimmt den Deckel von seinem Becher und pustet auf den Kaffee. »Ist das wegen mir«, fragt er, »dass du so fertig aussiehst? Ich will nicht, dass es dir schlecht geht, weil ich wieder in deinem Leben auftauche. Ich hätte eigentlich auf was anderes gehofft.«

»Nämlich?«

Fred sieht zum Fenster hinaus. »Weiß nicht. Jedenfalls sollst du wissen, dass du noch einen Vater hast. Ich war kein Vater für dich, schon klar, aber jetzt würd ich's gern versuchen.«

»Und das besteht darin, dass du mich auf einen Kaffee einlädst?«

»Tut mir leid. Aber ich mein's ernst.«

»Du verstehst bestimmt, dass das ziemlich seltsam für mich

ist«, sagt Amy. »Ich hab geglaubt, du bist tot. Als du weg bist, war ich ein Kind, und auch vorher hast du vor allem durch Abwesenheit geglänzt. Ich hab kaum Erinnerungen an dich und konnte mich nicht mal an deine Stimme erinnern, bis du was gesagt hast.«

Fred ist den Tränen nahe. Speichel sammelt sich in seinen Mundwinkeln. »Ich wollte, ich könnt das alles ungeschehen machen. Ich wollte, ich könnt für dich und deine Mutter da sein. Ich hab so viel in meinem Leben falsch gemacht.« Er nimmt seinen Muffin. »Ich würd dir gern was erzählen, aber nicht, damit du Mitleid kriegst. Ich stand oft kurz davor, von der Brücke zu springen. Ich hab mir die Handgelenke aufgeschnitten. Mir einmal sogar ein Messer reingejagt. Ich hab eine Überdosis Schmerztabletten genommen, die ich meiner damaligen Freundin geklaut hab. Ich konnt mir einfach nicht verzeihen, dass ich dich im Stich gelassen hab. Als du zur Welt gekommen bist, hätt ich eigentlich eine Aufgabe gehabt, aber ich hab mich gedrückt. Vielleicht hätt ich mich wirklich umbringen sollen. Der größte Gefallen, den ich dir hätte tun können, wär wahrscheinlich gewesen, mich von dir fernzuhalten. Du bist ganz gut ohne mich zurechtgekommen.«

Amy hat keine Lust, Fred zu bemitleiden. Zumindest soll das nicht die Voraussetzung für dieses Treffen sein. Sie sieht weg. Am Tresen stehen vier, fünf Leute an. Der Letzte kommt ihr bekannt vor. Dieselben Schuhe. Dieselbe Schlabberjeans. Hände in den Taschen vergraben. Er wirkt nervös. Sie ist sicher, dass es Vincents Killer ist.

Er hat dunkle Haare. Sie kann sein Gesicht nicht sehen. Nach dem kurzen Blick zu urteilen, kann das nicht der Mann sein, der mit Vincent auf der Bank vor dem Homestretch gesessen hat, aber das heißt nicht, dass er nicht der Killer ist. Es ist nicht gesagt, dass er derselbe ist. Außerdem hat sie den Mann auf der Bank nicht besonders gut gesehen. Sie rutscht auf dem Stuhl nach unten und verbirgt ihr Gesicht in der Hand.

»Hörst du mir überhaupt zu?«, fragt Fred und wischt sich die Tränen von den Wangen. »Ist was?«

»Nein, nichts«, sagt Amy leise.

Sobald der Mann an der Reihe ist und den Kopf zur Barista dreht, wird sie sein Profil sehen und wissen, ob es Vincents Killer ist. Aber wenn er es ist und ihr hierher gefolgt ist, warum sollte er dann wie ein Idiot in der Schlange warten? Vielleicht weiß er, dass sie sich nicht hundertprozentig sicher ist, was seine Identität angeht. Oder er treibt ein Spielchen mit ihr.

»Du siehst aus, als hättest du einen Geist gesehen«, sagt Frank.

»Kann schon sein«, sagt Amy.

»Ich schütt dir hier mein Herz aus.«

»Ach, stört es dich, dass ich dich nicht genügend beachte? Jetzt weißt du, wie's mir früher gegangen ist.«

Frustriert reißt Fred die Pappbanderole von seinem Becher ab. »Hast recht, ich verdien's nicht besser.« Er fängt an, die Banderole in Stücke zu reißen, und legt sie neben den Becher zu einem Häuflein.

Als der Mann an der Reihe ist und sich der Barista zuwendet, verstummt Amy. Nervös sieht sie ihn an. Mustert sein Profil. Der Mann ist Chinese. Der Killer war keiner, da ist sie sicher. Er hatte eine lange italienische Nase. Er war bestimmt einer von hier mit einer Menge z im Nachnamen. Tief atmet sie aus. Sie ist einfach nur paranoid. »Er ist es nicht«, sagt sie laut.

»Was ist los, Amy?«, fragt Fred.

»Nichts, hab ich doch gesagt.«

»Wer ist was nicht?«

»Vergiss es.«

»Du hast den Mann drüben am Tresen angestarrt. Kennst du ihn?«

»Nein.«

»Möchtest du nicht antworten auf das, was ich gesagt hab? Für meine Rückkehr ins Leben ist wichtig, dass ich anderen sag, was ich fühle, und nicht verbittert bin. Ich weiß, ich hab kein Recht, dich um Hilfe oder irgendwas zu bitten.«

»Nicht verbittert?«

»Ich will nur nicht das Gefühl haben, dass du überhaupt nicht gehört hast, was ich gesagt hab, wenn ich geh.«

»Und du wärst verbittert, wenn ich dir nicht zuhöre?«

»Ich will nur ehrlich sein.«

»Bist du bei den Anonymen Alkoholikern?«

»Seit fünf Jahren trocken. Um genau zu sein: eintausendachthundertunddreiundsechzig Tage.«

»Glückwunsch. Ich trink auch nicht mehr viel. Nicht, dass ich mal ein Problem damit hatte, aber ich hab aufgehört, seit Alessandra mich verlassen hat und ich nicht mehr in der Kneipe arbeite. Da hab ich gesehen, was die Sauferei mit Leuten macht. Wobei ich das schon vorher wusste. Ich wollt nur nicht so weit kommen.«

»Alessandra?«

»Wir waren eine Zeitlang zusammen. Wegen ihr bin ich in die Gegend hier gezogen.«

»Ich hatte keine Ahnung, wie sie heißt. Die Leute in der Kneipe haben erwähnt, dass du mit jemandem nach Brooklyn gezogen bist.«

»Weißt du, genau das, was wir gerade tun, wollte ich nicht. Uns unsere Lebensgeschichten erzählen.«

»Ich freu mich darüber. Ich würd gern mehr von dir erfahren.«

Amy erinnert sich an ihren Americano. Mittlerweile ist er nicht mehr ganz so heiß. Sie nippt daran. Vor Erleichterung über den Chinesen hat sie sich aus der Reserve locken lassen. Es gefällt ihr, dass Fred auf Alessandra nicht überrascht oder schockiert reagiert. Es gefällt ihr, dass er nicht weiter nachgefragt hat. Vielleicht wusste er es auch. Vielleicht hat ihm jemand in der Seven Bar gesagt, dass sie lesbisch ist. Vielleicht weiß er, dass es ihn kein Stück weiterbringt, wenn er blöde Fragen stellt. Oder er hat kein Problem damit.

»Alessandra ist in der Gegend aufgewachsen«, sagt sie. »Gravesend. Bensonhurst. Als sie wieder nach Los Angeles ist, bin ich geblieben. Ich fing an, in die Kirche zu gehen, und dachte, ich könnte hier zur Ruhe kommen, Leuten helfen.«

»Verstehe. Find ich einen schönen Zug, anderen helfen zu wollen.« Er fährt mit dem Finger durch die Pappschnipsel, knickt einen größeren mehrmals zusammen. »Tut gut, mit dir zu reden. Auf die Gelegenheit hab ich lange gewartet. Das war mein wichtigstes Ziel, seit ich trocken bin. Ich wollt es schaffen, dir ins Gesicht zu schauen und mich nicht dafür zu schämen, wer ich in diesem Moment bin. Dafür, wer ich war, werd ich mich immer schämen.«

»Es freut mich, dass du einen guten Weg gefunden hast.«

»Aber.«

»Aber ich wüsste nicht, wo eine gemeinsame Zukunft für uns liegen soll.«

»Verstehe.« Geknickt sieht Fred sie an.

Amy fragt sich, was er erwartet hat. Sie fragt sich, woher ihre plötzliche Härte kommt. Durch ihre Tätigkeit in den letzten Jahren hätte sie eigentlich wissen müssen, dass es gut wäre, ihn wieder in ihr Leben zu lassen, ihm zu verzeihen und ihn vielleicht sogar wieder zu lieben. Das sollte sie tun. Es wäre das Richtige.

»Vielleicht änderst du deine Meinung, wenn du ein paar Tage hattest, um darüber nachzudenken.«

»Weiß nicht. Kann ich mir nicht vorstellen.«

»Du möchtest nicht mal mehr Kontakt mit mir haben?«

»Mir wär's lieber, wenn es so bleiben würde, wie's war.«

»Ich will dich ja nicht bedrängen, aber darf ich dich was fragen? Steckst du in Schwierigkeiten? Ich bin für dich da, wenn du vor irgendwas davonläufst. Ich bin in meinem Leben oft genug davongelaufen.«

Einen Moment lang ist Amy versucht, Fred alles zu erzählen, von Vincent und was sie gestern Abend beobachtet hat.

»Du willst es mir nicht verraten«, sagt Fred, als er ihr Zögern bemerkt, »aber da ist was. Bedroht dich jemand?«

»Fred, ich hab gesagt, es ist alles okay.« Wenn sie jetzt mit der Sprache rausrückt, dann lässt sie ihn zurück in ihr Leben. Und wenn sie ihn in ihr Leben lässt, dann für immer. Dazu ist sie nicht bereit. Sie schiebt den Stuhl vom Tisch weg und steht auf, nimmt ihren Kaffee. »Danke für das Angebot. Danke, dass du es versucht hast. Aber es ist zu spät, Fred.«

»Amy? Bitte.«

Sie geht aus dem Starbucks und überquert die Eighty-Sixth Street, weicht dem Auto eines etwas unsicheren Fahrschülers aus. Schnell biegt sie in die Twentieth Avenue ein. Sie weiß, dass Fred wieder bei ihrer Wohnung auftauchen wird. Sie weiß, dass er nicht so schnell aufgibt. Aber sie geht jetzt sowieso nicht nach Hause. Sie hat etwas zu erledigen.

Kapitel 8

Amy steht wieder vor den Löwen. Auf der Bay Thirty-Fourth ist kein Verkehr. Die Alte von gestern geht wieder mit dem Einkaufswagen voll Leergut vorbei. Herrgott, war das erst gestern? Sie überquert die Straße zu dem Haus, in dem Diane wohnt, tritt durch das Türchen im roten Zaun und sieht auf die Statue des heiligen Franziskus. Die Nase fehlt. Die Füße sind abgeschlagen.

Amy klingelt bei der oberen Wohnung. Ihr schlechtes Gewissen hat sie hergetrieben. Diane könnte in der Wohnung tot auf dem Küchenboden liegen. Seit Tagen. Aber müsste man das nicht schon riechen? Wie lange dauert es, bis eine Leiche anfängt zu riechen?

Die Tür öffnet sich, und Diane steht da, dunkle Ringe unter den geschwollenen Augen, die Nase so rot wie der Zaun, die Lippen rissig. Sie ist bleich und verschwindet fast in dem St.-John's-Redmen-Sweatshirt in XXL, das dreißig Jahre alt sein muss. Spätestens seit 1994 heißen sie Red Storm. Sie trägt Flanellschlafanzughosen und lila Noppensocken. Auf der einen Seite kleben ihre grauen Haare am Kopf, auf der anderen stehen sie ab.

»Amy Falconetti?«, sagt Diane.

Amy starrt sie an. Diane ist nicht tot.

»Was willst du hier?«

»Sie kennen mich von der Kirche, oder?«, sagt Amy.

»Natürlich.«

»Ich hab gestern Mrs. Epifanio die Kommunion gebracht.

Sie hat sich Sorgen um Sie gemacht. Wir haben mehrmals bei Ihnen angerufen.«

Diane sieht Amy entschuldigend an. »Ach, das tut mir leid. Ich hab mit Grippe im Bett gelegen. Aber heute geht's mir ein bisschen besser. Die letzten beiden Tage konnte ich mich nicht rühren. Ich hab meinen Sohn Vincent zu ihr geschickt. Er war doch da, oder? Mir hat er gesagt, dass er da war.«

»Ja, ja, war er.«

»Dann ist gut.«

»Er hat sich wohl nur nicht klar geäußert. Sie hatte Angst, dass etwas passiert sein könnte.«

»Dieser Vincent, man kann sich einfach nicht auf ihn verlassen! Willst du nicht reinkommen? Ich kann dir einen Mundschutz und was zum Desinfizieren geben.«

Wieder sieht Amy Vincent vor sich. Wie sie auf ihn hinuntergeblickt hat, als er starb. Unglaublich, dass sie jetzt hier mit Diane steht. Mit diesem Bild im Kopf. »Lieber nicht.«

»Nun komm schon. Ich hab so lange mit niemand mehr geredet.«

Amy nickt und folgt Diane ins Haus. Sie gehen eine schmale Treppe hinauf. Das Geländer ist verzogen. Diane atmet schwer. Als sie durch die Wohnungstür in den Flur treten, deutet Diane auf eine Schachtel Mundschutzmasken auf einem gusseisernen Heizkörper und sagt, sie solle eine aufsetzen. Amy bleibt stehen und zieht eine der blauen Masken über Nase und Mund.

Die Wohnung ist klein. Vom Flur gehen vier Zimmer ab, im Uhrzeigersinn Schlafzimmer, Bad, Wohnzimmer und Küche. Wenige Möbel. Im Flur hängt eine Kuckucksuhr an der Wand, im Wohnzimmer läuft im Fernsehen eine Gameshow. Auf einem Regal mit Liebesromanen liegt ein Stapel Kirchenblättchen. Amy hat nicht den Eindruck, dass Vincent hier lebt. Sie fragt sich, wo er wohnt. Gewohnt hat. Sie stellt sich ein unordentliches Apartment vor. Haufenweise Videospiele, auf dem Sofa Berge von Klamotten und in der Küchenzeile Stapel leerer Pizzakartons.

Diane führt Amy in die Küche. »Ich mach uns Tee«, sagt sie.

Amy setzt sich an einen kleinen Küchentisch vor einem Fenster mit heruntergezogenem Rollo. Auf dem Tisch steht eine Pellegrino-Flasche mit Plastikblumen auf einem Spitzendeckchen. Amy atmet in ihre Maske. Sie fährt mit dem Finger am Rand des Spitzendeckchens entlang, weil sie nicht weiß, was sie mit ihren Händen machen soll, und sieht sich um.

Von den alten Schränken blättert die Farbe. An einer Wand brummt ein Kühlschrank, dessen Tür mit Trauerkarten und Einkaufslisten gepflastert ist. Sie werden von albernen Früchtemagneten gehalten.

Diane stellt einen Keramikwasserkessel auf den Herd, dann zieht sie ein Paar OP-Handschuhe aus der Hosentasche und streift sie über die Hände. »Ich trage besser Handschuhe«, sagt sie. »Damit ich dich nicht anstecke. Diese Grippe wünsch ich nicht mal meinem ärgsten Feind.«

»Keine Sorge«, sagt Amy. Hinter der Maske klingt ihre Stimme gedämpft und tief. »Ich bin gegen Grippe geimpft.«

»Ich wär mit dieser Impfung vorsichtig. Immaculas Tochter hat sich letztes Jahr gegen die Grippe impfen lassen und hat es überhaupt nicht vertragen. Die ist die Wände hoch. Bist du bestimmt nicht krank? Du bist ganz käsig.«

»Ich hab nur schlecht geschlafen.«

»Ach, das ist fürchterlich, wenn man nicht schlafen kann. Ich kann meistens nicht schlafen. Dann wander ich in der Wohnung rum. Schau fern. Nicht, dass was Interessantes käme.

Da war die Krankheit eigentlich ein Segen. Ich war so schlapp, dass ich gar nicht aufstehen konnte. Ich hatte zwar komische Träume, aber geschlafen hab ich wie ein Murmeltier.« Diane setzt sich Amy gegenüber und wartet, dass das Wasser kocht. »Kennst du Rosie Parascandolo?«

Amy nickt.

»Die hatte auch Probleme mit dem Schlafen und ist zu dieser chinesischen Akupunkturpraxis hier in der Straße. Kennst du die? Winzig. Aber seither schläft sie wie ein Baby. Das wär vielleicht auch was für dich.«

Amy ist den Tränen nahe und würde am liebsten sagen: *Ihr Sohn ist tot. Ich dachte, er hätte Sie umgebracht, und jetzt ist er selbst tot. Ich habe gesehen, wie es passiert ist.* Stattdessen sagt sie: »Meinen Sie? Akupunktur?«

Diane zuckt mit den Achseln. »Versuchen kann man's ja. Ich lass mich zwar nicht gerne piksen, aber die Chinesen wissen, was sie tun. Sehr gesunde Leute. Jeden Morgen seh ich die alten Frauen im Pausenhof von der Cavallaro-Schule Gymnastik machen.«

Der Wasserkessel pfeift und Diane steht auf und dreht das Gas aus.

»Kann ich Ihnen helfen?«, fragt Amy. »Sie sollten sitzen bleiben.«

»Geht schon«, sagt Diane. »Ich hab nur Lipton. Macht das was?«

»Nein.«

»Nimmst du Milch und Zucker?«

»Ohne alles, bitte.«

Diane gießt zwei Becher ein. Einen reicht sie Amy, in ihren gibt sie Milch und Zucker. Dann setzt sie sich wieder an den Tisch und wedelt mit der Hand den Dampf weg.

Amy zieht sich den Mundschutz herunter und pustet auf den Tee.

»Schön, ein bisschen Gesellschaft zu haben«, sagt Diane.

»Es freut mich, dass es Ihnen gut geht.«

»Weil wir es gerade von Rosie Parascandolo haben, kennst du ihren Sohn? Georgie. Er lebt in Westchester County. Chiropraktiker. Sie haben ihn kürzlich verhaftet, weil er die Praxis, für die er arbeitet, um eine Million Dollar betrogen hat. Muss in ziemlichen finanziellen Schwierigkeiten stecken. Er hatte eine Geliebte, und so ein Doppelleben kostet. Seine Frau hat einen Nervenzusammenbruch gekriegt. Das hab ich von Antoinette Parisi. Sie hat es aus erster Hand. Und Mary Magliozzo hat's bestätigt.«

»Aha«, sagt Amy.

»Ich red mal wieder wie am laufenden Band, tut mir leid. Aber ich hab eben überhaupt keine Ansprache. Mein Sohn kommt nur, wenn er gerade Lust hat. Ist es zu viel verlangt, mehr als fünf Minuten bei der eigenen Mutter zu sitzen?«

»Wo hat er –« Beinahe hätte Amy sich versprochen und verbessert sich schnell: »Wo wohnt Ihr Sohn denn?«

»Er hat ein kleines Apartment in der West Eighth zwischen Highlawn und Avenue S, nicht weit von der Station von der N. Er wohnt da erst seit einem Jahr. Vorher hat er bei mir gewohnt. Ist aber zu klein für uns beide. Früher hatten wir eine größere Wohnung, gleich im nächsten Block, aber die Salernos haben das Haus verkauft, da sind jetzt Eigentumswohnungen drin. Vincents Freunde haben ihn immer gehänselt, dass er noch bei seiner Mutter wohnt, deshalb hat er sich was Eigenes gesucht. Aber glaubst du, dass er mich mal einlädt? Nein, nie. Nur zum Putzen bin ich willkommen. Er gibt mir seinen Schlüssel, sagt, dass seine Vermieterin sich die

Wohnung anschauen will und alles blitzblank sein soll. Ist das zu glauben?«

Amy wird klar, dass Vincent nur ein paar Blocks von seiner Wohnung entfernt niedergestochen wurde. Vielleicht waren die beiden sogar auf dem Weg zu ihm, als sie sich plötzlich in die Haare kriegten.

»Ich hab ihn als Kind einfach zu sehr verwöhnt«, sagt Diane. »Ständig verliert er seine Arbeit, und dann kommt er und will Geld bei mir leihen. Was soll man da machen?«

»Ist er Ihr einziges Kind?«

»Ja. Sein Vater hat sich aus dem Staub gemacht, als Vincent ein Jahr war. Hat was mit einer Frau aus der Arbeit angefangen und ist mit ihr nach Philly gezogen. Ich hab mich auf keinen anderen mehr eingelassen, Vincent hat mir gereicht.«

»Muss schwer gewesen sein.«

Diane nickt. »Besonders als Vincent anfing, Probleme in der Schule zu kriegen. In der Siebten hatte er eine fürchterliche Lehrerin. Man soll das zwar nicht sagen, und Verbrechen ist es auch keins, aber sie war fett wie eine Tonne. Charakterlich unter aller Kanone. Außerdem hat sie gesoffen wie ein Loch. Und immer war Vincent schuld, als hätte er sich als Einziger geprügelt. Immer wurde er bestraft, obwohl er sich nur gewehrt hat, wenn die anderen Kinder ihn geärgert haben. Ist einfach ein Pechvogel, mein Vincent.«

Sie nippt am Tee. »Aber genug von Vincent. Erzähl mal von dir. Ich seh dich immer in der Kirche, weiß aber fast nichts von dir.«

»Da gibt's nicht viel zu erzählen«, sagt Amy.

»Unsinn. Ein hübsches Mädchen wie du, das kann sich doch sicher kaum retten vor Verehrern.«

Amy schweigt, sie möchte im Boden versinken. Es kommt

ihr so falsch vor, Diane plaudern zu lassen, sie sogar dazu zu ermuntern. Und jetzt fängt Diane auch noch damit an, genau wie die anderen einsamen, neugierigen Kirchgängerinnen.

Diane spürt ihr Unbehagen. »Du redest nicht gern von dir. Verstehe.«

Es klingelt an der Tür.

»Wer zum Teufel ist das denn?«, sagt Diane und steht auf. »Einen Moment, Liebes.« Sie lässt ihren Tee stehen und schlurft die Treppe hinunter.

Amy hört, wie Diane die Haustür öffnet. »Ja bitte?«, sagt Diane. Ihre Stimme hallt durch den Hausflur, so dass es klingt, als stünde sie direkt neben Amy.

»Ms. Diane Marchetti?«, fragt ein Mann. Förmlich. Ein Cop.

»Ja, die bin ich.«

»Mein Name ist Detective Barrile und das hier ist Detective Vlamis. Ist das auf dem Foto Ihr Sohn Vincent?«

»Ja, das ist Vincent.«

»Dann müssen wir Ihnen leider eine traurige Nachricht überbringen, Ms. Marchetti.« Detective Barrile hält inne und holt tief Luft. »Ihr Sohn wurde umgebracht, man hat ihn erstochen. Wir haben die Ermittlungen aufgenommen und gehen im Moment allen Hinweisen nach.«

»Ich versteh nicht«, sagt Diane.

»Es tut mir leid, Ms. Marchetti«, sagt eine Frauenstimme. Detective Vlamis. Sie klingt wie eine Kettenraucherin. »Wirklich sehr leid.«

»Vincent liegt im Leichenschauhaus des Kings County in der Winthrop Street«, sagt Detective Barrile.

»Ich versteh nicht«, sagt Diane noch mal.

»Das ist nie leicht, Ms. Marchetti«, sagt Detective Vlamis.

»Wir können Ihnen gerne bei den Formalitäten helfen. Vincent hat bei Ihnen gewohnt, oder? Auf seinem Führerschein ist diese Adresse angegeben.«

Diane antwortet nicht.

Amy wirft einen Blick hinter dem Rollo hervor nach unten. Ein Crown Victoria parkt in zweiter Reihe vor dem Haus. Die beiden Detectives Barrile und Vlamis stehen vor der Tür, beide in Zivil. Amy kann nur ihre Scheitel sehen.

»Vincent ist tot?«, fragt Diane.

»Ja, Ma'am«, sagt Detective Vlamis. »Es tut uns sehr leid.«

Diane schlägt die Tür zu. Im Flur breitet sich eine grauenvolle Stille aus. Amy sieht, wie die Detectives mit ernster Miene zu ihrem Auto gehen und einsteigen. Es muss schwer sein, eine solche Nachricht zu überbringen. Sie hat viel gelernt in den letzten Jahren, in denen sie ganze Tage mit alten Leuten verbracht hat. Mit Witwen. Mit Leuten, die Kinder verloren haben. Sie fragt sich, warum es so lange gedauert hat, bis die Detectives vor Dianes Tür aufgetaucht sind. Sie fragt sich, ob Vincent erst heute Morgen entdeckt wurde. Kann das sein? Lag er etwa die ganze Nacht auf dem Bürgersteig?

Diane kommt die Treppe hoch. Ihr Gesicht ist grau. »Das muss ein Irrtum sein«, sagt sie zu Amy.

»Ich hab gehört, was die Detectives gesagt haben, Diane«, sagt Amy. »Es tut mir leid. Es tut mir so leid.«

»Was soll ich denn jetzt tun?«

»Ich weiß nicht, wie man da vorgeht.«

»Nicht eine einzige Frage hab ich ihnen gestellt. Hat man ihn ausgeraubt? Hat er sich geprügelt? Wo war nur mein Kopf? Ich hab ihnen nichts von seiner Wohnung gesagt. Hab ihnen einfach die Tür vor der Nase zugemacht. Mein Gott.« Sie sinkt auf den Stuhl gegenüber von Amy.

»Kann ich jemand anrufen?«

»Ich hab niemand. Ich hab nur Vincent gehabt. Jetzt bin ich ganz allein.«

»Verwandte?«

»Nein, niemand.«

»Wer wohnt in der Wohnung im Erdgeschoss?«

»Die Russos.«

»Können die Ihnen helfen?«

»Ach, das sind Nichtsnutze.« Sie fängt an zu weinen und schlägt schluchzend die Hände vors Gesicht. »Mein armer Vincent. Mein armer, armer Vincent.«

Instinktiv schiebt sich Amy den Mundschutz wieder vor Mund und Nase und denkt, dass das die letzte Gelegenheit ist, Diane die Wahrheit zu sagen. *Ich war da. Ich bin Vincent gefolgt. Das hat mit etwas aus meiner Highschool-Zeit zu tun. Ich hatte Angst und war wie gebannt. Ich hab zugesehen, wie der Mann Vincent erstochen hat. Aber ich schwöre, ich hab das Gesicht von dem Mörder nicht gesehen. Ich war bei Vincent, als er gestorben ist. Er war nicht allein. Es tut mir leid.*

Stattdessen sagt sie: »Ich sollte gehen. Sie brauchen jetzt Ruhe.«

»Nein«, sagt Diane und schluckt ihre Tränen runter. »Bitte bleib.«

Und so bleibt Amy. Sie erklärt sich bereit, mit Diane zum Leichenschauhaus zu fahren. Sie zieht OP-Handschuhe an und spült die Becher, während Diane ins Schlafzimmer geht, um sich ausgehfertig zu machen.

Diane ist verwirrt. Amy hört, wie sie mit sich selbst redet, sich fragt, was man zu einem solchen Anlass anzieht. Ihre Stimme klingt verzweifelt. Sie kommt in ihren Sonntagskleidern aus dem Zimmer, in denen Amy sie in der Kirche gesehen hat: schwarze Hosen, eine geblümte schwarze Bluse und eine rote Strickjacke.

»Wie kommen wir dorthin?«, fragt Amy.

»Mit dem Taxi vielleicht? Ich hab in der Schublade mehrere Nummern.«

Amy zieht eine Krimskramsschublade neben dem Herd auf. Die erste Nummer, die ihr in die Hände fällt, ist die des Chauffeurdiensts, der sie vom Roulette heimgefahren hat. Dort ruft sie besser nicht an, nicht dass zufällig derselbe Fahrer geschickt wird. Die andere ist von einem Chauffeurdienst namens My Way. Sie nimmt ihr Handy und tippt die Nummer, zieht den Mundschutz herunter und nennt dem Mann in der Zentrale die Adresse und ihr Ziel. Überrascht stellt sie fest, dass sie Dianes Adresse weiß. Sie muss sich die Hausnummer gemerkt haben, als sie von den Löwen auf der anderen Straßenseite hinübergesehen hat.

»Ich bin so wütend«, sagt Diane.

»Dazu haben Sie jedes Recht.«

»Ich bin wütend auf *Vincent.* Immer war er der Sündenbock. Immer hat er sich in Schwierigkeiten gebracht. Sein ganzes Leben lag vor ihm, und jetzt ist er tot, einfach so.«

Zehn Minuten später ist das Auto da. Während sie langsam die Treppe hinuntergehen, hält Amy Diane am Arm. Von Minute zu Minute wirkt Diane zerbrechlicher. Das Auto sieht genauso aus wie das, mit dem Amy gefahren ist, außer dass I DID IT »MY WAY« in gelber Schrift auf der Tür steht. Amy hilft Diane beim Einsteigen.

Der Fahrer ist gut gelaunt. Er hat ein unschuldiges Gesicht und schöne Wimpern und trägt eine verbeulte Knicks-Kappe. »Ich heiße Vincenzo«, sagt er.

Diane fängt wieder an zu heulen.

»Entschuldigung, wir haben gerade schlechte Nachrichten bekommen«, sagt Amy. »Fürchterliche Nachrichten.«

»Das tut mir leid«, sagt er. Schweigend fahren sie los.

Amy war noch nie in einem Leichenschauhaus. Als ihre Mutter starb, kümmerten sich ihre Großeltern um die Formalitäten, und als die Großeltern innerhalb eines Jahres starben, waren sie beide im Hospiz gewesen. Die Eltern ihres Vaters hat sie nie kennengelernt. Sie ist auf vielen Beerdigungen und Trauerfeiern gewesen, auch von Freunden, die viel zu früh gestorben sind. Rudy von der Seven Bar wurde auf dem Fahrrad von einem Taxi überfahren. Merrills Freundin Addie hat in Amys Badezimmer eine Überdosis genommen und der Rettungswagen ist zu spät gekommen. Und dann war da noch Ruth aus dem College, die erst im September 2001 bei Cantor Fitzgerald im 101. Stock des Nordturms des World Trade Center angefangen hatte und zu den 659 Angestellten gehörte, die bei dem Terrorangriff starben. Aber Amy ist noch nie in einem Leichenschauhaus gewesen und sie könnte auch jetzt gut darauf verzichten. Vielleicht kann sie sich ja drücken. Sie will nicht mit hinein und auf Vincents Leiche schauen. Sie will nicht, dass Diane in ihren Armen zusammenbricht.

»Dürfte ich mal dein Handy benutzen?«, fragt Diane. »Ich hab meins vergessen und muss Andy Capelli vom Beerdigungsinstitut anrufen.«

Amy reicht ihr das Klapphandy.

Diane sieht es an, als wäre es ein archäologisches Fundstück.

»Tut mir leid«, sagt Amy. »Ich geh einfach nicht mit der Zeit.«

Diane zwingt sich zu einem kleinen Lachen. »Wie eine Oma.« Sie klappt das Handy auf und gibt auswendig die Nummer ein. Amy kann Andy Capellis Stimme am anderen Ende hören. Sie kennt ihn von der Kirche. Er ist ein freundlicher Mann, der nach dem Tod seines Vaters das Beerdigungsinstitut in der New Utrecht Avenue übernommen hat, eine Kette mit Holzkreuz über dem Hemd trägt und Schildkröten mag. Er hört schlecht, Diane muss alles zweimal sagen. Dabei ist es schon schwer, einmal zu sagen, dass der eigene Sohn gestorben ist, seine Leiche im Leichenschauhaus liegt und Vorkehrungen für seine Beerdigung getroffen werden müssen.

Amy überlegt, worüber sie mit Diane reden könnte, wenn sie das Telefonat beendet hat. Ihr fällt nichts ein.

Diane unterbricht die Verbindung und gibt ihr das Handy zurück. »Wer tut so was?«, sagt sie. »Wer tut meinem Kleinen so was an? Der Detective hat gesagt, dass sie allen Hinweisen nachgehen. Das heißt doch, dass sie überhaupt nichts wissen. Das heißt, dass der Mörder frei rumläuft und vielleicht nicht mal einen Gedanken an Vincent verschwendet.«

Amy fragt sich, was Diane denken würde, wenn sie sagt, dass die Mordwaffe bei ihr zu Hause in einer Schachtel mit Himbeer-Minze-Eis liegt. Dass sie im Klo eines Diners und später noch mal in ihrer Wohnung das Blut von der Mordwaffe gewaschen hat und dass sie sich damit völlig grundlos verdächtig gemacht hat. Wahrscheinlich würde Diane denken, sie spinnt.

»Das ist erst mal nicht wichtig«, sagt Amy. »Ein Schritt nach dem anderen.« Von den vielen Besuchen bei ihren Alten und den Gesprächen weiß sie, dass solche Floskeln tatsächlich helfen. Seit dem Tod ihrer Großeltern hat sie selbst sie nicht mehr benutzen müssen.

»Du hast recht.« Diane legt ihre Hand auf Amys Knie. »Ich bin so froh, dass du mich begleitest. Gott hat schon gewusst, warum er dich heute zu mir schickt.«

Amy gelingt es tatsächlich, sich zu drücken. Sie sitzt auf einem harten blauen Stuhl in einer Art Wartezimmer, während Diane mit dem Leichenbeschauer und seinem Assistenten redet. In dem Leichenschauhaus herrscht eine Atmosphäre wie in einer Lagerhalle. Es ist kalt und unheimlich. Der seltsame, penetrante Geruch nach Chemie hängt in der Luft.

Draußen wartet der Fahrer auf sie. Das war Amys Idee. Sie weiß nicht, wie lange das hier dauert, und will sofort aufbrechen können, wenn sie fertig sind.

Diane wollte, dass sie mit reinkommt und sich Vincent ansieht, aber Amy hat sich geweigert. Sie sagte, es käme ihr unpassend vor, ihn so zu sehen, wenn sie ihn doch gar nicht gekannt hätte. Diane versuchte nicht, sie zu überreden.

Amy weiß nicht einmal, was da drin gerade passiert. Identifiziert Diane die Leiche oder ist das schon geschehen? Nimmt sie Abschied? Steht ein Therapeut bereit, um ihr zu sagen, wie sie mit ihrer Trauer umgehen soll? Sind die Detectives dabei?

Diane kommt heraus und lässt sich auf den Stuhl neben Amy sinken. »Ich kann nicht mehr«, sagt sie. »Alles andere erledigt das Beerdigungsinstitut.«

»Kann ich etwas tun?«

»Nein, nein. Ich bin froh, dass du dem Fahrer gesagt hast, er soll warten. Ich will heim. Ich will nur noch heim.«

Sie gehen hinaus und steigen in Vincenzos Auto. Er schweigt betreten. Auf dem Weg zurück zu Dianes Wohnung fahren sie an anderen Autos vorbei und an Leuten auf den Bürgersteigen, jeder ist geschäftig. Das alles wirkt unwirklich.

»Er sah ganz anders aus«, sagt Diane. »So klein. Der hat ihn« – sie hebt die Hand an die Kehle – »abgeschlachtet.«

»Es tut mir so leid«, sagt Amy wieder. Wie oft hat sie das schon gesagt?

»Was für ein arroganter Kerl dieser Leichenbeschauer war. ›Das ist mein Vincent‹, hab ich zu ihm gesagt. Er hat nur geschnaubt. Dabei hat er dauernd mit Leuten wie mir zu tun. Leuten, die nicht wissen, wohin mit sich und ihrer Trauer. Aber ich hab mich zusammengerissen. Ich hab mir nichts anmerken lassen.«

»Nehmen Sie sich das nicht zu Herzen. Wer so eine Arbeit macht, muss sich eine dicke Haut zulegen.«

»Warum hab ich nur mein Handy vergessen? Was, wenn die Detectives mich anrufen wollen? Was, wenn sie den Mann, der das getan hat, verhaftet haben?«

»Sie melden sich sicher bald.«

»Und wenn nicht? Wenn ich nie mehr was hör? Mein Sohn ist tot und sein Mörder spaziert frei rum. Bestimmt kommen nicht viele Leute zu seiner Trauerfeier. Ich werde Monsignore Ricciardi bitten, die Messe für ihn zu lesen. Er wird das sicher schön machen. Und dann? Welchen Sinn hat mein Leben jetzt überhaupt noch?«

Amy stellt sich Vincent in einem billigen Sarg in einem fast leeren Raum vor. »Oh Mann«, sagt sie, und es tut ihr augenblicklich leid.

»Entschuldige«, sagt Diane und dreht sich zum Fenster. »Ich will dich nicht belasten. Du kennst mich ja nicht mal richtig. Ich verlang wirklich zu viel.«

Amy setzt sich auf. »Tut mir leid, ich hab das nicht so gemeint. Es war ein dummer Reflex. Ich helf Ihnen gerne, Diane.«

Diane nickt, dreht sich aber nicht zu ihr. »Danke, Amy. Eins gäb es tatsächlich, wenn's dir nichts ausmacht. Vincent braucht einen Anzug, in dem er beerdigt werden kann. Ich glaube, in seiner Wohnung ist einer. Vor ein paar Jahren hab ich ihm für eine Trauerfeier, zu der wir mussten, einen bei Kohl gekauft. Er müsste noch bei ihm im Schrank hängen, wenn er ihn nicht verscherbelt hat. Ich hab seinen Schlüssel. Würd's dir was ausmachen hinzufahren? Aber nur wenn's nicht zu viel Mühe ist. Ich hab nur grad nicht die Kraft dazu.«

»Was ist mit der Polizei?«, fragt Amy. »Die werden doch bestimmt in der Wohnung sein?«

»Die wissen doch gar nichts von der Wohnung. Die denken, dass er bei mir wohnt.«

»Stimmt.« Bei der Aussicht, allein in Vincents Wohnung zu sein, durch seine Sachen zu gehen und eine genauere Vorstellung davon zu bekommen, wer er war und was er verborgen hat, erfasst Amy leichte Erregung. »Das mach ich gerne.«

Der Fahrer erklärt sich bereit, Amy zur West Eighth und Highlawn zu fahren. Dort wird sie ihn bezahlen und entlassen, weil sie nicht weiß, wie lange sie in Vincents Wohnung braucht. Sie bleiben kurz vor Dianes Wohnung stehen und Diane holt Vincents Schlüssel. Sie will Amy Geld für den Fahrer geben, aber Amy wehrt es ab. Sie hat nicht mehr viel Geld, aber es käme ihr falsch vor, Diane zahlen zu lassen. Diane dankt ihr erneut, gibt ihnen die Adresse und sagt, dass Vincent im Souterrain wohnt – gewohnt hat –, dann verschwindet sie im Haus.

»Wow«, sagt Vincenzo beim Losfahren. »Ganz schön heftig.«

»Kann man wohl sagen.«

»Sie kennen sie nicht besonders gut, was?«

»Nur von der Kirche.«

»Das meiste hab ich mir zusammengereimt, aber darf ich trotzdem fragen, was genau passiert ist?« Er biegt links in die Bath Avenue und dann wieder links in die Bay Thirty-Fifth.

»Ihr Sohn wurde ermordet. Erstochen. Man weiß noch nicht, wer es war oder warum.«

»War das die Sache auf dem Kings Highway? Ich hab davon gelesen.«

»Ach, wo denn? Was stand in dem Bericht?«

»Nicht viel. Nur dass einer erstochen wurde. Dass sie nach Hinweisen suchen, das Übliche. Keine Ahnung, wo ich's gelesen hab. Vielleicht in der *Post*?«

»Einfach fürchterlich«, sagt Amy, so wie es jemand wie Mrs. Epifanio gesagt hätte.

Vincenzo fährt rechts unter der Hochbahnstrasse in die Eighty-Sixth Street und dann links in die Twenty-Fourth Avenue. Beide schweigen. Weiter nach links in die Stillwell Avenue. Gleich rechts in die Highlawn. Als sie an der West Tenth vorbeifahren, schaudert es Amy. Sie erhascht einen Blick auf ein gelbes Tatortabsperrband, das zwischen einem Telefonmast und einem Baum gespannt ist, aber sonst weist nichts darauf hin, was hier passiert ist. Vincenzo biegt rechts in die West Eighth zur Avenue S. Mehr Reihenhäuser, die aussehen wie die, vor denen Vincent umgebracht wurde. Vor dem Hydranten bei einem Haus mit grüner Aluminiumverkleidung bleibt er stehen.

»Hier müsste es sein«, sagt Vincenzo.

Amy sieht auf das kleine Haus mit dem kleinen Blechvordach und der amerikanischen Flagge an einem verbogenen Fahnenmast im Vorgarten. Vincent hat wie sie in einer Souterrainwohnung gelebt, und sie fragt sich, ob seine Vermieterin auch so neugierig ist wie Mr. Pezzolanti. Ob eine alte Frau im ersten Stock hinter der Jalousie steht und beobachtet, wie sie den Schlüssel ins Schloss steckt, um sich auf sie zu stürzen? Gut möglich, denkt sie. »Vielen Dank«, sagt sie zu Vincenzo und gibt ihm dreißig Dollar, der Fahrpreis plus ein gutes Trinkgeld.

»Es tut mir sehr leid«, sagt er. »Richten Sie der alten Lady bitte mein Beileid aus. Und hier ist meine Karte mit meiner Handynummer. Rufen Sie an, wenn Sie einen Fahrer brauchen.« Er reicht ihr eine schlichte weiße Visitenkarte mit seinem Namen und der Telefonnummer. Sie steckt sie ein, dankt ihm erneut und steigt aus.

Kapitel 9

Amy öffnet das Gartentürchen. Am Zaunpfahl hängt ein laminiertes Pappschild: BETTELN UND HAUSIEREN VERBOTEN. Acht leere Cento-Tomatendosen, deren gelbe Etiketten sich abschälen, stehen auf der Treppe zur oberen Wohnung. Zu Vincents Wohnung führen drei Betonstufen hinunter. Von außen sieht alles ganz normal aus. Eine weiße Tür mit abblätternder Farbe und traurigem Messingklopfer. Rechts von der Tür ist ein Briefkasten, aus dem Werbeblättchen und Takeaway-Speisekarten quellen. Am vorderen Fenster von Vincents Wohnung sind die Jalousien heruntergezogen. Zwei Lamellen sind gebrochen. Auf der Fensterbank lehnt ein Kartenspiel gegen die Scheibe. Sie holt den Schlüssel heraus. Diane fällt ihr ein, die wie eine Putzfrau zum Putzen gekommen ist.

»He!«, ruft eine Stimme von oben. »Was machen Sie da?«

Amy hat nicht mitgekriegt, wie das Fenster in der oberen Wohnung hochgeschoben wurde. Hinter dem Fliegengitter steht eine Frau. Sie ist alt und fahl und hat bläulich weiße Haare. Sie setzt sich. Zieht an einer Zigarette. »Hallo«, sagt Amy. »Vincents Mutter hat mich gebeten, herzukommen und einen Anzug für ihn zu holen.«

»Der Trottel hat sich umbringen lassen, was? Wundert mich, dass die Cops noch nicht da waren.«

»Ja, er wurde umgebracht.« Amy erwähnt nicht, dass die Cops wahrscheinlich nichts von der Wohnung wissen.

»Die Miete ist bis Monatsende gezahlt. Sagen Sie seiner Mutter, dass sein Zeug bis dahin raus sein muss.«

»Sie muss sich gerade um so viel kümmern. Ich bin sicher, sie wäre froh, wenn Sie ihr etwas mehr Zeit lassen könnten.«

»Ich betreibe hier kein Wohlfahrtsunternehmen. Es gibt genug Leute, die die Wohnung mit Handkuss nehmen. Ist mir ein Rätsel, wie dieser Nichtsnutz jeden Monat die Miete zusammengekratzt hat. In der Wohnung sieht's aus wie auf einer Müllhalde, Sie werden's sehen. Ich hab immer ein Auge drauf haben müssen, dass ich keine Kakerlaken oder Ratten ins Haus krieg. Wie war noch Ihr Name?«

»Amy.«

»Haben Sie ihn gekannt?«

»Nein. Ich kenne seine Mutter aus der Kirche. Ich steh ihr in dieser schweren Zeit nur ein bisschen bei.«

»Eine Kirchgängerin. Schön. Vincent hätte sich ein Beispiel an Ihnen nehmen sollen. Ich bin früher auch in die Kirche, aber als meine Tochter vor ein paar Jahren nach Long Island gezogen ist, hab ich's sein lassen.« Sie zieht an der Zigarette. »Vincent hat also einen Anzug? Kann ich gar nicht glauben.«

»Seine Mutter hat gesagt, sie hat ihn ihm für eine Trauerfeier gekauft.«

»Das glaub ich schon eher. Ich heiße übrigens Marie. Wenn Sie was brauchen, lassen Sie's mich wissen. Vielleicht wollen Sie ja erst mal hochkommen und ein Tässchen Kaffee trinken? Ich hab grad einen gekocht.«

»Tut mir leid, Marie, aber ich hab's eilig. Bei allem, was zu tun ist.«

»Schon verstanden. Viel Spaß da unten.« Marie bläst Rauch durchs Fliegengitter, dann schiebt sie das Fenster mit einem Wumms zu.

Der Schlüssel in Amys Hand fühlt sich schlüpfrig an. Sie sieht sich um. Sie hat nicht nachgedacht. Vincent war mit seinem Mörder befreundet. Anders als die Cops weiß der Mörder bestimmt, wo Vincent gewohnt hat. Die beiden müssen auf dem Weg hierher gewesen sein, als sie in Streit geraten sind – oder was sonst zu dem Mord geführt hat. Wäre Amy nicht vorher schon paranoid gewesen, dann hätte sie jetzt allen Grund, sich beobachtet zu fühlen. Vielleicht war der Killer hier. Vielleicht hat er nach etwas gesucht. Vielleicht hat er es gefunden. Vielleicht ist er sogar *in diesem Moment* drin.

Sie überlegt, ob sie wieder gehen und Vincent bei Kohl oder in einem anderen Laden einen neuen Anzug für die Beerdigung kaufen soll. Aber es ist zu spät. Sie kennt seine Größe nicht. Wobei sie natürlich Diane anrufen und sagen könnte, dass der Anzug nicht in der Wohnung ist. Dann könnte sie nach seiner Größe fragen.

Sie dreht den Knauf, drückt die Tür auf und geht hinein. Hofft sie, dem Killer zu begegnen? Oder will sie nur etwas über Vincents Leben erfahren?

Die Wohnung ist ein wahres Loch. Offenbar gibt es nur das eine Fenster. Auf einem dreckigen Sofa türmt sich wie erwartet Kleidung und die Polster sind vorgezogen. Ein kleiner Flachbildfernseher, der mit einer Spielekonsole verbunden ist, steht auf dem Boden. Vor dem Fernseher ist ein blauer Sitzsack, auf dem man noch Vincents Abdruck sieht. Links hängt an der Wand ein diamantförmiges Straßenschild, auf dem VORSICHT SCHLAGLOCH steht, darunter befindet sich ein runtergekommener Schreibtisch, der mit holographischen Giants- und Yankees-Aufklebern gepflastert ist. Der Teppich ist fleckig.

Im hinteren Teil des Zimmers ist eine kleine Kochnische. Auf einem Tisch liegt ein Tablet mit gesprungenem Bildschirm. Ein winziger Kühlschrank, wie sie auch einen hat, steht in die Ecke geschoben auf der Arbeitsfläche. Alle Schranktüren sind offen, im Inneren ist alles durcheinandergeworfen. Auch die vollgestopften Schubladen sind aufgezogen. Sie geht zu einer Tür am Zimmerende, die in ein kleines Schlafzimmer führt. Ein Doppelbett mit einem billigen Metallrahmen. Nackte Wände. Überall Klamotten. Ein paar DVDs. In der Ecke ein schrankgroßes Badezimmer. Auf dem Rand des Waschbeckens liegen ein Einwegrasierer und eine Zahnpastatube, die Kloschüssel ist versifft.

Die ganze Wohnung riecht muffig nach altem Mann: ungewaschene Kleidung, ungewaschene Bettwäsche. Es ist nicht gesaugt. Vincent hat kein Febreze auf Sofa oder Bett gesprüht. Der verkrustete Abfalleimer unter der Küchenspüle ist wahrscheinlich seit Wochen nicht geleert worden.

Sie öffnet einen schmalen Schrank gleich rechts neben der Wohnungstür. Eine Schneeschaufel kippt raus. Daneben ein Sack Streusalz. Winterstiefel. Wahrscheinlich ist Vincent im Winter durch die Nachbarschaft getourt und hat gegen ein paar Dollar Schnee geschippt. Der Kleiderschrank ist voll mit Jacken und Sweatshirts auf Drahtbügeln. Sie geht die Sachen durch, findet einen Anzug, der in der Folie einer Reinigung steckt, und zieht ihn heraus. Ein Post-it klebt auf der Folie: *Vincent, ich hab den Anzug für dich reinigen lassen. Er ist nicht nur für Trauerfeiern. Zieh ihn zu deinem nächsten Bewerbungsgespräch an. Mom.* Diane hat sich wirklich sehr um ihn bemüht. Bestimmt war Vincent maulfaul und undankbar. Schwer zu ertragen für eine Mutter. Vor allem wenn man weiß, das wächst sich nicht aus, das wird nicht besser.

Sie legt den Anzug über eine Armlehne des Sofas. Sie weiß nicht, was sie erwartet hat, und will nicht gehen. Wenn sie den Laptop anschaltet, wird wahrscheinlich ein Pornobild aufploppen, oder sie findet Drogen unter dem Bett, vielleicht auch nur

Ketchupbeutelchen im Kühlschrank. Zeugnisse eines armseligen Lebens.

Aber sie entdeckt nichts in der Art. Auf dem Computer erscheint ein Solitaire-Spiel. Im Kühlschrank ist Aufschnitt, Orangensaft und Bud Light. Auf den DVDs im Schlafzimmer sind Actionfilme: *Deadly Revenge – Das Brooklyn-Massaker, Hard to Kill, Drug War, Bad Boys – Harte Jungs, Breakdown* und *Harte Ziele*. Sie durchsucht den Küchenschrank und findet ein paar zerkratzte Plastikschüsseln und -teller. In einer Schublade neben der Spüle liegen ein Notizblock, ein Ziploc-Beutel mit Münzen und ein paar Haargummis. Sie fragt sich, ob er eine Freundin hatte, die sie vergessen hat. Sie sucht nach anderen Spuren einer Freundin, aber nichts deutet darauf hin. In der Spüle steht ein wenig Geschirr. Schleimige, aufgequollene Nudeln von einem Fertiggericht verstopfen den Abfluss. Unter der Spüle stehen ein paar Dosen Corned Beef in einem Plastikbecken. Sie kann kaum glauben, dass ein Untersiebzigjähriger so etwas isst.

Neben dem Plastikbecken lehnt etwas gegen das Abflussrohr, in gestreifte Geschirrtücher gewickelt. Sie nimmt es raus. Es ist schwer. Die Form kommt ihr seltsam rechteckig vor. Vielleicht ist es eine Kiste, und wenn sie sie öffnet, dann liegt darin eine Waffe oder Drogen.

Sie nimmt die Geschirrtücher weg. Darunter ist eine rotfleckige, mit Paketklebeband verschlossene Pappschachtel. Sie zieht das Klebeband ab. Als Erstes kommt Luftpolsterfolie zum Vorschein. Sie fährt mit der Hand darunter und tastet den Inhalt ab. Ein Siphon und irgendwelches Zubehör, mehr nicht, und es gehört vielleicht nicht mal Vincent.

Im Schlafzimmer liegt ein fusseliger blauer Bademantel neben dem Bett auf dem Boden. Vincent kann sie sich darin nicht vorstellen. Sie hebt ihn auf und durchsucht die Taschen. In der ersten sind nur Fusseln. In der zweiten stecken eine kleine, ungeöffnete Packung extrastarkes Tylenol – für das man in den kleinen Läden grundsätzlich zu viel zahlt – und eine zerknüllte Quittung mit verblasster schwarzer Schrift.

Ihr Blick fällt auf den Teppich in der Ecke. Er wirft Falten, so als hätte ihn jemand angehoben. Im Moment ist ihr alles verdächtig. Sie geht in die Ecke, lässt sich auf die Knie nieder und klappt den Teppich so weit wie möglich um. Ein Ratschen wie von einem Klettverschluss hallt in der Wohnung wider. Wieder erwartet sie Drogen oder einen geldgefüllten Umschlag. Wieder ist es nichts – nur ein verfleckter unbehandelter Dielenboden. Sie lässt den Teppich fallen.

Dann setzt sie sich auf Vincents Bett. Die Laken sind schmutzig. Sie fragt sich, wann er sie das letzte Mal gewaschen hat. Stellt sich vor, wie er sie zusammengeknüllt in eine Tasche stopft, ins 3 Stars trägt und beim Warten im Homestretch etwas trinkt.

Sie geht zurück ins Wohnzimmer. Es muss jemand hier gewesen sein, denkt sie. Die offenen Schränke und Schubladen. Die vorgezogenen Polster. Die Teppichfalten. Das unheimliche Gefühl, dass die Dinge, die sie anfasst, vor nicht allzu langer Zeit von einem Dritten angefasst worden sind.

Immer hat sie sich gewünscht, dass sie damals den Mumm gehabt hätte, in Bob Tullys Garage zu gehen und genau das dort zu tun. Herumschnüffeln. Nach Spuren des Mannes zu suchen, den er umgebracht hat – eine Brieftasche, ein Ring, eine Armbanduhr.

Wieder der Nervenkitzel. Sie sollte Angst haben, sich ständig umsehen, ob der Killer aus einem Schrank springt oder aus der Dusche tritt und sie mit einem langen Messer angreift, aber es ist nicht so. Sie ist völlig ruhig, genießt die Situation regelrecht.

Auf dem Weg zur Wohnungstür öffnet sie die oberste Schublade des Schreibtischs unter dem Warnschild. Es sind lauter Taschenbücher darin. Western, Horror, ein paar SF-Romane. Sie öffnet die beiden unteren Schubladen. In einer liegen Unterhosen und Socken. Die andere ist bis auf ein altes Telefon, dessen Kabel um den Hörer geschlungen ist, leer. Sie widmet sich wieder der obersten Schublade und blättert die Bücher durch.

In einem, *Silhouette at Sundown,* das einen grünen Schnitt und eine ausgeixte Bibliotheksnummer auf dem gebrochenen Rücken hat, findet sie einen Briefumschlag, der mit Klebeband zugeklebt ist. Er ist unbeschriftet. Sie dreht den Umschlag in den Händen und zieht am Klebeband. Auf einmal hört sie Maries Schritte über sich und das Öffnen einer Tür. Wahrscheinlich wird Marie langsam misstrauisch und fragt sich, was sie hier unten macht. Denkt, dass Amy vielleicht gar nicht die ist, die sie zu sein behauptet.

Sie reißt den Umschlag auf. Darin ist ein Foto. Gerade als sie das Foto herausziehen will, klopft es an der Wohnungstür. Schnell steckt sie den Umschlag in ihren Hoodie und nimmt den Anzug von der Lehne. Es klopft erneut.

»Ich bin's, Marie. Alles in Ordnung?«

Amy öffnet die Tür, hebt den Anzug hoch und presst den Ellbogen in die Seite, damit der Umschlag nicht verrutscht. »Hat etwas gedauert, bis ich ihn gefunden habe.«

»Kann ich mir vorstellen«, sagt Marie, den Kopf wie eine Hexe vorgestreckt. »Ziemlicher Saustall, was?«

»Das kann man wohl sagen.«

»Ich sollte mich in der Wohnung umsehen. Bei dem ganzen

Ärger, den ich hab, hab ich eine Belohnung verdient.« Marie lacht.

Amy zwingt sich zu einem Lächeln. »Ich muss jetzt los.«

»Haben Sie was Brauchbares beim Rumschnüffeln entdeckt?«

»Corned Beef und ein paar Actionfilme. Mehr nicht.«

»Typisch Vincent. Kennen Sie den Mann, der hier war?«

»Welcher Mann?«

»Der Freund. Ich hab ihn reingelassen. Den Namen hab ich vergessen. Ab und zu hab ich sein Gesicht hier gesehen. Netter Junge. Der Sohn von einem Juwelier. So einen Mieter wünsch ich mir.«

»Aber seinen Namen kennen Sie nicht?«

»Nein, wie gesagt, den hab ich vergessen. Ich hab nie gesehen, dass Vincent ein Mädchen mitgebracht hat. Wenigstens kein junges.« Abscheu in der Stimme. Verachtung. »Wenn Sie mich fragen, war er vom anderen Ufer. Das hat er jetzt davon.«

Amy drängt sich an Marie vorbei, ohne etwas zu erwidern.

»Sagen Sie der Mutter, dass Ende des Monats alles raus sein muss, sonst kommt der ganze Krempel zum Sperrmüll«, ruft Marie schon auf dem Weg in ihre Wohnung über die Schulter.

Rasch geht Amy die Straße entlang, den Anzug hat sie über ihren Arm gelegt. Sie biegt rechts in die Avenue S und bleibt vor einem Friseur stehen. Auf den schwarzen Getränkeautomaten daneben ist mit blauer Farbe KALTE GETRÄNKE gepinselt. Sie hängt den Anzug daran. Das Post-it fällt auf den Bürgersteig.

Sie zieht den Umschlag hervor und holt das Foto heraus. Es ist tatsächlich nur dieses eine. Es ist im Homestretch aufgenommen worden. Eine Partyszene, bei der die Leute ihre Drinks Richtung Kamera heben, darunter Vincent. Er hat den Arm um eine dunkelhaarige Frau gelegt. Sie ist älter, gut fünfzig, trägt ein enges schwarzes Oberteil, zwischen den Lippen einen gestreiften Strohhalm in einem großen Glas, in dem wahrscheinlich Gin Tonic oder Wodka Soda ist. Ihre Wangen sind gerötet, die Augen verträumt.

Hinter ihnen steht gleich bei Bernie der Mann mit dem Softball-Trikot, den Amy auf der Bank gesehen hat. Neben ihm am Tresen ein Mann mit langer Nase und kantigem Kinn. Er trägt ein T-Shirt mit dem Aufdruck Brooklyn vs. Everybody. Er sieht zu Vincent und der Frau. Es ist eindeutig Vincents Mörder, der Mann, dessen Messer in ihrem Tiefkühlfach liegt. Amy ist sich zu hundert Prozent sicher.

Amy dreht das Foto um. Auf der Rückseite steht in blauer schnörkeliger Schrift *Ich liebe dich aus tiefstem Herzen. Lass uns zusammen weglaufen.*

Sie steckt das Foto zurück in den Umschlag und schiebt ihn unter ihr T-Shirt, das sie in den Hosenbund steckt.

Auf dem Weg zu Diane sieht sie mitten auf der Stillwell Avenue einen toten Hund liegen, Autos und Busse umrunden ihn. Ihre Sinne sind überreizt. Ihre Haut juckt. Sie riecht die Abgase, vielleicht ist es auch Rauch und es brennt irgendwo. In dem toten Hund sieht sie Vincent. Sie hört Hupen und Alarmanlagen und Sirenen. Sie hat den Geschmack von Kaffeesatz im Mund. Ihre Zunge ist kalt. Wieder spürt sie eine beunruhigende Gegenwart. Oder Abwesenheit.

Zurück bei Diane gibt sie ihr zitternd den Anzug. Bei dessen Anblick fängt Diane an zu weinen. Vielleicht denkt sie an den leblosen Körper, der ihn ausfüllen wird. Vielleicht erinnert sie sich auch an die Trauerfeier, auf der sie Vincent darin sah. Amy stellt sich vor, wie sein ganzes Leben vor ihrem inneren Auge abläuft. Sie weiß, was der Tod mit einem macht, und denkt daran, wie sie in Tränen ausbrach, als eine Woche nach dem Tod ihrer Mutter ihr Blick auf eines ihrer Kleider fiel. Diane hängt den Anzug an die Garderobe im Flur. Amy legt eine Hand auf ihre Schulter.

»Danke, dass du ihn geholt hast«, sagt Diane.

»Kein Problem«, sagt Amy. Sie fragt sich, ob Diane misstrauisch ist. *Kein Problem.* Ist das die angemessene Antwort? Sie weiß, dass sie das Foto nicht erwähnen sollte. Sie sollte es nicht herausnehmen und auf den Killer deuten. Wenn sie nicht still ist, hat das Folgen. Das hat sie früh von Bob Tully gelernt. Nur widerspricht das ihrem idealistischen Selbstbild als Helfender. »Kann ich sonst noch was für Sie tun?«

»Setz dich zu mir. Bitte. Bleib noch ein bisschen.«

»Natürlich.«

Sie gehen ins Wohnzimmer. Der Fernseher läuft noch. In einer Talkshow sitzen sich Leute auf Sofas gegenüber. Zoom. Kamerawechsel zu den Zuschauern. Lautes Klatschen. Diane hat eine Plastikkiste in die Mitte des Raums gezerrt. Sie ist voll Fotoalben und Schuhschachteln. Amy setzt sich auf den Fernsehsessel in der Ecke, die Hände auf den Oberschenkeln. Der Umschlag bohrt sich in ihre Taille, aber sie traut sich nicht, ihn zurechtzuschieben. Sie hat Angst, Diane kriegt mit, dass sie das Foto hat, und fragt sich, was los ist.

»Ich hab gerade Fotos angeschaut«, sagt Diane und kniet sich neben die Kiste. Sie hustet hinter vorgehaltener Hand.

»Sie sollten sich ausruhen«, sagt Amy. »Wollen Sie sich nicht hinlegen?«

»Ich kann mich jetzt nicht hinlegen. Schau dir das an.« Diane holt aus einer Schuhschachtel ein Foto. Es steckt in einem Rahmen, der aus Eisstielen gebastelt ist. Man sieht den kleinen Vincent in Schuluniform an einem Schreibtisch, wo er lächelnd so tut, als würde er schreiben. »Da war Vincent in der Zweiten. Die kleinen Rahmen haben sie im Werkunterricht gebastelt. Niedliches Kerlchen, nicht?«

»Sehr niedlich.«

»Das war sein schönstes Schuljahr. Er war so glücklich. Jeden Nachmittag ist er aufgeregt aus der Schule heimgekommen. Er hatte eine Lehrerin, die er vergöttert hat. Miss Krauza. Sie war ein echter Goldschatz. Ich wünschte, das ganze Leben könnte so sein wie dieses eine Jahr. Er hatte alles, was er brauchte. Nach der Schule kam er heim und wir schauten fern und aßen zu Abend. Ich hab ihn in den Schlaf gesungen. Am liebsten mochte er ›Que Sera, Sera‹.«

»Sehr süß«, sagt Amy.

Diane zerrt ein klobiges schwarzes Album heraus und trägt es zu Amy. Sie setzt sich auf die Sessellehne und legt sich das Album auf den Schoß. Langsam blättert sie es durch und zeigt Amy Fotos von Vincent in der Grundschulzeit, Fotos von Geburtstagspartys, auf denen Vincent sich über Eistorten beugt, Fotos aus Bowlinghallen, Zirkuszelten, Baseballstadien. »So ein glückliches Kind«, sagt Diane. »Das sieht man doch auf jedem einzelnen Foto.« Sie ist den Tränen nah.

»Es tut mir so leid, Diane«, sagt Amy. Sie denkt wieder an das Foto unter ihrem T-Shirt. Ihr Magen krampft sich zusammen. Ihre Hand fährt zum Mund. »Dürfte ich mal Ihr Bad benutzen?«

Diane steht auf und legt das Album zurück in die Kiste. »Ach herrje, geht's dir nicht gut? Das tut mir leid. Hoffentlich hab ich dich nicht doch angesteckt.«

Amy geht schnell ins Badezimmer, sperrt die Tür zu und

kniet sich vor die Kloschüssel. Sie steckt sich zwei Finger in den Mund. Ihre Finger fühlen sich rau auf der Zunge an. Sie spürt, wie sie gegen den Gaumen drücken, und würgt, bis sie sich übergibt. Als sie fertig ist, betätigt sie die Spülung und lehnt sich gegen die Fliesen. Sie zieht den Umschlag aus dem Hosenbund. Er ist völlig verdrückt.

Diane klopft an die Tür. »Alles in Ordnung bei dir?«, fragt sie.

»Es geht mir gut«, sagt Amy.

»Du klingst ganz schwach. Ich hab dich mit meinen Sorgen belastet und jetzt bist du krank.« Amy verstaut das Foto wieder und schiebt den Umschlag zurück in den Hosenbund. Sie versucht noch mal, sich zu übergeben. Nichts kommt mehr.

»Du Arme«, sagt Diane.

Amy steht auf und entriegelt die Tür. Diane sieht sie traurig an. Diese Frau, die gerade ihren Sohn verloren hat, hat mit ihr Mitleid. »Es tut mir leid, Diane«, sagt Amy. »Ich sollte jetzt wirklich gehen.«

»Ich hoffe, ich hab dich nicht angesteckt.«

»Das ist wahrscheinlich nur die Anspannung. Das muss sich furchtbar dumm anhören. Sie sind schließlich diejenige, also, Vincent ist ja nicht mein …«

»Ich versteh schon.«

»Manchmal hab ich solche Beklemmungen. Es tut mir leid. Ich wünschte, ich könnte mehr für Sie tun.«

»Du hast schon so viel getan. Ich weiß gar nicht, was ich ohne dich gemacht hätte.«

Amy geht in die Küche und schreibt ihre Nummer auf eine Tafel, die an der Seite des Kühlschranks hängt. »Ich hab Ihre Festnetznummer, nur nicht die vom Handy«, sagt sie. »Das hier ist meine Handynummer. Rufen Sie mich an, wenn Sie was brauchen. Ja? Egal was.«

»Danke«, sagt Diane mit bebendem Kinn.

Amy verdrängt das Bild, wie Diane in dem schrecklichen Wissen, dass ihr Sohn ermordet wurde, allein ist. Allein am Tisch sitzt. Allein durchs Haus tappt. Allein im Bett liegt. Allein unter der Dusche steht. Dieses Alleinsein mit neuer schrecklicher Schärfe spürt. »Passen Sie auf sich auf«, sagt Amy.

»Das tu ich.«

»Rufen Sie Monsignore Ricciardi an. Er hilft Ihnen bestimmt gerne, soweit es in seiner Macht steht.«

»Das werd ich. Ich hoffe, es geht dir besser.«

»Ja, tut es. Tut mir leid, dass ich Ihnen auch noch Kummer bereiten musste.« Amy legt ihre Hand noch einmal auf Dianes Schulter, dann verlässt sie rasch die Wohnung.

Kapitel 10

Zurück in ihrer Wohnung denkt Amy wieder über das Messer nach. Es könnte irgendwo gekauft sein, vielleicht in einem der Läden an der Eighty-Sixth Street, wo in Glasregalen Sturmfeuerzeuge, Billigmesser und Zigarettenetuis angeboten werden. Sie hat sich schon oft gefragt, wie diese Läden eigentlich überleben, nachdem die meisten Leute inzwischen online kaufen.

Sie klappt das Messer auf und drückt die Klinge an ihre Handinnenfläche. Was für eine unfassbar blöde Idee, das Messer mitzunehmen. Aber es war wie ein Zwang gewesen. Das hat sie jetzt von ihrer Neugier. Wenn sie es einfach bei Vincent liegen gelassen hätte, dann hätte die Polizei eine Spur. Vielleicht hätten sie Fingerabdrücke. Hat der Killer Handschuhe getragen? Sie versucht sich an seine Hände zu erinnern. Wenn Fingerabdrücke darauf waren, dann hat sie sie in der versifften Toilette im Roulette entfernt oder spätestens in ihrer Wohnung. Aber er muss Handschuhe getragen haben, also muss er geplant haben, Vincent zu erstechen. Sonst hätte er das Messer doch nicht zurückgelassen?

Als ob das nicht genug wäre, hat sie jetzt auch noch den Umschlag mit dem Foto. So als wollte sie sich selbst verdächtig machen. Sie nimmt den Umschlag und sieht wieder das Foto an, dessen Ränder sich inzwischen biegen. Die Frau, der Killer, die Notiz. Sie steckt das Messer in den Umschlag und stopft den Umschlag in die Eisschachtel im Tiefkühlfach.

Mr. Pezzolanti klopft an der Tür und sagt, dass Connie Giacchino und Monsignore Ricciardi vor ungefähr zwanzig

Minuten da gewesen seien, um nach ihr zu sehen. Amy fragt, ob ihr Vater wieder nach ihr gefragt habe. Davon weiß Mr. Pezzolanti nichts. Als er fragt, ob sie von der Messerstecherei gehört habe, verstummt sie einen Moment. Ihr wird klar, dass bald jeder wissen wird, dass sie bei Diane war, so was spricht sich in der Gegend schnell rum. Bestimmt hat Diane schon Leute von der Kirche angerufen und erzählt, wie froh sie sei, dass Amy bei ihr war, als sie die Nachricht erreichte, und sie zum Leichenschauhaus begleitet hat. Sie könnte darauf wetten, dass Monsignore Ricciardi und Connie vor allem deswegen zu ihr gekommen waren.

Schnell sagt sie, dass sie Diane besucht hat, weil sich Mrs. Epifanio solche Sorgen gemacht hat. Sie muss aufpassen, denkt sie, hier kennt jeder jeden. Wenn jemand mit Mrs. Epifanio spricht, wird er das mit Vincent erfahren. Und dann könnte man Amy direkt mit ihm in Verbindung bringen. Ihr wird schwindlig. Immer wieder sagt sie sich, dass sie nichts Falsches gemacht hat, und weiß dabei genau, dass sie genug falsch gemacht hat. Glücklicherweise verlässt Mrs. Epifanio das Haus nicht und hat wenig Besuch. Sie muss nur dafür sorgen, dass sie und nicht Immacula ihr nächste Woche die Kommunion bringt. Bis dahin wird alles wieder seinen gewohnten Gang nehmen. Sie fragt sich, ob Mr. Pezzolanti bemerkt, wie sie schwitzt.

»Fürchterliche Sache, das mit dem Jungen«, sagt Mr. Pezzolanti und wippt auf den Fußballen. »So ein junger Mann, hatte noch das ganze Leben vor sich. Was wohl der Grund war? Ich vermute mal, er hat sich auf die falschen Leute eingelassen. Drogen womöglich. Johnny Zaps Sohn meint, dass Vincent dauernd in diesem Homestretch herumgehangen ist. Zu meiner Zeit hätte man das eine TB-Kneipe genannt. Weißt du, was das ist? Das heißt, dass man Tuberkulose kriegt, weil die Gläser so schmutzig sind. Wer weiß schon, in welche Gesellschaft er geraten ist? An schönen Tagen, da denkt man doch, dass es gar keine bösen Menschen gibt. Aber man muss nur ein bisschen an der Oberfläche kratzen. Dass eine so nette Frau wie Diane einen solchen Sohn hat. Aber du bist ein wahrer Schatz, Amy. Dass du losgegangen bist und Diane geholfen hast.«

»Ich war rein zufällig da«, sagt Amy.

»Mag sein. Aber du bist nicht weggelaufen, sondern hast sie getröstet. Du siehst übrigens ziemlich müde aus, wenn ich das sagen darf. Ruh dich doch mal ein bisschen aus.«

»Sie haben recht, Mr. P, das werd ich tun.«

»Sag, wenn du was brauchst. Ich muss sowieso mal wieder mein Auto bewegen, es steht schon die ganze Woche rum. Muss ein paar Dinge erledigen und zum BJ fahren.« Er hält inne und reibt sich über die Schläfen. »Letztens hat mir jemand dreitausend für den Caprice angeboten, kaum zu glauben, was? Ich hätte zuschlagen sollen. Das Auto ist doch nur noch ein Klotz am Bein.«

Als er sich verabschiedet, geht Amy in ihre Wohnung und setzt sich aufs Bett. Sie wartet darauf, dass Fred klopft, und lauscht auf Geräusche von draußen. Sie denkt an Vincents Wohnung. Schnell steht sie auf und sieht sich um, ob irgendetwas durcheinander ist, ob jemand hier war und rumgestöbert hat.

Sie hebt ihre Holzkiste mit dem alten Zeug aus dem Schrank und zieht Klamotten heraus, die sie schon seit Jahren nicht mehr getragen hat, graue Marlenehosen und eine blaue Catalina-Strickjacke mit Kirschen darauf. Beides stammt aus den Vierzigern. Beides riecht nach Mottenkugeln. In der Kiste liegt auch ein Paar Ballerinas mit süßem Totenschädelmuster. Und ein rotes Tuch für die Haare. Sie breitet die Sachen auf dem

Bett aus. Es kommt ihr so vor, als läge auf einmal eine frühere Version ihrer selbst wie ein Geist auf dem Bett.

»Ach, scheiß drauf«, sagt sie.

Sie zieht ihre alten Lieblingsklamotten an, bindet sich das Tuch in die Haare und schminkt sich im Badezimmer. Plötzlich steht Amy ihr altes Ich im Spiegel gegenüber. Bis auf die Haarfarbe sieht sie noch aus wie früher. Vielleicht ein bisschen dünner. Ein bisschen ungelenkiger. Die Kleider geben ihr ein gutes Gefühl, das die Sorgen und Ängste, die sie den ganzen Tag verfolgen, zum Teil verdrängt.

Sie steht da. Zieht die Ballerinas an. Geht auf und ab. Fragt sich, was sie getan hätte, als sie fünfundzwanzig oder achtundzwanzig war. Sie wäre ausgegangen. Wäre gleich in die nächste Bar. Schnaps. Bier, Musik. Sie wäre nicht bedrückt oder reumütig gewesen. Das hat sie auf der Highschool gelernt und durch die Geschichte mit Bob Tully. Es konnte nicht falsch sein, einem Gefühl nachzugeben, verwirrt zu sein, aus Angst und Faszination zu handeln. Wie konnte sie das nur vergessen? Was sie mit ihrem neuen Leben gewonnen hat, hat einen hohen Preis gehabt.

»Scheiß drauf«, sagt sie erneut.

Sie verlässt ihre Wohnung als eine andere. Oder als die, die sie einmal war.

»Hey, ist schon wieder Halloween?«, ruft ein Mann um die vierzig mit verkleckerter Kochjacke Amy zu, als sie ins Homestretch tritt. Er sieht aus, als käme er gerade von seiner Schicht in einer Pizzeria. Dunkle Haare, olivfarbener Teint, Teig unter den Nägeln. Er steht mit einem Bud Light in der Hand am Tresen. »Wer soll das sein? Rosie the Riveter, oder was? Hey Rosie, darf ich dich auf einen Drink einladen?«

Bernie steht hinterm Tresen. Er erkennt sie nicht. »Was kann ich dir Gutes tun, Schätzchen?«, fragt er, als sie am Tresen Platz nimmt.

Sie will schon Mineralwasser bestellen, bekommt aber plötzlich Lust auf ein Bier. »Ein Bud vom Fass«, sagt sie.

Bernie geht mit einem Glas zum Zapfhahn. Sie spürt die Blicke auf sich. Von dem Mann in der Kochjacke mit den Soßenspritzern. Und von den anderen Gästen am Tresen. Drei fette Typen in Rangers-Trikots, die offensichtlich schon ziemlich abgefüllt sind. Eine alte Frau in der Ecke knabbert Erdnüsse aus einem Styroporbecher und spült sie mit Wodka on the rocks runter. Amy bedenkt sie alle mit einem schiefen Lächeln. Schon auf dem Weg hierher ist sie angestarrt worden. Jungs haben gejohlt, Russinnen haben sie gemustert, jemand hat gefragt, ob sie Schauspielerin sei und was sie hier filmen.

»Hör gar nicht hin«, sagt Bernie, als er ihr Bier bringt und es mit so viel Schwung vor sie auf den Tresen stellt, dass es überschwappt. »So was Hübsches wie dich sieht man hier drin nicht oft. Du wertest den Laden echt auf.«

Sie will zahlen, aber Pizza hebt mit einem Räuspern die Hand. »Das geht auf mich, Bernie«, sagt er.

»Danke«, sagt sie und nimmt einen Schluck. Seit einer halben Ewigkeit ihr erstes Bier. Es schmeckt schauderhaft.

Pizza schiebt sich neben sie und nimmt einen kräftigen Schluck aus seinem Glas. »Ich bin Lou«, sagt er. »Und für das Bier musst du mindestens vier Minuten mit mir reden.«

»Ach, so läuft das?«, fragt sie.

»Erzähl mir was über deine komischen Klamotten.«

»Erzähl du mir was über deine komischen Klamotten.«

Er tritt zurück und geht hüftschwingend Richtung Toiletten, macht schwankend kehrt und geht zurück zu ihr. Die Männer in den Rangers-Trikots fangen an zu johlen. »Dieses alte Ding?«, sagt Lou und deutet auf seinen Kittel. »Armani. Willst du mal fühlen?«

Amy muss fast lachen, der Typ ist komplett daneben.

»Wie wär's mit einem Tänzchen?«, fragt Lou.

»Ohne Musik?«

Er fängt an, »Damn I Wish I Was Your Lover« zu singen, und tanzt Amy an, reibt sich an ihrem Bein.

»Lass das«, sagt sie.

»Lass sie in Ruhe, Lou«, sagt Bernie.

Lou gibt auf und tritt zurück. »Kennst du den Song? Sophie B. Hawkins. War '92 ein Riesenhit. Damals hab ich im Bad Boys angefangen. Kennst du den Laden? War mein letztes Jahr in der Highschool. Vierundzwanzig Jahre später schmier ich immer noch Tomatensoße auf Pizzas. Damals, '92, hab ich die Mädchen von der Bishop Kearney im Chevy Nova von meinem Alten befingert. Ich dachte, es gäb nichts Tolleres, als bei meinem Onkel in der Pizzeria zu arbeiten. Ich dachte, besser geht's nicht.«

»Kein Schwein interessiert sich für deine alten Storys«, sagt Bernie. »Vielleicht kapierst du das endlich mal? Hör auf zu heulen. Oder glaubst du, ich wollte in so einem Drecksladen dreißig Jahre lang Bier zapfen?«

»Bernie, Bernie, Bernie.«

»Lou, Lou, Lou.«

»Dann reden wir eben wieder übers Outfit von unserer neuen Freundin«, sagt Lou. »Wo findet die Party statt? Und was ist das für eine Party? Darf ich mit? Außerdem würd ich gern wissen, für wen du dich so hübsch machst.«

Die Kneipentür geht auf. Der Mann, der reinkommt, hat eine lange Nase und ein eckiges Kinn. Es ist der Killer, der

Mann auf Vincents Foto. Er trägt dieselben Timberland Boots, Schlabberjeans und Sweatshirt wie am Abend zuvor. Die Kapuze ist unten. Einen Augenblick lang vergisst sie, dass sie in ihr früheres Ich geschlüpft ist.

»Oha!«, sagt Lou. »Schau mal, wer da kommt. Ich hab gesehen, wo dein Kumpel Vincent erstochen wurde, Dom. Er war schon immer 'ne Lusche, oder?«

»Stimmt«, sagt Dom.

Dom. Wahrscheinlich die Abkürzung von Dominic. Der Killer hat einen Namen, so wie jeder andere Mensch. Aus Lous Mund klingt er wie der mitternächtliche Glockenschlag in einem Horrorstreifen. Sollte Dom ihr anderes Ich bei dem Mord bemerkt haben, dann scheint er sie in der Version, in der sie hier sitzt, nicht zu erkennen. Er mustert sie, aber er mustert sie wie jeder notgeile Sack, seine Augen wandern von ihrem Hintern zu ihrem Busen und bleiben dort hängen. Amy stützt ihre verschränkten Arme auf den Tresen und starrt in ihr Bier. Sie sollte rausgehen und die Polizei rufen, genau das sollte sie tun.

Dom setzt sich ein paar Hocker weiter an den Tresen und bestellt Whiskey Cola.

Bernie mixt den Drink. »Hast du mehr drüber gehört?«, fragt er.

»Nö, nichts«, sagt Dom. »Ich schätz mal, er wurd ausgeraubt.«

»Was sollte man dem denn rauben?«, fragt Lou. »Der war doch immer pleite.«

»Woher zum Teufel willst du das wissen?«

Bernie stellt den Whiskey Cola vor Dom, dann gießt er sich selbst einen Whiskey aus einer Flasche vom Regal ein. »Wie auch immer. Auf Vincent. Ich hatte nie ein Problem mit dem

Jungen. Einmal hat er mich beim Super-Bowl-Pool gelinkt. Das war nicht nett. Aber im Grunde hat er mir nur leidgetan.«

Sie trinken auf ihn.

»Wie geht's eigentlich deinen Eltern, Dom?«, fragt Bernie. »Deine Mutter hab ich seit Wochen nicht gesehen. Sie und Vincent waren ziemlich eng, was?« Er zwinkert. »Und Tony? Wir telefonieren ständig aneinander vorbei. Dieses AB-Pingpong nervt.«

»Was fragst du mich«, sagt Dom und sieht weg. »Bin ich ihr Aufpasser?«

Amy ist nicht zum Spionieren hergekommen. Höchstens unbewusst. Dieses Zusammentreffen ist reines Glück, das hätte sie nie planen können. Sie ist nervös, fühlt sich aber in ihrer Verkleidung sicher. Die Anonymität schützt sie. Selbst wenn Dom sie in der West Tenth bemerkt haben sollte, diese Amy hat er nicht gesehen. Seit langer Zeit hat niemand mehr diese Amy gesehen.

»Ich hab keine Lust mehr, über den armen, armen Vincent zu faseln«, sagt Lou. »Oder Doms Verwandtschaft. Ne echt. Da ist die hübsche Rosie doch viel interessanter. Rosie, du wolltest grad erzählen, für wen du dich so schick gemacht hast.«

»Ja, erzähl mal«, sagt Dom.

»Kann ein nettes Mädchen nicht mal was trinken gehen, ohne von euch Sackgesichtern blöd angequatscht zu werden?«, sagt Bernie und schlägt mit dem Geschirrtuch nach Lou.

»Nach mir wirfst du nicht mit Geschirrtüchern, Bern, das sag ich dir!«, ruft Dom lachend.

»Wenn du's genau wissen willst«, sagt Amy, »ich zieh mich einfach so an.«

»Na gut«, sagt Dom. Das Handy in seiner Hosentasche klingelt. Die Melodie von »Eye of the Tiger« aus *Rocky III.* Er zieht das Handy heraus, das in einer knallblauen Yankees-Hülle steckt, und fertigt den Anrufer kurz ab.

Wieder geht die Tür auf, und erschrocken sieht Amy Fred hereinkommen, die Hände in den Taschen. Er geht zu ihr und setzt sich auf den Barhocker neben ihr. Lou macht einen Schritt zur Seite.

»Was willst du denn hier?«, fragt Amy.

»Belästigt dich der Penner?«, fragt Lou.

»Kümmer dich um deinen eigenen Kram«, sagt Bernie und bewirft Lou mit einer Handvoll Eiswürfel.

Grinsend reißt Lou die Hände in die Höhe und lässt dabei beinah sein Bier fallen. »Schon verstanden. Rosie steht auf Oldtimer.«

Bernie fragt Fred, ob er ihm was bringen darf. Stumm schüttelt Fred den Kopf.

Amy beugt sich zu Fred. »Hast du mich etwa verfolgt?«, fragt sie.

»Tut mir leid«, flüstert Fred zurück.

»Was soll der Scheiß, Fred?«

»Na ja. Zuerst hab ich dich gar nicht richtig erkannt. Ich hab gedacht, die sieht aus wie Amy, aber dann hab ich gedacht, ne, das kann sie nicht sein.«

»Herrgott.« Amy nimmt einen großen Schluck von ihrem Bier.

»Trinkst du wieder?«

Amy bemerkt, dass Dom ihr Gespräch belauscht. So wie Lou. Und die Männer in den Rangers-Trikots. »Lass uns gehen«, sagt sie zu Fred, steht auf und packt seinen Arm.

Draußen setzt sie sich auf die Bank und starrt auf das gelbe 3-Star-Schild, wo ihr anderes Ich gestern stand und Vincent beobachtet hat. Es ist dunkel. Wenn der Mörder nicht gerade im Homestretch Whiskey Cola trinken würde, dann hätte sie Angst, von derselben Stelle aus beobachtet zu werden.

Fred steht vor ihr, tritt unruhig auf der Stelle. »Ich weiß schon«, sagt er, »so was tut man nicht, jemand verfolgen. Tut mir leid. Ich hab mir nichts dabei gedacht.«

Amy sieht Dom hinter der Budweiser-Leuchtschrift. Er kratzt mit einem Nickel über den Tresen und bläst die schwarzen Farbsplitter weg. Bernie schimpft ihn.

»Kennst du den?«, fragt Fred.

»Wen?«, fragt Amy.

»Den, den du da anstarrst.«

»Ich starr niemand an. Ich hab nur überlegt, ob ich in der Kneipe was vergessen hab.«

Fred deutet auf die Bank. »Ist es okay, wenn ich mich setze?«

»Mach, was du willst.«

Fred setzt sich neben sie. »Lebst du ein Doppelleben, oder so was?«, fragt er.

»So hab ich mich früher gern angezogen«, sagt Amy. »Ich hatte einfach Lust, mich einen Abend lang wieder so zu fühlen wie früher. Keine Ahnung, warum.«

»Verstehe. Und das Bier?«

»Ich bin nicht bei den Anonymen Alkoholikern. Du bist nicht mein Aufpasser.«

»Stimmt. Wie hat's geschmeckt? Manchmal hab ich Lust auf ein Bier.«

»Scheiße hat es geschmeckt. Bud eben.«

»Ich hatte mal einen Freund, Whitney. Der hat in unserer Stammkneipe aus so großen Wasserkrügen Bud getrunken. Er ist damit rumgetorkelt und das Bier ist dauernd übergeschwappt und auf sein T-Shirt. Sein Bart hat ständig nach Bier gestunken. Wenn er genug intus hatte, hat er seinen Arm um dich gelegt und einen irischen Song gegrölt und dich mit seinem Bier eingesaut.«

»Ich will so was nicht hören«, sagt Amy. Sie wird wieder unruhig und steht auf.

»Tut mir leid«, sagt Fred erneut.

Amy geht rasch den Kings Highway runter und wirft einen Blick über die Schulter, um sicherzugehen, dass Fred ihr nicht folgt. Nach ein paar Blocks biegt sie in die West Seventh ein. Sie weiß, dass sie kurz vor der Highlawn, nicht weit von Vincents Wohnung, in die N steigen kann. Von Fred ist nichts zu sehen. Sie fragt sich, ob Dom mit ihr spielt, ob er vielleicht weiß, wer sie ist, und sie auf die Probe stellt.

Sie huscht in die Subway-Station und zieht an einem Automaten eine MetroCard. Dann geht sie unter den wachsamen Augen der Frau hinter dem verglasten Schalter durchs Drehkreuz. Ihr Blick fällt auf ein Plakat, auf dem steht, dass die Subways Richtung Manhattan bis zum Frühjahr an dieser Station nicht halten. Sie muss eine Subway nach Süden nehmen und in Coney Island umsteigen, um in die City zu kommen. Es ist ihr egal. Sie will einfach nur in die City, weg von dem Leben hier, wie sie es kennt, vor allem weg von den rätselhaften, schrecklichen Ereignissen der letzten sechsunddreißig Stunden – oder seit wann Vincent und Fred und Dom und Diane aus der Dunkelheit in ihr Leben getreten sind.

Sie läuft den Bahnsteig entlang und sieht immer wieder hinter sich. Die Station ist trostlos und verlassen. Es ist eine der wenigen Stationen der Linie N, die weder unter der Erde liegen noch auf Pfeilern stehen. Sie weiß nicht mal, wie man sie nennt. Oberirdisch vielleicht. Betonwände. Blaue Säulen. Graffiti. Gleise, die noch ramponierter als sonst aussehen. Eine gelbe Linie, die einen von der Bahnsteigkante fernhalten soll.

Abfalleimer, aus denen Abfall quillt. Geräusche, die sich wie Stille anhören. Wenn sie hochblickt, kann sie Wohnungen mit kaputten Rollos und vergitterten Fenstern sehen. Sie kann Wäscheleinen und Telefonkabel sehen. Sie glaubt sich zu erinnern, dass sich vor nicht allzu langer Zeit ein Mann hier erhängt hat. Sie fragt sich, wo. An welchem Telefonmast genau? Sie steht da und wartet auf eine Subway nach Süden. Als sie endlich kommt, ist sie erleichtert, dass sie dahin fahren kann, wo ihr früheres Ich gelebt hat, selbst wenn es eine Weile dauert, bis sie dort ist.

Kapitel 11

Das Umsteigen in Coney Island klappt gut. Amy fühlt sich sofort wohler und weniger beobachtet, weniger verfolgt. Sie sitzt im mittleren Wagen der Subway Richtung Norden, umgeben von Hipstern auf dem Rückweg von einem Ausflug, den sie irgendwo am Strand in Coney bei Hot Dogs und Bier oder in einer Freak Show verbracht haben. Viel mehr kann man zu dieser Jahreszeit dort nicht unternehmen. Immer wieder verlockend ist allerdings, dass man auf dem Boardwalk Fotos machen und erzählen kann, man habe den Tag in Coney verbracht. Sie selbst fährt kaum her, obwohl sie so nah wohnt. Ein paarmal hat Alessandra sie mitgenommen. Sie sind Riesenrad und Cyclone gefahren. Die Mermaid Parade haben sie sich ein einziges Mal angesehen. Angeblich haben früher regelmäßig gute Bands im MCU Park und bei dem inzwischen eingestellten Siren Festival Station gemacht, aber das ist lange her. Sie selbst hat nie etwas davon mitgekriegt.

Sie ist hellwach und meint direkt mit dem rumpelnden Zug verkabelt zu sein. Sie betrachtet die Gesichter der Leute um sie herum. Es ist ihnen egal, wer sie ist oder wo sie hinwill. Selbst der junge Mann, der aussieht wie Morrissey, schenkt ihr in ihrer schrägen Aufmachung keine Aufmerksamkeit, und das ist ziemlich angenehm.

Sie steigt in der City an der Prince Street und Broadway aus. Hier findet das Leben statt. *Sie* fühlt sich wieder am Leben. Von der Prince Street biegt sie links in die Lafayette. Es ist Jahre her, dass sie das letzte Mal in der Ecke war, aber der Weg ist in ihr Hirn eingebrannt. Mit gesenktem Kopf, den Blick auf das Smartphone gerichtet, gehen die Leute an ihr vorbei. Taxis rauschen die Straße entlang. Rechts in die East Fourth. Links in die Second Avenue. Wieder rechts in die East Seventh.

Die Seven Bar ist immer noch an derselben Stelle zwischen der Second und der First Avenue. Gegenüber eine Schneiderei. Der Cupcake-Laden nebenan ist neu. *Cupcakes.* Unglaublich. Auf der anderen Seite eine neue Eisdiele mit Frozen Yogurt, zwei Tische auf dem Bürgersteig. Von außen hat sich die Seven Bar verändert. Das alte handgemalte Schild ist verschwunden, stattdessen hängt da ein kleines Metallschild, auf dem in ultrafetter weißer Schrift SEVEN BAR steht.

Im Inneren hat sich noch mehr verändert. Dass die Jukebox weg ist, fällt ihr als Erstes auf. Die Musik von einem Neunziger-Grunge-Sender kommt aus Deckenlautsprechern. Der gemütliche kleine Tresen ist durch eine polierte, u-förmige Riesentheke ersetzt worden. Früher hing über den verstaubten Flaschen eine große Tafel, auf der die Preise standen. Die ist auch weg. Man konnte immer ein günstiges Glas Bier kriegen. Der Dirty Hipster Special, ein Jägermeister und ein PBR, war der Renner. Der Barmann trägt Weste und Fliege. Seine Haare sind zu einem Dutt gedreht. Er klatscht in die Hände und hält ihr lächelnd eine laminierte Getränkekarte hin.

»Alles gut?«, fragt er. Es ist nichts los. Der Pool-Tisch ist verschwunden. Das durchgesessene Vinyl der Sitznischen ist gegen schimmerndes Holz ausgetauscht worden. Es sieht aus wie in einem Flughafenrestaurant.

»Ich hab hier mal gearbeitet«, sagt Amy.

»Toll«, sagt der Barmann.

»Ja«, sagt Amy. Sie überfliegt die Karte. Der Dirty Hipster ist jetzt ein 15-Dollar-Cocktail mit Eiweiß. Damit gehört er zu den billigeren Cocktails. Amy muss beim Lesen lachen. Ein Name ist schlimmer als der andere. Seven Sweet, St. Mark's Place, Joey Ramone, Coney Island High, Kim's Underground, East Village Eraser, Sympathy for the Strawberry. Hört sich nach einem schlechten Witz an. »Kann ich ein Bier haben?«

»Ich hab gerade ein Eppinger's Pumpkin Stout angezapft. Kann ich sehr empfehlen.«

»Habt ihr auch was Bezahlbares?«

»Wir haben kleine Flaschen Miller High Life für zwei Dollar.«

»Perfekt.«

Er bringt ihr die Flasche, sie zahlt, setzt sich auf einen Barhocker und sieht sich um. Hier hat sie so viele Abende verbracht. Alessandra kennengelernt. Merrill auch. All die Gespenster. All die Erinnerungen. Und jetzt ist der Laden völlig aseptisch. Vermutlich wurde das Lokal von neuen Betreibern übernommen. Die den Namen behalten und die Atmosphäre ausgetauscht haben. Das ist keine Kneipe mehr, das ist eine Erlebnisgaststätte.

»Wann ist der Laden renoviert worden?«, fragt sie den Barmann.

»Vor einem halben Jahr.«

Sie nickt.

»Ja«, sagt er. »Ich find's auch scheiße.«

Sie trinkt ihr kleines Bier aus und geht. Auf dem Bürgersteig bleibt sie neben einem Baum stehen. Noch mehr Leute mit Smartphones. An einem Abfalleimer lehnt ein schlechtes Ölbild. Auf einmal fühlt sich die City an, als würde sie in Traurigkeit ersaufen. Hier brummt nicht das Leben, wie sie gedacht hat, es ist eher ein panisches Herumschwirren. Alles ändert sich unablässig. Sie hat erwartet, in *ihre* Kneipe zu gehen und dort *ihre* Stammgäste zu sehen. Sie hat gedacht, sie könnte ihr früheres Leben wiederaufnehmen, einfach indem sie ihre alten Klamotten anzieht. Aber das war ein Irrtum.

Das Holy Grounds, ein Coffeeshop im nächsten Block, in dem sie gerne war, sieht mit seiner roten Markise und den im Fenster hängenden Ankündigungen von Konzerten und Lesungen aus wie früher. Sie fragt sich, ob dort noch dieselben Leute arbeiten. Gwen, Troy, Liz, einer von ihnen würde ihr reichen. Sie bezweifelt es. Wahrscheinlich steht jetzt irgendein NYU-Student mit Dauerflunsch im Gesicht an der Espressomaschine.

Die Tür klappert. An den kleinen runden Tischen sitzen wenige Leute, vor sich einen Laptop oder ein Tablet. Hinter dem Tresen steht Gwen. Sie sieht genauso aus wie früher. Dreadlocks. Schwarzer Lippenstift. Nasenring. Sie erkennt Amy und grinst. »Ich fass es nicht.«

»Was für ein tröstlicher Anblick«, sagt Amy.

»Hoffentlich warst du nicht in der Seven Bar.«

»Doch, war ich.«

»Schlimm, oder?«

»Alptraum.«

Gwen tritt hinter dem Tresen hervor und umarmt sie. Sie riecht nach Kush-Öl. »Ich hab in einer Stunde Feierabend«, sagt sie. »Wenn du wartest, können wir was trinken, in einer echten Kneipe.«

»Hervorragende Idee.«

Gwen tänzelt zurück zur Espressomaschine und Amy setzt sich an einen Tisch. Sie sieht auf ihr Handy. Es ist kurz nach acht. Zwei verpasste Anrufe von Diane. Einer von Mrs. Epifanio, die inzwischen wahrscheinlich das von Vincent gehört hat. Einer von Connie Giacchino. Keine Voicemail. Sie schaltet das

Handy aus und überlegt, ob sie es wegwerfen soll. Es kommt ihr vor, als wäre es die einzige Verbindung zu den Ereignissen.

Gwen bringt ihr einen Becher Kaffee. »Americano mit einem extra Shot«, sagt sie. »So hast du ihn immer getrunken, oder?«

»Genau das, was ich jetzt brauch«, sagt Amy und wedelt mit der Hand den Dampf weg.

»Hübsches Klapphandy.«

»Was dagegen?«

Eine Stunde später verlassen Amy und Gwen das Holy Grounds und gehen einen Block weiter zur International Bar in der First Avenue. Es ist noch genauso wie früher. 2008 gab es zwar einen Betreiberwechsel, aber die neuen haben es richtig gemacht. Kein Fernseher. Ein langer, schmaler, abgewetzter Tresen. Lila Wände. Filmplakate. Stockdunkel. Schwitziger Bierdunst in der Luft. Gwen bestellt ein Schaefer mit einem Kurzen für fünf Dollar. Amy nimmt dasselbe. Der Barmann ist cool. Er trägt ein Gun-Club-T-Shirt, auf das *Fire of Love* gedruckt ist. Aus der Jukebox kommen The Shaggs. Am Tresen pennt ein Gast. Amy ist oft hierhergekommen, wenn in der Seven Bar Schluss war. Sie erinnert sich vor allem an die Wahnsinnsauswahl in der Jukebox und geht jetzt hin und wählt drei Songs: Nina Simone, Lou Reed, R.E.M. Hinten ist eine kleine Terrasse, aber sie setzen sich an einen der Tische drinnen, stoßen mit dem Schnaps an und kippen ihn. Mit dem Bier lassen sie sich Zeit, während sie sich auf den neuesten Stand bringen.

Gwen erzählt ihr, was sich in der Gegend verändert hat. Bis auf ein paar Ausnahmen eigentlich alles. Die City nervt. Alle Läden machen dicht. Die Mieten schießen in die Höhe. Kettenläden breiten sich wie eine Seuche aus. Es ist fast ein Wunder, wenn eine gute Kneipe durchhält. Sie wohnt in Williamsburg, teilt sich eine Wohnung mit Mike und Danny. Vor zwei

Jahren hat sie sich von Michelle getrennt. Sie spielt in einer Band, die sich nach dem Cassavetes-Film *A Woman Under the Influence* genannt hat. Zwischendurch hatte sie ein kleines Heroinproblem, aber das hat sie inzwischen im Griff. Jetzt trinkt sie nur noch. Sie hat einen Blog und einen Instagram-Account mit Fotos von alten NYC-Schildern und -Ladenfronten, lauter Sachen, die es bald nicht mehr gibt. Die Fotos macht sie mit ihrem iPhone, nichts Aufwendiges, aber sie hat festgestellt, dass es ihrem Leben Inhalt gibt, gute Motive zu suchen.

Gwen beantwortet ein paar Nachrichten, dann rutscht sie zu Amy, hält ihr iPhone in die Höhe und macht ein Foto von ihnen beiden. Einen kurzen Moment taucht der Blitz das ganze Lokal in weißes Licht. Sie sehen sich das Foto an. Amys Augen sind halb geschlossen. Sie machen noch eins. Das ist besser. Gwen postet es auf Instagram.

»Leesa wird komplett ausflippen«, sagt sie. »Sie hat dich echt geliebt.« Nach nicht einmal einer Minute hat Leesa schon reagiert: *Amy Falconetti!!! Heilige Scheiiiiiße!!!!*

Gwen erkundigt sich nach Alessandra. Sie sagt, dass sie Alessandra auf Instagram folgt, daher weiß sie, dass sie zurück in Los Angeles ist. Ob sie noch Kontakt hätten? Sie sagt, dass sie Alessandra echt gemocht hat, aber dass ihre Instagram-Seite voll von Fotos ist, auf denen man süße kleine Hunde, Salate, Smoothies oder Alessandra in Yoga-Verrenkungen sieht. Das geht gar nicht. Schon eins davon ist tödlich, und sie macht das ständig. Amy sagt, dass sie seit ihrer Trennung keinen Kontakt gehabt haben, und belässt es dabei.

»Wie sieht's bei dir aus?«, versucht Gwen es dann. »Hast dich kaum verändert. Nur die Haare sind anders. Steht dir aber.«

»Da gibt es nicht viel zu erzählen«, sagt Amy. Ihr neues Leben soll ein Geheimnis bleiben. Nicht, dass sie lügt, aber freiwillig wird sie sicher nichts rausrücken. Gwen würde ihr sowieso nicht glauben.

Sie bestellen eine weitere Runde. Und noch eine. Amys Songs sind längst gelaufen. Sie sucht drei neue Stücke von Nina Simone aus und summt mit. Dann gehen sie auf die Terrasse, weil Gwen sich eine Zigarette schnorren will. Amy sieht ihr beim Rauchen zu und lächelt glücklich vor sich hin. Die Welt scheint sich wieder langsamer zu drehen.

»Was?«, sagt Gwen.

»Ich bin betrunken«, sagt Amy.

»Gut so.«

»Ich war schon ewig nicht mehr betrunken.« Sie denkt wieder an Dom. Es hält sie eigentlich nichts davon ab, mit ihrem Wissen zur Polizei zu gehen, aber sie hat früh gelernt, die Klappe zu halten. Sie stellt sich Bob Tully vor, der einen Apfelschnitz in den Mund steckt und sagt, dass sie an einem Baum enden könnte.

»Woran denkst du?«

»Keine Ahnung. An nichts. Ich will nicht nach Hause.«

Sie gehen zur Essex Street, nehmen die J nach Williamsburg und steigen an der Hewes Street aus. Gwens Wohnung liegt in der Marcy Avenue. Ihre Mitbewohner Mike und Danny sind noch wach und klimpern auf ihren Gitarren. Die Wohnung ist muffig und dunkel. Es riecht nach feuchten Handtüchern und Febreze. Überall leere Pizzakartons und Schallplatten und überquellende Aschenbecher. Gwen holt zwei Dosen PBR und sie gehen in ihr kleines Zimmer. Ihr Bett steht auf Ziegeln, und an der Wand hängen lauter Poster und Zeichnungen von Leesa, es sieht aus wie bei einem Teenager. Auf der Kommode sind fünf Perückenköpfe aus Styropor aufgereiht. Nur auf einem ist eine Perücke. Ein wasserstoffblonder Bob. So was trägt die Heldin in einem Spionagethriller, wenn sie sich zur Übergabe eines Aktenkoffers oder Schließfachschlüssels mit Trenchcoat und dunkler Sonnenbrille verkleidet.

Gwen lässt Musik vom Laptop laufen, aber so leise, dass Amy nicht sagen könnte, was. Auf einmal vermisst sie, dass sie nicht mehr ständig Musik hören kann.

»Alles in Ordnung bei dir?«, fragt Gwen. »Du siehst irgendwie bedrückt aus.«

»Echt?« Amy setzt sich aufs Bett. Sie nimmt einen großen Schluck Bier, lehnt sich zurück und steckt die Dose zwischen die Beine. Das Bett ist viel bequemer als ihres. Memory-Schaum. Schwarzer Überzug. Die Decke ist weich und kalt.

»Müde?«

»Bisschen. Ich hab die letzte Zeit schlecht geschlafen.«

»Was ist los, Amy?«

»Nichts. Liegt wahrscheinlich nur an der Müdigkeit.« Amy schließt die Augen. Sie spürt Gwens Hand zwischen ihren Beinen. Gwen nimmt die Dose weg, und Amy hört, wie Gwen sie aufs Nachttischchen stellt. Hört sie mit dem Smartphone hantieren. Tippen. Ein Piepen, als eine SMS gesendet wird. Das Brummen, als eine SMS eintrifft. Noch schläft Amy nicht, aber ihr Kopf fühlt sich leicht wie ein Ballon an und sie spürt etwas wie Wohlbefinden. Langsam dämmert sie weg.

Ein paar Stunden später wacht sie im Dunkeln auf, ihr Mund ist trocken und der Hals rau. Neben ihr liegt Gwen in gestreifter Unterhose und gelbem T-Shirt, die Dreadlocks über das Kissen gebreitet, und schläft. Sie hat Amy so, wie sie war, schlafen lassen und nur ein wenig zur Seite geschoben, um sich Platz zu verschaffen. Es ist ein ziemlich breites Bett, wahrscheinlich Queensize. Amy hat Kopfweh. Die paar Gläser hätten ihr früher nichts ausgemacht, heute platzt ihr fast der Schädel.

Sie holt ihr Handy heraus und schaltet es ein. Keine weiteren Anrufe, aber eine SMS von Alessandra. Sie kriegt selten SMS. Alessandra ist die Einzige, die ihr regelmäßig schreibt. Zumindest hat sie das getan, als sie noch zusammen waren. Meistens haben sie über SMS vereinbart, wo sie sich zum Essen oder Trinken treffen.

Amy reibt sich die Augen und liest Alessandras Nachricht: *hab dein bild auf Gs insta gesehen, bin in bklyn, meld dich.*

Sofort ruft sie ihre Kontaktliste auf. ALESSANDRA ist der erste Eintrag. Ihn hat sie am häufigsten gewählt. Bei weitem. Es wäre schön, Alessandras Stimme zu hören. Die könnte sie aus dieser sehr seltsamen Gegenwart befreien.

Alessandra hebt nach dem zweiten Klingeln ab. »Amy?«

»Hey«, flüstert Amy. »Tut mir leid, dass ich noch so spät anrufe.«

»Kein Problem. Wie viel Uhr ist es, drei? Ich bin wach. Ich bin immer wach. Ich kann sowieso nicht richtig schlafen.«

»Geht mir auch so. Ich hab gestern ein bisschen zu viel getrunken und bin bei Gwen weggepennt.«

»Wie geht's Gwen?«

»Gut. Sie schläft gerade.«

»Ich bin für ein paar Tage in Brooklyn. Hab ein paar Termine zum Vorsprechen.«

»Ach schön.«

»Sollen wir uns morgen zum Mittagessen treffen?«

»Gerne.«

»Wo wohnst du inzwischen?«

»Immer noch in deinem alten Viertel.«

»Echt?« Alessandra lacht. »Wahnsinn. Ich hätt gedacht, du

würdest sofort deine Koffer packen und nach Williamsburg ziehen oder Greenpoint oder Astoria, irgendwohin, wo gerade alle hinwollen.«

»Ich hab eine billige Wohnung. Wo bist du untergekommen?«

»In einem Hotel, es heißt Brooklyn Way oder so. Gleich beim Green-Wood Cemetery. Nicht weit vom Prospect Park. Kennst du die Gegend?«

»Ein bisschen.«

»Halbwegs bezahlbar. Ich hab über Priceline gebucht.«

»Super.«

Verrückt, dass sie nichts von ihrer Vertrautheit verloren haben.

»Ich hatte eigentlich nicht vor, mich bei dir zu melden«, sagt Alessandra. »Hab das für keine gute Idee gehalten. Was weiß ich, wie's bei dir aussieht und ob ich dich nerve. Aber dann hab ich Gwens Foto gesehen und *scheiß drauf* gedacht. Wir waren so lange zusammen und haben genug Mist durchgemacht. Außerdem sind wir keine Kinder mehr. Wann hast du dir eigentlich die Haare schwarz gefärbt?«

»Weiß nicht mehr. Schon eine Weile her.«

»Kennst du Tom's Restaurant in der Washington Avenue?«

»Ja, klar.«

»Wie wär's, wenn wir uns um eins dort treffen? Zitronen-Ricotta-Pancakes und Egg Cream. Wie hört sich das an?«

»Die haben auch Cherry Lime Rickeys.«

»Super. Um eins?«

»Passt.«

Leise verabschieden sie sich und Amy klappt das Handy zu. Wenn es nicht mitten in der Nacht wäre, würde sie sofort aufbrechen. Sie geht in die Küche, holt sich ein Glas Leitungswasser und stürzt es hinunter. Wasser rinnt ihr über das Kinn auf die Kirschen ihrer Strickjacke. Sie erinnert sich nicht, wann sie das letzte Mal so gierig Wasser getrunken hat. Zurück im Schlafzimmer setzt sie sich aufs Bett und reibt sich die Schläfen. Sobald die Sonne aufgeht, wird sie aufbrechen. Wer weiß, wann Gwen aufsteht. Wahrscheinlich schläft sie bis Mittag. Sie führt immer noch dieses Leben.

Amy weiß nicht, was sie bis zur Verabredung mit Alessandra machen soll. Sie will nicht zurück in ihre Wohnung. Sie will nicht bei Diane oder Mrs. Epifanio anrufen und sich nach ihnen erkundigen. Lieber denkt sie an Alessandra. Mittagessen mit Alessandra bedeutet, weiter ihr früheres Ich zu spielen.

Die Sonne geht erst um sieben auf. Amy kann nicht mehr schlafen und vertreibt sich die Zeit damit, durch einen Haufen Fotobücher zu blättern, die neben Gwens Bett liegen. In dem schlechten Licht muss sie sich anstrengen, etwas zu erkennen. Drei der Bücher sind von Camilo José Vergara. Bilder zerstörter Gebäude und verfallender Städte. Ein paarmal kommen Amy fast die Tränen.

Sie steht auf und schreibt Gwen eine Nachricht, dann schleicht sie aus dem Zimmer. Als sie an der Kommode vorbeikommt, fällt ihr Blick auf die Blondhaarperücke. Es ist dasselbe Blond, das sie hatte, bevor sie sich die Haare gefärbt hat. Nur ein anderer Schnitt. Ihr kommt die Idee, dass damit ihre Verkleidung perfekt wäre. Sie nimmt das Tuch aus den Haaren und steckt es in die Tasche. Zwischen zwei Perückenköpfen liegt eine kleine Packung Haarklemmen. Damit die Perücke sitzt, muss man die Haare hochstecken und am besten eine Perückenkappe tragen. Amy fragt sich, warum Gwen sie überhaupt hat, ob es so ein Cosplay-Ding ist. Und was Alessandra denken wird. Bestimmt wird sie sofort wissen, dass es nicht ihre eigenen Haare sind. Sie hat das gestrige Foto auf Gwens Instagram-Account gesehen. Wahrscheinlich wird sie sie für verrückt halten. Sie fängt an, ihre Haare hochzustecken.

»In der obersten Schublade ist eine Perückenkappe«, sagt Gwen heiser.

Amy dreht sich zu ihr. »Tut mir leid, dass ich dich geweckt habe«, sagt sie. »Genau die Haarfarbe hatte ich mal. Ich wollte die Perücke nur mal anprobieren.«

»Nur zu.« Gwen steht auf und streckt sich. Dann hilft sie Amy bei der Suche nach der schwarzen Nylonkappe und steckt ihr die Haare fest. Sie spannt die Kappe mit beiden Händen auf und stülpt sie über Amys Kopf.

Amy sieht sich mit der Kappe, unter der die Haare an den Kopf gedrückt sind, im Kommodenspiegel an.

»Ich trage sie oft auf Konzerten«, sagt Gwen und nimmt die Perücke von dem Styroporkopf. »Früher hatte ich noch andere. Aber die hab ich mir im Suff vom Kopf gerissen und in die Menge geschmissen.« Sie zieht die Perücke über Amys Kopf und sagt, dass sie auf beiden Seiten zwischen Perücke und Kappe greifen und sie mit den beiden kleinen Clips befestigen soll. Amy tut es. Gwen rückt die Perücke zurecht und streicht sie glatt.

Amy sieht noch einmal in den Spiegel. Eine Fremde blickt sie an. Ihr früheres Ich vermengt mit dem jetzigen. Eine Frau in Schwierigkeiten. Eine Frau, die sich versteckt. Sie lächelt gekünstelt.

»Lass sie an«, sagt Gwen. »Kannst sie auch gerne behalten. Sieht total geil aus.«

Gwen fragt, ob sie sich bei ihr noch die Zähne putzen und einen Kaffee trinken will, und Amy nimmt das Angebot an. Zu Hause wartet nichts auf sie. Sie könnte zwar frische Sachen für das Treffen mit Alessandra anziehen, aber es kommt ihr zu riskant vor heimzugehen. Ihre Kleider riechen leicht nach Mottenkugeln, vielleicht kann sie etwas von Gwens Öl schnorren.

Mike und Danny kommen gähnend aus ihrem Zimmer und fangen wieder an, auf den Gitarren zu klimpern. Mike streckt den Daumen in die Höhe, als er die Perücke bemerkt. Danny scheint keinen Unterschied an ihr zu bemerken.

»Du triffst Alessandra, oder?«, fragt Gwen und gießt Wasser aus einem Messbecher in einen Wasserkocher.

»Tut mir leid, wenn ich dich mit dem Telefon geweckt hab«, sagt Amy.

»Aber ich hab nicht gelauscht!«

»Weiß ich doch.«

Gwen holt zwei Becher und setzt auf einen davon einen Kaffeefilter. Sie löffelt dunkel geröstetes Kaffeepulver aus dem Holy Grounds hinein. Als das Wasser kocht, gießt sie es in einer langsamen Kreisbewegung in den Filter. Den ersten Becher gibt sie Amy, dann bereitet sie sich einen Becher zu.

»Vielleicht hätte ich das Foto ja nicht posten sollen«, sagt Gwen. »Nachdem du bei diesem ganzen Social-Media-Kram nicht mitmachst.«

»Passt schon.«

»Weißt du, ich fand's richtig nett, mal wieder mit dir zu quatschen, aber von dir hab ich eigentlich nichts erfahren. Wo du wohnst. Was du arbeitest. Wen du triffst. Nichts.«

»Tut mir leid.«

»Brauchst dich nicht entschuldigen. Mir gefällt das. Eine Frau mit Geheimnissen. Passend zur Perücke.«

Amy lacht, ohne etwas zu erwidern, und fragt sich, wie ihr Leben aussehen würde, wenn sie nicht irgendwann einen neuen

Weg eingeschlagen hätte. Wenn sie weiter in der Seven Bar gearbeitet hätte und mit Gwen nach Williamsburg gezogen wäre. Wenn sie ihre LPs behalten hätte. Wenn sie nicht plötzlich zum Glauben gefunden und das seltsame Bedürfnis bekommen hätte, anderen zu helfen.

Zwei Kaffee später weiß Amy alles, wenigstens in einer Kurzversion. Was aus Nix und Edie geworden ist. Und dem schrägen Typ, der immer eine Schachtel Aspirin im Hutband stecken hatte. Normas Durchbruch als Malerin. Der Umzug von Jill und Sylvia nach Vancouver. Dass die Ukrainer der Lower East Side den Rücken kehren. Die gestiegenen Mieten, die Armut, die Stadtflucht. Währenddessen improvisieren Mike und Danny eine melancholische Instrumentalnummer, die durch die Wohnung wabert.

Amy sieht sich den Weg zu Tom's Restaurant auf Gwens iPhone an, denn so etwas kann ihr Handy nicht. Dann geht sie ins Badezimmer und schrubbt sich mit dem Finger und Gwens Pfefferminzzahnpasta die Zähne. Das Kush-Öl steht auf der Ablage. Sie tupft sich etwas auf die Handgelenke.

Als sie schließlich aufbricht, ist es nach zehn. Die Perücke behält sie wie selbstverständlich auf. Sie ist schon ein Teil von ihr. Gwen umarmt sie fest, küsst sie auf die Wangen und sagt, sie solle bald wiederkommen und nicht wieder Jahre warten. Amy nickt. Dann sagt Gwen noch, dass sie das nächste Mal alles über sie hören will und sie überreden wird, nach Williamsburg zu ziehen, sollte sie nicht sowieso schon hier wohnen und nur ein Geheimnis daraus gemacht haben. Sie sagt, dass Danny im März nach Portland ziehen wird und sie dann ein Zimmer frei hätten. Amy versichert ihr, es sich zu überlegen.

Der Himmel ist grau, es sieht nach Regen aus, aber die Temperatur ist kaum gesunken. Ein Stück die Straße hoch, an der

Ecke Marcy und Hooper, ist eine römisch-katholische Kirche, die Transfiguration. Sie hat von ihr gehört und über ihre Geschichte gelesen. Was für eine gute Gemeindearbeit sie dort leisten. Die Southside Mission. Aber sie ist nie dort gewesen.

Eigentlich ist sie die letzten Jahre kaum in Williamsburg gewesen. Sie erinnert sich vor allem an einen Partybesuch mit Merrill. Eine Party auf einem Dach. Das war, bevor Williamsburg zu diesem gentrifizierten Hipster-Disneyland wurde, das es jetzt ist. Damals war das Viertel noch ziemlich gefährlich, und man musste ständig damit rechnen, ausgeraubt zu werden. Merrill war völlig besoffen. Schwankend stand sie mit einer Dose Busch in der Hand am Rand des Dachs. Ihre Gesichtspiercings blitzten im Mondlicht. Amy musste sie wegziehen. Sie versteht gar nicht mehr, warum sie einmal mit einer Frau wie Merrill zusammen war.

Hat sie nicht gelesen, dass die Transfiguration Tiffany-Fenster hat? Sie will hineingehen. Sie will diese farbenprächtigen Fenster sehen. Soweit sie weiß, besuchen vor allem Latinos die Kirche. Sie wünschte, es wäre jetzt Messe. Auf Spanisch. Sie wünschte, sie könnte hineingehen, sich hinknien und beten. Die Kirche ist viel schöner als St. Mary. Sie ist alt. Sie hat den Wandel erlebt und ist gleichzeitig Zeugnis dafür, dass manche Dinge sich nicht ändern. Amy erinnert sich, dass es auch in Queens eine Kirche namens Transfiguration gibt. In Maspeth. Dort war sie auch noch nie.

Im Garten hinter dem Tor steht eine große Statue der Jungfrau Maria. Um ihre Rückseite erhebt sich ein weißer Lattenzaun und bildet eine Art Grotte. Die Kirchenpforte ist geschlossen. Amy stellt sich vor, wie sie in die Kirche tritt. Der Weihrauchgeruch. Die bunten Fenster. Sie stellt sich vor, wie ihr schwindlig wird und sie sich auf eine Bank setzen muss. Es kommt ihr vor, als würde sie das Innere der Kirche kennen. Sie stellt sich vor, wie Fred sich neben sie auf die Bank setzt.

Sie probiert die Klinke des Tors nicht einmal aus. Sie überquert die Straße und geht weiter.

Zum Tom's sind es ungefähr vier Kilometer. Eigentlich muss sie sich nur mehr oder weniger geradeaus halten. Von der Marcy rechts in die Rutledge, dann ein Stück auf der Classon, rechts in die Sterling, bis sie auf der Washington Avenue rauskommt, und da ist dann das Lokal. Sie hat sich den Weg gemerkt. Es gefällt ihr, die Stadt im Kopf zu haben. Bei normalem Tempo braucht man nicht länger als eine Stunde. Sie wird sich Zeit lassen und ist immer noch früh genug, um einen Tisch zu sichern. Die Aussicht auf das Treffen mit Alessandra macht sie nervös. Und froh. Sie ist froh, dass sie froh ist. Auf einmal scheint alles, was passiert ist, weit weg zu sein. Bis sie über die Straße blickt und sicher ist, in einer Gasse zwischen zwei Wohnblocks Dom zu sehen, der sie beobachtet.

Kapitel 12

Es kann gar nicht Dom sein. Woher soll er wissen, dass sie es ist? Nicht mit der Perücke. Aber vielleicht erkennt er sie von gestern Abend im Homestretch. Immerhin ist sie genauso angezogen. Dann kommt ihr eine andere Möglichkeit in den Sinn: Er ist gar nicht hinter ihr her, weil er denkt, dass sie den Mord an Vincent beobachtet hat, sondern er ist einfach ein blöder Stalker, der sie verfolgt, seit sie die Bar verlassen hat.

Vielleicht irrt sie sich aber auch, so wie gestern, als sie mit Fred im Starbucks war. Kurz überlegt sie, ob sie zurückgehen soll, um sich zu vergewissern. Dann läuft sie schnell weiter.

Sie biegt von der Classon in die Myrtle und verschwindet in einem Coffeeshop, wo sie sich einen Americano bestellt und an einen Fensterplatz setzt, um zu sehen, ob Dom in der Straße auftaucht. Nichts. Sie checkt ihr Handy. Keine Nachricht von Alessandra. Auch Diane oder Mrs. Epifanio haben es nicht mehr bei ihr versucht. Sie fragt sich, ob Mr. Pezzolanti anrufen wird, voll Sorge, weil sie gestern Abend nicht heimgekommen ist.

Die Minuten vergehen. Der viele Kaffee macht sie zittrig, sie hat Kopfweh vom gestrigen Besäufnis, und außerdem ist sie müde, weil sie mitten in der Nacht aufgestanden ist. Und jetzt hat sie auch noch Angst, dass Dom ihr auf den Fersen sein könnte. Unruhig klopft sie mit dem Fuß auf den Boden. Der Coffeeshop ist nett. Sparsam eingerichtet. Ruhig. Nervös beobachtet sie die Passanten hinter der beschrifteten Schaufensterscheibe. Jedes Gesicht könnte das von Dom sein, aber bisher ist er nicht aufgetaucht. Bevor sie Alessandra trifft, will sie die zurückgekehrte Paranoia wenigstens zum Teil wieder los sein. Dazu sollte sie als Erstes weniger Kaffee trinken.

Sie verlässt den Coffeeshop und streunt eine Weile herum, geht an Tom's Restaurant vorbei und spaziert durch den Prospect Park. Um Viertel vor eins wird ihr ein Tisch im Tom's zugewiesen und erneut Kaffee gebracht. Es ist eine Ewigkeit her, dass sie das letzte Mal hier gewesen ist. Als sie in der Seven Bar angefangen hat, hat ihre Freundin Abby sie eines Samstagmorgens hergeschleift und sie mussten ewig auf einen Tisch warten. Abby dachte, es sei das Lokal, von dem Suzanne Vega in »Tom's Diner« singt, aber das stimmt nicht. Später erfuhren sie, dass viele Leute diesem Irrtum aufsaßen. Mit Alessandra ist Amy nie hier gewesen. Sie hatten eigentlich keinen Grund, in Prospect Heights auszugehen.

Sie reißt ein Zuckertütchen auf, schüttet den Zucker auf den Tisch, fährt mit dem Finger darin herum, sieht sich um. An den Wänden hängen Bilder und Blechschilder. Ein paar Tische sind besetzt, die wenigen Gäste haben große Teller mit Pancakes vor sich. Bestimmt haben sie die Perücke bemerkt und lachen über sie. Sie blickt auf die Speisekarte.

Alessandra betritt das Lokal und plötzlich klopft Amys Herz schneller. Diese langen schwarzen Haare. Absätze, mit denen sie ein wenig größer ist. Super Skinny Jeans mit hoher Taille. Eine faltenlose weiße Chambray-Bluse. Dunkle Pilotensonnenbrille. Sie ist noch dünner geworden, mindestens fünf Kilo. Schauspielerin eben. Erinnerungen tauchen auf. Küsse auf ihren Hals. Wie sie ineinander verschlungen auf dem Sofa liegen und Musik hören. Sich betrinken. Duschen.

Amy steht auf. Sie umarmen sich. Alessandras Parfüm riecht nach Strand.

»Schicke Perücke«, sagt Alessandra.

»Die gehört Gwen«, antwortet Amy. »Seh ich blöd damit aus?«

»Mir gefällt's. Geht's dir gut? Du siehst ziemlich fertig aus.«

Sie sitzen sich gegenüber. Amy spielt mit dem Henkel ihres Kaffeebechers. Alessandra nimmt die Sonnenbrille ab und steckt sie sich in die Brusttasche. Der Kellner kommt und sie verstummen. Alessandra bestellt einen Kaffee.

»Mir geht's gut«, sagt Amy schließlich auf die Frage und zwingt sich zu einem Lächeln. »Und selbst?«

Der Kellner bringt Alessandras Kaffee. Sie schüttet ein Tütchen Süßstoff hinein und rührt mit ihrem Buttermesser um. »Mal so, mal so. Ich hatte grad ein Vorsprechen im Keller einer Kirche. Für einen Low-Budget-Boxfilm. Ich soll die Frau eines Boxers spielen, die von seinem Gegner vergewaltigt wird. Mann, echt! Ich sprech nur für so eine Scheiße vor. Ein Job schlimmer als der andere.«

»Ich hab gehört, dass du in einem Horrorfilm mitgespielt hast, aber gesehen hab ich ihn nicht.«

»Spar's dir. Das Ding heißt *Hair Trap.* Total bekloppt. Ich werde von einem Mann mit Wolfsmaske umgebracht. Das einzig Gute war, dass ich bei dem Dreh Phoebe kennengelernt hab. Sie ist ein Genie. Momentan versucht sie, die Finanzierung für einen Film auf die Beine zu stellen, für den sie das Drehbuch geschrieben hat. Er heißt *Accomplice* und wird richtig, richtig gut. Ich soll eine Hauptrolle übernehmen. So sieht's bei mir aus.«

»Dann geht's dir also halbwegs gut?«

»Ja, passt. Los Angeles ist in Ordnung. Ich führ Hunde aus, solches Zeug. Passt schon alles.«

»Du führst Hunde aus?«

»Bringt Geld. Ich bin einer von den Idioten, die man mit einer Meute von acht Reiche-Leute-Kläffern an der Leine rumlaufen sieht. Ich geh mit ihnen in den Park und denk über die beschissenen Entscheidungen nach, die mich dahin gebracht haben, wo ich jetzt steh. Die lassen den Kläffern teilweise die Arschlöcher bleichen. Kein Witz.«

Amy lacht. »Und du machst Yoga, hab ich gehört. Gwen hat mir deinen Instagram-Account gezeigt.«

»Zumindest hab ich eine Yogamatte und -hose. Manchmal mach ich's sogar. Das, was du auf meinem Insta siehst, hat nichts mit der Realität zu tun. Ich kann Hunde genauso wenig ausstehen wie Yoga. Insta ist so eine Art Vorsprechen.«

Der Kellner taucht wieder an ihrem Tisch auf und sie bestellen etwas zu essen. Alessandra nimmt die Zitronen-Ricotta-Pancakes und eine Egg Cream. Amy bestellt ein Spiegelei-Sandwich und einen Cherry Lime Rickey. Schweigend trinken sie ihren Kaffee. Amy weiß nicht genau, was sie sagen soll. Am liebsten würde sie Alessandra alles erzählen. Von der Kirche und dass sie Leuten, die ans Haus gefesselt sind, die Kommunion bringt. Von Vincent, Dom, Fred und Diane. Ihr die Hand hinstrecken, damit sie sieht, dass sie zittert. Sie fragen, ob draußen vorm Restaurant ein komischer Typ rumlungert. Alessandra wäre die Einzige, die ihre seltsamen Motive, ihre geheimen Ängste begreifen könnte. Sie weiß von Bob Tully. Sie ist die Einzige, die von ihm weiß.

»Erzähl mir von dir. Was war bei dir so los?«, fragt Alessandra.

»Nicht viel«, erwidert Amy.

»Ich dachte ja, ich hör nicht recht, dass du noch im alten Viertel wohnst. Kaum zu glauben. Und du bist immer noch nicht auf Facebook? Von Millionen Leuten, die mir anders als du eigentlich am Arsch vorbeigehen, weiß ich alles, wo sie wohnen, wo sie arbeiten, was sie essen, wie viele Hunde sie haben, wann sie krank sind, was ihre hässliche Brut gefrühstückt hat. Aber von dir krieg ich nichts mit, null. Wir leben im Jahr 2017, und über dich findet man rein gar nichts im Netz. Deshalb hat mich das Foto, das Gwen gepostet hat, auch so umgehauen.« Sie hält kurz inne, um Luft zu holen. »Tut mir leid, ich rede und rede. Du gehst mir ab.«

»Du mir auch.«

»Du musst mich mal in Los Angeles besuchen.«

»Wann fliegst du zurück?«

»Morgen früh.«

»Bist du nur wegen dem Vorsprechen hergekommen?«

»Ich hatte gestern eine Verabredung mit Tante Cecilia. Sie hat sich von meinem Vater vor seinem Tod tausend Dollar geliehen. Das scheint ihr keine Ruhe gelassen zu haben, jedenfalls hat sie das Geld zusammengekratzt und mir gegeben. Sie wohnt inzwischen in Long Island. Ich musste ein Uber nehmen, um da hinzukommen. Am Friedhof hab ich kurz gehalten, weil ich das Familiengrab besuchen wollte. Keine gute Idee. Holy Garden ist echt trostlos. Alles hier ist trostlos, find ich. Aber das Geld kann ich brauchen. Ich hätte sonst nicht gewusst, wie ich die Reise bezahlen soll. Jetzt hab ich immerhin noch sechshundert übrig.« Alessandra nimmt einen Schluck Kaffee. »Aber du weichst mir aus. Ich weiß immer noch nichts von dir.«

»Ich arbeite in einer Bank und wohne in einer kleinen Souterrainwohnung. Ich hab immer noch ein Klapphandy. Mir geht's eigentlich gut.« Zwei Wahrheiten und zwei Lügen. Sie weiß nicht, warum sie das mit der Bank gesagt hat. Beeindrucken kann sie Alessandra mit so etwas nicht. Damit erledigen sich nur eine Menge andere Fragen. Sie war mal in eine Russin verknallt, die als Kassiererin in einer Bank gearbeitet hat. Und natürlich will sie, dass Alessandra denkt, es gehe ihr gut. Gegenüber dem oder der Ex will jeder glücklich erscheinen, selbst wenn man mitten in einer Krise steckt.

»Hast du jemand?«

»Nein. Du?«

»Im Moment nicht.«

»Aber du hattest?«

»Einen Rettungssanitäter. Netter Typ. Ich hab's an die Wand gefahren. Gründlich.« Alessandra schweigt, dann deutet sie auf Amy. »So wie die Sache mit dir.«

Ihre Bestellung kommt. Alessandra legt los. Mit einem großen Schluck trinkt sie das halbe Glas Egg Cream aus. Amy dreht ihr Sandwich in den Händen.

»Ich seh dir doch an, dass was nicht stimmt«, sagt Alessandra mit vollem Mund. »Mir kannst du nichts vormachen. Dazu kenn ich dich zu gut, vergessen?«

Amy beißt von ihrem Sandwich ab, dann spuckt sie den Bissen auf ihre Serviette. Sie muss sich beinah übergeben.

»Ist das Ei schlecht?«, fragt Alessandra.

»Nein, das Sandwich ist okay«, sagt Amy. »Es liegt an mir.«

»Erzähl.«

»Ich hab was gesehen, was ich nicht hätte sehen sollen.«

Vom Tom's gehen sie in den Prospect Park. Amy ist nervös und fühlt sich beobachtet, ständig sieht sie sich nach Dom um. Sie erzählt Alessandra alles. Hält nichts zurück. Sie erzählt, wo sie wohnt und was sie tut und wie sie sich seit einiger Zeit anzieht. Die unangenehme Begegnung mit Vincent bei Mrs. Epifanio vor ein paar Tagen. Wie sie ihm gefolgt ist. Das Homestretch.

Der Mord. Vincents Wohnung und das Foto, das sie in dem Buch gefunden hat. Ihre Angst, verfolgt zu werden. Diane. In Dom den Killer erkannt zu haben und ihre Flucht in die City.

»Du verarschst mich, oder?«, fragt Alessandra.

»Nein«, sagt Amy.

»Also trägst du normalerweise keine Perücke und ziehst dich an wie eine Kindergartentante, die für die katholische Kirche arbeitet, rennst ständig in die Messe und verbringst deine Zeit mit alten Leuten. Bist du das wirklich, Amy Falconetti?«

»Du machst dich lustig über mich. Du denkst, ich bin paranoid.«

Sie setzen sich auf eine Bank beim Picnic House. Diese Ecke des Parks ist bezaubernd, aber Amy sieht es nicht oder hat keinen Nerv dafür.

»Als ich damals mit angesehen hab, wie sie diesen Jungen umgebracht haben, hatte ich auch eine Weile ziemlich Schiss«, sagt Alessandra.

Amy erinnert sich an ihre erste Zeit mit Alessandra. Wie sie sich in der Seven Bar kennengelernt hatten und zusammen zu ihr nach Queens gefahren waren. Wie Merrill Alessandra beinah vertrieben hätte, als sie sich das nächste Mal trafen. Und wie Alessandra bei ihrem dritten Treffen völlig fertig zu ihr kam, weil sie gesehen hatte, wie Eugene, der Neffe Ray Boy Calabreses, auf den Subway-Gleisen erschossen worden war. Alle Zeitungen berichteten darüber, ohne dass Alessandras Name erwähnt wurde. Sie hatte Angst, dass der Russe, der den Jungen umgebracht hatte, hinter ihr her war. Er hatte ihr gesagt, sie solle die Klappe halten. Noch am selben Abend kam sie in die Seven Bar und erzählte Amy alles, dann betranken sie sich mit Bier und Schnaps. Der Abend endete wieder in Queens, und sie gingen miteinander ins Bett, hielten sich gegenseitig fest.

Danach waren sie unzertrennlich. Alessandra vertraute ihr und Amy erzählte niemandem die Geschichte. Niemand sonst wusste, was Alessandra gesehen hatte. Als Amy zu Alessandra nach Gravesend zog, war dieser Teil der Vergangenheit wie ausgelöscht. Es gehörte zu den Ereignissen, von denen man meint, dass sie in einer anderen Realität passiert sind. Nach einem Monat erzählte Amy Alessandra von Bob Tully und jetzt von Vincent. Beide hatten dasselbe erlebt. Beide waren Mordzeugen. Beide kannten das Geheimnis der anderen. Das verband sie.

»Du hältst brav die Klappe, was anderes bleibt dir nicht übrig«, fährt Alessandra fort. »Geh bloß nicht zur Polizei. Wirf das Messer in den Fluss. Kümmer dich um deinen Kram. Was du getan und gesehen hast, hättest du nicht tun und sehen sollen, also vergiss das alles. Eigentlich sollte ich dir das nicht sagen müssen. Ich erinnere mich an die Geschichte mit deinem Nachbarn, als du in der Highschool warst.«

»Ich weiß«, sagt Amy.

»Niemand zwingt dich, so weiterzuleben, Amy. Du musst nicht so tun, als wärst du jemand anderes.«

»Tu ich doch gar nicht.« Kurzes Schweigen. »Glaub ich.«

»Dass du Vincent verfolgt hast, heißt doch, dass du dich unbewusst aus der Schublade befreien wolltest, in die du dich gesperrt hast. Genau das macht Religion doch, dich in eine Schublade stecken. Als deine Mutter gestorben ist, hast du dich davon befreit, aber du bist zurückgelockt worden, weil du nach was gesucht hast, das die Lücke füllt. Aber es gibt nichts, das die Lücke füllt.«

»Jetzt übertreibst du's aber, Al.«

»Ich glaub nicht, dass der Typ dich verfolgt. Das bildest du dir ein.«

»Ich habe einen Mord gesehen.«

»In dem Club bist du doch schon länger Mitglied. Du weißt genau, was du tun und nicht tun solltest.« Alessandra steht auf. »Komm, lass uns in mein Hotel gehen.«

Amy nickt. »Okay.«

Sie gehen nach Süden. Auf den einsamen Wegen durch den Park wird Amy unheimlich. Alessandra nimmt ihren Arm. »Hier ist keiner außer uns«, sagt sie.

Bis zum Hotel ist es weit. Vielleicht dreieinhalb Kilometer. Amy überlegt, dass sie heute schon acht Kilometer gegangen sein muss. Wenigstens hat sie erfolgreich den Kater weggelaufen. Außerdem tut sie was für die Fitness ihres Verfolgers, falls es ihn überhaupt gibt.

Bei Alessandra fühlt sie sich sicher. Es ist schön und vertraut, mit ihr zusammen zu sein, selbst in diesem Teil von Brooklyn, den sie kaum kennt. Mit diesem riesigen, wunderhübschen Park. Hier in der Nähe zu wohnen kann sie sich nicht vorstellen, das Viertel wird sie sich nie leisten können. All die Mütter und Väter mit Kinderwagen und Coffee-to-go-Bechern in der Hand, voller Zuversicht, augenscheinlich glücklich.

Nach Verlassen des Parks biegen sie rechts in die Fifteenth Street ein. Beide schweigen. Amy hört auf die Geräusche der Straße. Auf dem Weg liegen eine Menge nette Kneipen. Das Zitos, eine finstere kleine Bar, macht den Eindruck, als könnte man darin leicht einen Tag rumbringen und sich langsam betrinken. Beinah schlägt Amy vor reinzugehen. Der Gedanke an das Hotelzimmer macht sie nervös. Sie hat keine Ahnung, was passieren wird. Seit Alessandra war sie mit niemand mehr im Bett. Alessandra wahrscheinlich mit massenhaft Leuten. Frauen und Männern. Amy weiß nicht, ob sie mit ihr schlafen will. Sie weiß nicht, ob es richtig wäre oder ob sie es könnte angesichts all dessen, was gerade passiert. Aber sie spielt ja eine Rolle. Wenigstens das, sagt sie sich. Vielleicht kann sie noch ein paar Stunden ihr altes Ich sein, um mal wieder Spaß zu haben. Schon morgen fliegt Alessandra zurück. Das hier hat keine Zukunft und die Vergangenheit müssten sie nur für eine Nacht wiederaufleben lassen. Sich zum Trost in etwas Vertrautes zu flüchten ist kein Verbrechen. Es ist menschlich.

Sie biegen nach links in die Fourth Avenue. Der Himmel verdunkelt sich. Bald wird es regnen. Das Hotel liegt in der Fourth zwischen Twenty-Fifth und Twenty-Sixth, nicht weit von der Subway. Es ist ein moderner Bau aus hellrotem Ziegel, der fast wie ein Krankenhausanbau wirkt. Laut Alessandra heißt es Brooklyn Way, aber über dem Eingang ist ein gelbblaues Best-Western-Schild. Vielleicht nennen sie sich Brooklyn Way für Leute, denen ein Best Western zu spießig ist. Daneben befindet sich ein C-Town-Supermarkt. Eine Straße weiter ist der Gowanus Expressway. Eine Querstraße nach Osten der Green-Wood Cemetery.

Amy kennt sich in der Gegend aus, weil die Our Lady of Czestochowa-St. Casimir Church in der Twenty-Fourth Street ist. Einmal hat sie mit Monsignore Ricciardi eine auf Polnisch gehaltene Messe in der schönen alten Kirche besucht. Das Hotel ist ihr nicht aufgefallen.

Alessandras Zimmer im zweiten Stock ist sauber, klein und mit dem Nötigsten ausgestattet. An der Wand hängt ein langweiliges Landschaftsbild. Das Queensize-Bett ist nicht gemacht. Der Fernseher läuft. In der Luft hängt das Strandparfüm von Alessandra. Auf dem Boden liegen zerknüllte Handtücher. Am Türknauf zum Badezimmer baumelt ein BH. Amy überlegt, wann sie das letzte Mal in einem Hotel oder

Motel übernachtet hat. Wahrscheinlich an dem Wochenende, das sie mit Alessandra in Atlantic City verbracht hat. Sie hatten ein Zimmer im Howard Johnson genommen, nur ein paar Gehminuten vom Steel Pier, wo sie im Casino gespielt hatten. Sie hatten einen Riesenstreit gehabt und deshalb in getrennten Betten geschlafen.

»Ich hab was zu trinken«, sagt Alessandra, schließt die Tür und schiebt den Riegel vor. Sie verschwindet im Badezimmer und taucht mit einer halbvollen Flasche Seagram's Gin wieder auf.

Amy setzt sich aufs Bett. »Mann, ich weiß nicht. Gestern Abend hab ich eindeutig zu viel erwischt. Ich hab in den letzten Jahren wenig getrunken.«

Alessandra schraubt die Kappe ab und nimmt einen Schluck, dann gibt sie Amy die Flasche. »Komm schon. Ich hab keine Lust, allein zu trinken. Dann trink ich immer zu viel. Ich trink auch, wenn ich mit den Hunden unterwegs bin. Kein Scheiß. Ich hab immer eine kleine Flasche Gin dabei. Das poste ich aber nicht auf Instagram.«

Amy nimmt einen kleinen Schluck und wischt sich mit dem Handrücken über den Mund. »Mein Vater ist aufgetaucht.«

»Dein Vater? Ich dachte, der ist tot.«

»Dachte ich auch. Gewusst hab ich's nicht. Ich wusste nur, dass er weg ist.«

»Was wollte er von dir?«

»Reden. Alles wiedergutmachen.«

»Und?«

»Ich wusste nicht, was ich sagen soll.«

»Das ist doch scheiße.« Alessandra packt die Flasche und nimmt einen Schluck. »Der kann doch nicht einfach in dein Leben spazieren und erwarten, dass alles wieder gut ist.«

»Ja.«

»Mann, in den letzten Tagen war ja echt 'ne Menge los bei dir.«

»Und jetzt bist auch noch du da.«

Alessandra setzt sich neben sie aufs Bett. »Nimm die Perücke ab. Ich will deine Haare sehen.«

Amy nimmt die Perücke ab und lässt sie auf das zerknüllte Bettzeug fallen.

Beim Anblick der Kappe lacht Alessandra.

Amy kneift sie ins Bein und zieht sich die Kappe vom Kopf. Die Haarklemmen haben sich halb gelöst.

»Schwarz«, sagt Alessandra. »Fast so schwarz wie meine.«

»Ich wollte einfach mal anders aussehen.«

»Gefällt mir.«

Amy sieht auf den Teppich. »Ich hatte niemand Neues. Ich hab mit niemand mehr geschlafen.«

»In der ganzen Zeit hat dich niemand angefasst?«, fragt Alessandra.

Amy schüttelt den Kopf.

Alessandra legt die Hand an Amys Hals, die Finger gleiten in ihre Haare, ziehen zwei Klemmen heraus. »Das kann ich gar nicht glauben.«

»Niemand.«

Unter der Dusche kommt alles wieder zurück. Es sind noch dieselben Körper unter dem Wasser. Dieselben Berührungen. Dieselben Lippen. Wie früher der Griff nach dem Gin im Duschkorb. Wie früher lassen sie die Flasche hin und her gehen, lachen. Es ist alles genau wie vor sechs Jahren. Und völlig anders. Alessandra streicht über Amys Tattoos, als wäre sie überrascht, dass sie noch da sind. Amy weiß, dass es nicht so bleibt. Das Glück, das sie empfindet, ist mit Melancholie unterlegt. Morgen wird Alessandra nach Los Angeles zurückfliegen. Morgen wird Amy sich der Realität stellen müssen. Aber noch ist nicht morgen. Sie verliert sich im Jetzt. Versucht sich zu überzeugen, dass sie glücklich ist. Sie ist glücklich. Ihre Arme liegen um Alessandras Taille, ihr Kopf drückt sich in ihre Halsbeuge. Alessandras Hand bewegt sich zwischen ihren Beinen. Das laute Prasseln des Wassers. Es fließt in ihren Mund. Der Geruch des Strandparfüms. Amy hat das alles vermisst.

Als sie später nackt auf dem Bett liegen, sehen sie im Fernsehen einen Film. Anna Kendrick spielt mit. Hin und wieder schaut Amy Filme an, aber eigentlich nur alte. Sie hat kein Kabelfernsehen. Sie hat nicht mal Internet und kann daher nicht wie alle anderen Netflix streamen. Alessandra redet davon, wie toll sie Anna Kendrick findet. Sie sagt, sie habe gerade ihre Autobiographie gelesen, ihre Freundin Lucy habe sie ihr geliehen. Sie sagt, dass *Happy Christmas,* ein Film, in dem sie mitspielt – nicht der, der gerade läuft –, ganz toll sei. Anna Kendrick spiele darin eine Frau namens Jenny, mit der sie sich richtig gut identifizieren könne. Sie sagt, sie würde gerne einmal in so einem Film mitspielen.

Amy wird kalt und sie zieht die Decke über sie beide. Dann schmiegt sie ihren Kopf an Alessandras Brust. Alessandra streicht über ihre nassen Haare. Amy legt die Hand auf Alessandras Bauch.

»Du solltest mich mal in Los Angeles besuchen«, sagt Alessandra.

»Kann ich mir nicht leisten«, sagt Amy.

»Ich weiß.«

»Hast du mal überlegt, wieder zurückzuziehen?«

»Nein, einmal hat mir gereicht.«

Amy fühlt sich angenehm benebelt. Ihre Augen fallen zu. In den letzten Tagen konnte sie kaum schlafen und jetzt will sie nicht schlafen. Sie will sich mit Alessandra unterhalten. Sie will nackt neben ihr liegen. Alessandras Finger in ihren Haaren sind wie eine Droge.

»Du schläfst ja schon«, sagt Alessandra. »Arme Maus. Du musst schrecklich müde sein.«

Amy setzt sich auf, schüttelt den Kopf, reißt die Augen auf. »Ich will aber nicht schlafen.«

»Leg dich wieder hin. Du brauchst es.«

Amy beugt sich über Alessandra, schmiegt ihren Kopf wieder in ihre Halsbeuge. Küsst ihr Kinn. Küsst erst die eine, dann die andere Schulter. Küsst den Bauch. So warme Haut. Sie lässt sich mit den Knien auf den Teppich gleiten, zieht Alessandra an die Bettkante, umfasst ihre Beine, schiebt die Laken weg. Alessandra legt die Hand auf ihren Hinterkopf. Amy lässt ihre Zunge flattern und Alessandra drängt sich ihr entgegen. Amy denkt an die Oblate auf ihrer Zunge. Aus dem Fernseher ist Gelächter zu hören. Alessandras leises Stöhnen bringt Amy fast zum Weinen. Nicht jetzt, sagt sie sich. Nicht während ich das tue. Aber sie kann die Tränen nicht zurückhalten. Sie rinnen die Wangen hinunter in ihren Mund. Ihr salziger Geschmack vermischt sich mit dem von Alessandra.

Ein neuer Film. Ihre Beine sind jetzt ineinander verhakt. Amy hat Angst, etwas Falsches zu sagen. Sie hat Angst, dass Alessandra merkt, wie wichtig das hier für sie ist.

»Erzähl mir von deinem Vater«, sagt Alessandra.

»Ich hatte vorhin nicht den Eindruck, dass du dich für ihn interessierst«, sagt Amy.

»Natürlich tu ich das. Ich frag mich nur, woher er die Frechheit nimmt, einfach so wieder in deinem Leben aufzutauchen. Wie sieht er aus? Ich möchte ihn mir vorstellen können.«

»Er sieht ziemlich traurig aus.«

»Gut so.«

»Er hat den Blick, den alte Alkis und Penner haben. So als hätte man ihn erwischt, wie er was zum Essen aus der Mülltonne fischt.«

»Hast du Mitleid mit ihm?«

»Nein, das nicht. Ich weiß nicht, was ich von dem Ganzen halten soll. Früher mal, nach dem Tod meiner Mutter, hätte ich … na ja, wahrscheinlich hätte ich ihm eine Chance gegeben. Ich war ein Kind, da hätte ich gar nichts anders gekonnt.«

Plötzlich ist von draußen Plätschern zu hören. Es regnet und der Wind kommt in Böen. Es hat was, wenn Wind gegen ein Hotelzimmerfenster peitscht. Noch ist nicht Abend, aber wegen der zugezogenen Vorhänge und des wolkenfinsteren Himmels ist es dunkel im Zimmer, nur der Fernseher leuchtet schwach. Amy schmiegt sich enger an Alessandra.

»Das ist schön«, sagt Alessandra.

»Was?«

»Der Regen. Hör doch den Regen.«

»Ja, stimmt.« Amy presst ihr Gesicht in Alessandras Haare. »Ich hab Angst. Ich weiß nicht, warum ich das alles tu.«

»Du brauchst keine Angst haben. Alles ist gut. Dir geht es gut. Fang noch mal neu an. Ich weiß, dass du gerne anderen hilfst, aber dabei gehst du kaputt. Als Barfrau warst du glücklicher. Wenn du Bier zapfst, hilfst du mehr Leuten.«

»Vielleicht.«

»Ist so. Du bist diesem Typ aus demselben Grund gefolgt wie damals in der Highschool. Du bist einfach in einer Schleife. Du findest die Gefahr aufregend. Mit Merrill war es dasselbe.«

Plötzlich wird der Fernseher schwarz. Im Zimmer ist es schlagartig dunkel und still und man hört nur noch den Regen und den Wind.

»Ist das ein Stromausfall?«, fragt Alessandra.

»Offenbar«, sagt Amy.

»Lächerlich. Kaum stürmt es ein bisschen, ist der Strom weg.«

»Wahrscheinlich.« Was Amy am liebsten sagen würde: *Ich hoffe, es bleibt dunkel. Ich wünschte, wir könnten für alle Zeiten so bleiben.*

»Sollen wir ausgehen?«

»Lieber nicht. Du hast doch genug Gin.«

»Lass uns ausgehen. An der Rezeption kann man sich einen Regenschirm leihen.« Alessandra rüttelt sie sanft an der Taille.

»Ich möchte aber niemand sehen.«

»Willst du hier im Dunkeln bleiben, nur mit mir?«

»Ja.«

»Verstanden.«

»Ehrlich?«

»Klar. Wer würde das nicht wollen.« Alessandra lacht. Ihr Lachen ist kehliger als früher. Dröhnend. Laut. Vielleicht vom Rauchen. »Wo ist der Gin? Ich seh den Gin nicht.«

»Er muss hier irgendwo sein«, sagt Amy. »Ich kann nichts erkennen.«

»Wenn wir hierbleiben, muss der Gin in Griffweite sein.« Alessandra löst sich von Amy und steht auf. Sie tastet sich durch das dunkle Zimmer. Ihre Füße tapsen über den Teppich. Sie geht ins Bad.

Amy streckt sich auf dem Bett aus. Sie erinnert sich nicht, wann sie sich das letzte Mal in einem Bett richtig ausgestreckt hat. Wenigstens nicht auf einem frisch duftenden Laken. Sie hat sich daran gewöhnt, sich auf der unbequemen kleinen Matratze, die sie bei sich auf dem Boden liegen hat, zusammenzurollen.

»Hab ihn!«, ruft Alessandra aus dem Bad. »Wie praktisch: oben rein, unten raus.« Der Klang von Alessandras Strahl vermischt sich mit dem Gluckern des Gins.

»Komm wieder her«, sagt Amy. Auf dem Nachttischchen leuchtet ihr Handy, sie hat einen Anruf verpasst. Sie nimmt es in die Hand und klappt es auf. Eine Voicemail von Diane. Sie drückt es sich im Dunkeln ans Ohr.

Dianes Stimme klingt heiser und gebrochen. »Amy? Bitte ruf mich zurück. Ich wollte dich was fragen. Du warst doch in Vincents Wohnung. Mir geht es gar nicht gut. Bitte ruf mich zurück, wenn du kannst, ja?«

Sofort bekommt Amy ein schlechtes Gewissen. *Morgen.* Sie wird morgen zurückrufen. Sie klappt das Handy zu, schaltet es aus und legt es wieder auf den Nachttisch.

Alessandra stolpert zurück zum Bett, lässt sich neben Amy fallen und verschüttet dabei etwas Gin. »Mit wem hast du da geredet?«

»Mit niemand«, sagt Amy. »Ich hab eine Nachricht abgehört.«

»Von wem?«

»Der Mutter. Diane.«

»Mensch, Amy, was soll das?«

»Ich weiß nicht. Glaubst du, dass ich nicht mehr ganz dicht bin?«

»Darüber maß ich mir lieber kein Urteil an. Jedenfalls solltest du vorsichtig sein. Könnte ja sein, dass die Alte verrückt geworden ist, nachdem sie dich gebeten hat, in der Wohnung ihres toten Sohns rumzukramen. Vergiss den eingebildeten

Verfolger, wegen der Mutter solltest du dir Sorgen machen. Wenn die durchtickt, musst du echt aufpassen.«

»Wie blöd kann man eigentlich sein, in die Wohnung zu gehen.«

»Hier, trink einen Schluck.« Alessandra hält ihr die Flasche hin, der Verschluss ist irgendwo auf dem Weg vom Bad verloren gegangen.

Immer lauter prasselt der Regen gegen die Scheibe. Amy nimmt einen Schluck und schüttelt sich. Sie stellt sich vor, wie Diane an ihrem Küchentisch sitzt, vor sich kalten Tee. Wie sie ein Foto von Vincent anstarrt. Und sich fragt, warum Amy, ein paar Minuten bevor sie von dem Tod ihres Sohns erfährt, plötzlich vor ihrer Tür steht, ihr bereitwillig hilft und dann plötzlich nicht mehr zu erreichen ist.

Morgen, sagt sie sich wieder. *Spar dir solche Gedanken für morgen auf.*

Sie trinken die Flasche aus, dann schlafen sie ein.

Amy schreckt aus dem Schlaf auf, als der Fernseher plötzlich wieder losplärrt. Sie hat nicht die geringste Ahnung, wie viel Uhr es ist. Alessandra liegt neben ihr auf dem Bauch und schläft. Die Haare breiten sich über das Kissen. Sie hat die Arme hochgestreckt, die Hände über dem Kopf verschränkt. Auf den Schultern sind kleine Falten. Von der Taille abwärts ist sie zugedeckt. Mit jedem Atemzug hebt und senkt sich ihr Rücken.

Im Fernseher läuft ein Film mit Denzel Washington, in dem er versucht, einen führerlosen Güterzug zu stoppen. Amy findet die Fernbedienung zwischen den Laken und schaltet den Fernseher leiser. Dann drückt sie auf den Info-Knopf, um zu sehen, wie viel Uhr es ist. Fast Mitternacht. Der Stromausfall hat ziemlich lang gedauert. Noch immer trommelt der Regen gegen die Scheibe. Das Sirren von Autos auf nassem Asphalt. Amys weiß nicht, wann Alessandras Flug geht. Typisch Alessandra, ein Geheimnis darum zu machen.

Amy zappt durch die Sender und bleibt bei einem Tierfilm hängen. Ein Gürteltier, das sich eine Höhle buddelt. Eine beruhigende Stimme kommentiert das geschäftige Tier. Sie geht zu Alessandras offenem Koffer und zieht ein blaues Dodgers-T-Shirt und eine schwarze American-Apparel-Unterhose mit weißem Gummiband raus. Sie streift das T-Shirt über den Kopf und schlüpft in die Unterhose. Das T-Shirt sitzt locker, aber die Unterhose ist ein bisschen eng. Früher haben ihr die Klamotten von Alessandra perfekt gepasst, aber wahrscheinlich trägt sie mittlerweile eine kleinere Größe, denkt Amy. Sie tastet durch den Koffer. Klamotten. So viel Unterwäsche für so eine kurze Reise. Das Drehbuch für den Boxfilm. Der Titel lautet *Caught Cold.* Amy blättert durch die kaffeefleckigen Seiten. Die Dialogstellen einer Figur namens Vicki sind farbig markiert. In die Tasche im Innenfutter des Deckels ist ein Ziploc-Beutel mit Tabletten gestopft. Amy fragt sich, was das für Tabletten sind. Vielleicht Schlafmittel. Im Moment braucht Alessandra sie offensichtlich nicht. Oder sie hat heimlich eine genommen und mit Gin runtergespült.

Amy geht zur Tür und presst das Auge an den Türspion. Es gibt nichts Unheimlicheres, als durch einen Türspion auf einen Hotelflur zu blicken: gruseliger Teppich, düsteres Licht, trostlose Wände, gegenüber eine große, nackte Tür, die summende Stille. Bei ihr kommt noch die Angst hinzu, dass Dom auftauchen könnte. Plötzlich aus dem Aufzug tritt und auf ihre Tür zustürmt.

Alessandra seufzt im Schlaf. Amy legt sich zurück ins Bett

und rollt sich neben ihr zusammen. Sie will wach bleiben. Von dem Gin und dem Besäufnis mit Gwen am Abend zuvor ist sie aufgekratzt, aber irgendwie auch friedlich. Sie will die Augen nicht schließen. Tut es nicht. Konzentriert starrt sie auf den Fernseher, auf das Gürteltier. Dann an die Zimmerdecke. Regen fällt gegen das Fenster. Scheißregen, Scheißfrieden. Sie nickt ein, ein Arm um Alessandra gelegt.

Als Amy aufwacht, ist sie allein. Sie wartet, dass die Dusche aufgedreht wird. Nichts. Im Fernsehen läuft eine Sendung über das Meer, Schwärme farbenprächtiger Fische gleiten durch das Wasser und auf den Teppich und das Bett fallen Flecken sanften blauen Lichts. Dramatische Musik. Amys erster Gedanke ist, dass Alessandra losgezogen ist, um Frühstückskaffee und etwas zu essen zu holen. Bestimmt ist sie gleich zurück mit einer Tüte Bagels und Avocados, die sie mit kleinen Plastikgabeln zermatschen werden. Vielleicht ein paar Romatomaten.

Amy steht auf und streckt sich. Sie geht zum Fenster und zieht den Vorhang auf. Draußen ist es hell, es muss sieben oder acht Uhr sein. Mittlerweile hat es aufgehört zu regnen und der Himmel ist klar. Nach den dicken Mänteln und Mützen der Passanten zu urteilen, ist es kälter geworden. Sie erwartet, Alessandra aus dem C-Town-Supermarkt oder dem Feinkostladen an der gegenüberliegenden Ecke treten zu sehen.

Sie trägt immer noch Alessandras Unterhose und das Dodgers-T-Shirt. Ihr ist kalt und sie nimmt die Decke und wickelt sich darin ein.

In dem Moment bemerkt sie, dass Alessandras Koffer weg ist.

Sie geht zur Schreibtischlampe und knipst sie an. Das Licht fällt auf den Notizblock des Hotels. Ein billiger Stift ohne

Kappe liegt quer darüber. Alessandras Handschrift, in der Eile schlampig. Amy liest.

Amy,
ich wollte dich nicht wecken. Mein Flug geht schon früh, deshalb hab ich mir ein Uber zum Flughafen bestellt. Check-out ist um 11. Bleib doch bis dahin. Und mach dir nicht so viele Sorgen. Niemand verfolgt dich. Alles wird gut. Vergiss, was du gesehen hast. Du kommst sonst nur in Schwierigkeiten. Fang noch mal von vorne an. Gwen hilft dir bestimmt. Und besuch mich in L. A. Der Abend war schön. Nur hab ich jetzt Kopfweh von dem Gin. Der Flug wird der Horror. Du bedeutest mir immer noch viel,
Al

Amy war friedlich aufgewacht, aber dieses Gefühl war verblasst. Einfach zu verschwinden war typisch für Alessandra. Amy hätte es eigentlich wissen können. Alessandra mag keine Abschiede oder große Gefühle. Angesichts von Amys Zustand hat sie wahrscheinlich mit einem tränenreichen und herzzerreißenden Abschied gerechnet. Vielleicht geht der Flug gar nicht so früh, überlegt Amy, und Alessandra behauptet das nur, um sich nicht mit ihr auseinandersetzen zu müssen. Egal. Die Realität hat sie wieder. Sie reißt den Zettel vom Block und wirft ihn in den Papierkorb.

Amy sieht noch ein bisschen fern. Die Frühnachrichten. Sie machen nur schlechte Laune. Amy schaltet den Fernseher stumm, schiebt den Riegel an der Zimmertür vor und steigt unter die Dusche. Sie bleibt so lange unter der Dusche, bis die Haut an ihren Fingern schrumpelig wird.

Nach dem Duschen föhnt sie ihre Haare und steckt sie

wieder hoch. Dann nimmt sie die Perückenkappe und die Perücke vom Stuhl neben dem Bett und setzt beide auf. Die Vorstellung, noch eine Weile so zu bleiben, gefällt ihr. Die Perücke bewahrt sie davor, zu vertrocknen, in sich zusammenzuschnurren. Nackt steht sie vorm Spiegel. Ihr fällt ein, dass sie geträumt hat, die Tattoos wären verschwunden, aber sie sind noch da. Sie schlüpft in Alessandras T-Shirt und Unterhose. Dann ist sie ihr nah. Als Nächstes zieht sie die Marlenehose und die Strickjacke an. Die Unterwäsche vom Tag vorher wirft sie zu dem zerrissenen Brief in den Papierkorb. Sie wünschte, sie hätte etwas Make-up. Aber sonst ist sie bereit. Sie hat einen Plan.

Kapitel 13

Ihr Plan lautet: nach Hause fahren, ein paar Sachen packen und ihr trauriges Leben hinter sich lassen. Das Leben, in dem sie Mr. Pezzolantis Mieterin ist, in dem sie alten Leuten die Kommunion bringt, dauernd beim Chinesen isst und in eine Frau verknallt ist, die sich nicht für sie interessiert. Sie wird es für etwas Neues hinter sich lassen, das eher der Frau entspricht, die sie einmal war. Vielleicht hat Alessandra recht. Vincent zu folgen war ein Hilferuf ihres früheren Ichs. *Du musst so nicht leben. Verlass die ausgetretenen Pfade. Hier hast du eine Karte.*

Als angenehme Begleiterscheinung wird auch Fred ihre Spur verlieren.

Sie muss sich gestern geirrt haben, Dom kann ihr nicht gefolgt sein. Das ist reine Paranoia. Alessandra hat recht. Alessandra hat in allem recht. Man kann ihr ja dies und das nachsagen, aber eins ist sicher, sie weiß, wie man sich durchschlägt. Amy will Alessandra anrufen. Sie will wissen, ob sie wirklich im Flugzeug sitzt oder ob sie irgendwo beim Frühstück auf einen späteren Flug wartet, weil sie keine Lust hat, sich mit Amy und ihrem Mist zu beschäftigen.

Sie nimmt ihr Handy, schaltet es ein und ruft Gwen an. Sie landet auf der Voicemail. »Danke noch mal, dass ich bei dir übernachten durfte«, sagt Amy. »Es war schön, dich zu sehen. Tut mir leid, dass ich dir nichts von mir erzählt hab. Ich bin einfach total unzufrieden mit meiner momentanen Situation. Am liebsten würd ich noch mal neu anfangen. Meinst du, ich könnte ein, zwei Wochen bei dir unterkommen, bis ich ein

Zimmer und einen Job gefunden habe? Oder würde das deine Mitbewohner stören?« Sie hält inne. »Hier spricht übrigens Amy Falconetti.« Sie klappt das Handy zu und steckt es in die Hosentasche. Sie wollte nicht an Diane denken, aber sie hat registriert, dass es keine neuen Voicemails von ihr gibt.

Bevor sie das Zimmer verlässt, sieht Amy sich um, ob Alessandra etwas vergessen hat. Alessandra gehört zu den Menschen, die gerne mal ein Schmuckstück, Zahnseide, Socken liegen lassen. Aber da ist nichts. Amy schaltet den Fernseher aus. Dann geht sie aus dem Zimmer und lässt die Tür ins Schloss fallen. Der Flur liegt still da. Ein Schauer überläuft sie.

Sie verlässt das Hotel und eilt über die Straße zur Station Twenty-Fifth Street. Dort müsste die D fahren. Zu ihrer Wohnung – ihrer ehemaligen Wohnung, wie sie jetzt denkt – sollte sie nicht mehr als zwanzig Minuten brauchen. Sie hofft, dass sie Mr. Pezzolanti nicht in die Arme läuft. Sie will nur ein paar Dinge packen. Im Grunde nur den Inhalt der Holzkiste.

Es ist inzwischen um einiges kälter, aber glücklicherweise sind es nur ein paar Schritte zur Subway-Station. Die Straßen sind nass, im Rinnstein stehen Pfützen.

Ihr fällt ein, dass die D hier nur spätabends hält, und so wartet sie auf die R Richtung Bay Ridge, mit der sie eine Station bis zur Thirty-Sixth fahren und dort in die D umsteigen kann.

Als die Subway endlich kommt, steigt sie ein. Statt sich zu setzen, bleibt sie stehen und hält sich an einer Stange fest. Ein Mann in schwarzem Trainingsanzug, an dessen Füßen eine große Plastiktüte lehnt, starrt sie an. Sein Gesicht ist schmutzig. Die Sneakers sind neu. Sie sieht aus dem zerkratzten Fenster auf das Wandmosaik der Station, als die Subway losfährt.

»Das gefällt dir, was?«, sagt der Mann in dem Trainingsanzug.

Sie ignoriert ihn.

»Hast du mich nicht gehört?«, fragt er. »Ich hab gesagt, dass dir das wohl gefällt, so 'ne schöne Stange anzufassen. Und mir gefällt dein Aufzug.«

»Leck mich«, sagt Amy durch zusammengebissene Zähne.

»Oh, die Kleine beißt.«

Amy geht schwankend zum anderen Ende des Wagens und bleibt bei einer alten Frau stehen, die eine chinesischsprachige Zeitung liest. An der nächsten Station steigt sie aus und sieht hinter sich, um sicherzugehen, dass ihr der Vollidiot nicht folgt. Tut er nicht.

Als die D einfährt, steigt Amy in einen nahezu leeren Wagen. Im letzten Moment springt eine Frau durch die Tür. Amy setzt sich auf einen Sitz in der Mitte, schlägt die Beine übereinander und senkt den Blick. Aus dem Augenwinkel sieht sie, wie die Frau ihr schräg gegenüber einen Stapel mit Karten zurechtklopft. Sie ist jung, vielleicht Ende zwanzig, und trägt ein abgewetztes grünes Sweatshirt und Männerjeans. Sie tritt zu Amy und legt eine der Karten auf den leeren Sitz neben ihr. Amy wirft einen Blick darauf: *Ich habe eine einjährige Tochter zu Hause. Bitte helfen Sie mir.* Die Frau geht zum anderen Ende des Wagens, wo vier Leute beisammensitzen. Amy sieht, wie die Frau Karten auf die leeren Sitze neben ihnen legt. Sie sehen nicht auf. Sie nehmen sie überhaupt nicht zur Kenntnis. Schnell sammelt sie die Karten wieder ein und geht zurück zu Amy. Amy holt fünf Dollar aus der Hosentasche und gibt sie ihr. Die Frau nickt und steckt die Karte ein. An der nächsten Station steigt sie aus und geht einen Wagen weiter.

Zurück in ihrem Viertel. Ihrem ehemaligen Viertel, denkt sie zufrieden. Amy sieht die oberen Stockwerke der Gebäude: Graffiti, regennasse Ziegel, riesige Pfützen auf den Dächern.

Die schöne alte Beschilderung. Feuertreppen, Tauben auf den Fensterbänken, heruntergelassene Rollos.

Am Bay Parkway steigt sie aus und geht die Treppe zur Straße hinunter. Ihr fällt ein, dass sie zu Hause keine Tasche hat. Sie will zwar nicht viel mitnehmen, aber sie sollte sich wenigstens einen Rucksack besorgen. Sie tritt in einen der kleinen chinesischen Ramschläden, die Papierdrachen, gestreifte NYC-Kappen und -Regenschirme und kleine tanzende Plastikhunde verkaufen. Alles für drei Dollar. Drinnen entdeckt sie einen billigen blauen Rucksack, in den vermutlich die paar Klamotten und Kassetten passen, die sie mitnehmen will. Alles andere wird sie einfach dalassen.

Außer dem Messer. Sie wird tun, was Alessandra gesagt hat, und zur Gravesend Bay laufen und das Messer ins Wasser werfen. Das Foto wird sie zerreißen und in eine der überquellenden Mülltonnen in der Eighty-Sixth Street werfen.

Sie bezahlt den Rucksack. Vom Reißverschluss hängen ein paar lose Fäden, und das ganze Ding fällt wahrscheinlich innerhalb von einer Woche auseinander, aber was soll's.

Ihr Handy piepst, als sie den Laden verlässt. Eine SMS von Gwen: *yippie!!! du ziehst bei mir ein, scheiße noch mal!!!*

Amy lacht. Es war eindeutig die richtige Entscheidung.

Als sie ihren Block erreicht, sieht sie Mr. Pezzolanti vor dem Gartentürchen stehen. Er wirkt aufgeregt. Sie geht auf ihn zu, den Riemen des Rucksacks über eine Schulter geschoben.

»Kann ich Ihnen helfen?«, fragt Mr. Pezzolanti.

Amy erwidert nichts. Einen Moment lang überlegt sie, was sie sagen soll. Sie könnte so tun, als wäre sie jemand anderes, eine Schwester zum Beispiel, mit der sie Ewigkeiten keinen Kontakt hatte, aber sie traut sich nicht.

»Amy?«, sagt Mr. Pezzolanti.

»Ja, ich bin's, Amy«, sagt sie.

»Beinah hätte ich dich nicht erkannt. Geht's dir gut? Ich hab mir Sorgen gemacht.«

»Mir geht's gut.«

»Ist das eine Perücke?«

»Ja.«

»Versteckst du dich vor deinem Vater?«

»Was in der Art.« Sie fragt sich, ob sie ihm die Wahrheit sagen soll. Dass sie auszieht. Dass sie sich verändern will. Aber dazu hat sie im Moment nicht den Nerv. Er würde sagen, dass sie sich wegen der Miete keine Gedanken machen soll. Du brauchst gar nichts zahlen, würde er sagen. Wahrscheinlich würde sie es nicht übers Herz bringen abzulehnen. Sie würde ja sagen, reingehen und ihre alten Sachen anziehen. Sie würde an Mrs. Epifanio und Monsignore Ricciardi denken, und dann würde sie wieder dieses Leben aufnehmen, das zu nichts führt, in dem sie nur auf das Vergehen der Zeit wartet.

»Brauchst du was?«

»Nein danke.«

»Also, wenn du doch was brauchst, sag Bescheid. Ja? Gefällt mir übrigens, wie du dich zurechtgemacht hast. Genau wie die Mädchen in meiner Jugend. Pass nur auf, sonst lad ich dich zum Abendessen und ins Kino ein.« Mr. Pezzolanti hält inne und streicht über eine Torspitze. »Deinen Vater hab ich übrigens nicht mehr gesehen, falls du dir deswegen Gedanken machst.«

»Ich glaub nicht, dass er zurückkommt.«

»Hast ihn in die Flucht geschlagen, was?«

Amy nickt und drängt sich an Mr. Pezzolanti vorbei, etwas, das sie sonst nicht machen würde. Wenn er bisher vor dem Gartentürchen gestanden hat, hat sie immer gewartet, bis er fertig mit Plaudern war und zur Seite trat, erst dann ist sie zu ihrer Wohnung gegangen.

Verunsichert durch ihre Entschlossenheit kommt Mr. Pezzolanti ins Stottern. »Hübscher Rucksack. Gehst du wieder in die Schule?«

»Nein«, sagt Amy und dreht sich nicht einmal mehr um.

Sie läuft die Treppe hinunter und sperrt die Wohnungstür auf. Zum ersten Mal seit dem Mord vergisst sie ihre Paranoia. Mit gesenktem Kopf tritt sie in die Wohnung und schließt die Tür hinter sich. Als sie aufsieht, fällt ihr Blick auf den wartenden Killer.

Sie müsste bloß schreien und Mr. Pezzolanti würde ihr bestimmt zu Hilfe eilen. Er ist schließlich nicht weit. Fünf Meter. Weniger. Amy schreit nicht. Dom sitzt auf ihrem Bett und trinkt Kaffee aus einem großen Starbucks-Becher, auf dem in großen schwarzen Buchstaben sein Name steht. Er trägt eine Jets-Jacke aus Satin mit Druckknöpfen und die Jeans und Stiefel von gestern. Er hat keine Waffe, zumindest sieht sie keine. Ihr fällt das Messer im Tiefkühlfach ein. Wenn sie rankäme, könnte sie ihn damit abwehren. Er wirkt ruhig, entspannt.

»Wie bist du reingekommen?«, fragt Amy.

»Ich kann nicht viel«, sagt Dom, »aber das kann ich.«

»Mein Vermieter wird die Cops rufen. Er steht draußen. Ich muss bloß schreien.«

»Das würd ich lieber sein lassen.«

»Sonst?«

»Ich will nur reden.«

»Über was?«

»Du weißt, wer ich bin, oder?«

Ausweichend sagt Amy: »Der Typ aus dem Homestretch.«

Er lacht und schlürft an seinem Kaffee. »Die Perücke gefällt mir. Steht dir. Aber meinetwegen kannst du auf solche Verrenkungen verzichten. Ich weiß, was du weißt. Ich weiß, was du gesehen hast. Deswegen mach ich mir keine Sorgen. Hättest du was tun wollen, hättest du's längst getan. Du bist schlau. Und weißt, wie's läuft und wann du die Klappe halten musst. Du brauchst dich nicht verkleiden und vor mir weglaufen. Das können wir schon mal klarstellen. Okay?«

»Ich laufe vor überhaupt nichts weg«, sagt Amy.

»Hat ein bisschen gedauert, bis ich dich im Homestretch erkannt hab.«

»Erkannt?«

»Kleine, spar dir das.«

»Spar dir die Kleine.« Sie sollte mehr Angst haben. Sie hatte recht. Er weiß es. Er hat sie verfolgt. Sie fragt sich, ob ihm klar ist, dass sie das Messer hat.

»Wie heißt du? Sag mir deinen Namen.«

»Ich hab nichts gesehen. Ich weiß nicht, wer du bist. Ich weiß nur, dass du gestern im Homestretch warst.«

»Aber ich hab dich gesehen. Ohne Perücke. In deinen normalen Klamotten. Ich hab gesehen, wie du zu Vincent bist. Ich weiß, dass du gesehen hast, wie ich ihn erstochen hab. Aber wahrscheinlich hast du keine Ahnung gehabt, wer ich bin, bis ich im Homestretch aufgetaucht bin.«

»Bist du mir gefolgt?«

»Nach dem Roulette bin ich dir hierher gefolgt. Ansonsten – ist gar nicht so leicht, dich im Auge zu behalten.« Er steht auf und tritt zu ihr. Nimmt wieder einen Schluck Kaffee und steht so nah vor ihr, dass sie sich beinah berühren. Sie riecht den Kaffee in seinem Atem. »Ich sag dir, was ich will. Ich fang mal mit ’ner Frage an. Warum warst du in Vincents Wohnung? Suchst du was?«

Amy schluckt. Es bleibt ihr nichts übrig, als die Wahrheit zu sagen. Sie steht mit dem Rücken zur Wand. »Keine Ahnung, warum ich das gemacht hab. Jedenfalls such ich nichts.«

»Gut«, sagt Dom. »Okay. Jetzt können wir endlich ehrlich miteinander reden.« Er macht zwei Schritte zurück, sein Kaffeeatem ist nur noch schwach wahrnehmbar. »Etwas sollst du wissen. Ich bin kein Arschloch. Du musst keine Angst vor mir haben. Vincent war ein Arschloch. Deswegen hab ich das auch getan. Dir tu ich nichts. Kapiert? Selbst wenn du zu den Cops gehen willst – und ich weiß, dass du das nicht willst –, würd ich dir nichts tun.«

»Suchst du denn was?«, fragt Amy. Es muss das Messer sein. Das Foto kann es nicht sein.

»Ja, ich such was, das mir gehört.«

»Was denn?«

»Zuerst möcht ich wissen, wie du heißt. Ich bin Dom, aber das weißt du ja schon.«

Sie zögert. »Ich bin Amy.«

»Amy, wir beide werden schnell Freunde, da bin ich sicher.«

Dom setzt sich auf einen Klappstuhl an dem kleinen Tisch, denselben Stuhl wie Fred, als er das erste Mal bei ihr auftauchte. Jahrelang war niemand außer Mr. Pezzolanti in dieser Wohnung, und jetzt schneien innerhalb einer Woche gleich zwei Männer rein, Fred und Dom.

»Setz dich«, sagt Dom und deutet auf den anderen Stuhl.

Amy zieht den Stuhl heran und setzt sich auf die Kante, den Rucksack stellt sie neben ihre Füße.

»Entspann dich«, sagt Dom.

»Nein«, sagt Amy. Sie tastet nach dem Handy in ihrer Tasche.

Gwens Nachricht kommt Amy immer irrealer vor. Sie wird gerade in eine völlig andere Realität gezogen. Es war dumm zurückzukommen. Es ist dumm, Dom nicht zu misstrauen. Es ist dumm, das Schicksal herauszufordern. Und dennoch fühlt sie sich seltsam ruhig. Hier geht es um etwas. Sie spielt ihre Rolle, hat ein Ziel.

»Das macht mich nervös, wie du dasitzt.«

»Wie denn?«

»So auf der Kante, als ob du jeden Moment losspringst.«

»Wenn du mir sagst, wonach du suchst, sag ich dir, ob ich's gesehen hab.« Ihre Augen schießen zum Kühlschrank. Sie denkt an das Messer, stellt sich vor, wie sie es gegen ihn richtet und ihn in die Flucht schlägt. Vielleicht ist er ja ein Feigling. Vielleicht war Vincent wirklich übel, und Dom hat ihn umgebracht, weil er Angst hatte und dumm ist. In Amys Kopf spielen sich verschiedene Szenarien ab: Vincent wollte Dom irgendwohin locken, um ihn umzubringen, und Dom konnte es gerade noch verhindern. Vincent hat Dom etwas Wertvolles weggenommen und wollte es ihm nicht zurückgeben. Eine Frau, Drogen, Waffen, Geld. Es könnte um alles Mögliche gegangen sein. Was weiß sie schon von Vincent. Oder von Dom.

»Mann, du hast überhaupt keinen Peil, oder?« sagt Dom. »Merk dir vor allem eins, ich bin hier der Gute. An dem, was passiert ist, ist Vincent schuld. Da sind wir uns einig, oder? Glaub's mir einfach. Hast du ihn überhaupt gekannt? Ich hab ihn ewig gekannt.«

»Erzähl mir von ihm«, hört Amy sich zu ihrer eigenen Überraschung sagen.

Dom lehnt sich zurück. »Na ja, um dir einen kleinen Eindruck zu verschaffen: Er hat mal jemand umgebracht und ist damit davongekommen, da waren wir in der Elften. Einen von den Ecuadorianern im Park in Dyker Heights. Kein Scheiß, so lang kenn ich ihn schon. Wir waren zusammen auf der Our Lady of the Narrows in Bay Ridge. Nach der Schule sind wir immer an der Thirteenth Avenue aus dem Bus gestiegen und haben im Park rumgehangen. Das war, als sich da auch Mexikaner und Ecuadorianer getroffen haben, so alte Knacker, mindestens vierzig waren die und haben Fußball gespielt und heimlich Schnaps getrunken. Blieben immer unter sich.«

Amy versucht sich den jungen Vincent und Dom vorzustellen. Sie kennt die Schule. Our Lady of the Narrows hat sich oft mit der Bishop Kearney, einer Mädchenschule, auf die Alessandra gegangen ist, für Partys oder Sportveranstaltungen zusammengetan. Auch die Uniform kennt sie: blaues Hemd, Krawatte mit goldenem Abzeichen, dunkle Hosen. Sie sieht die Jungen von der Schule immer an der Bushaltestelle in der Twenty-Third Avenue stehen.

»Eines Tages«, fährt Dom fort, »ist Vincent total ausgetickt. Er geht zu den Typen und schnauzt sie an, dass sie hier nichts zu suchen haben und sich aus unserem Viertel verziehen sollen. Die Männer schauen ihn nicht mal mit dem Arsch an. Vincent trommelt seine Kumpel zusammen, John und Cal, und die drei verschwinden. Ich bleib mit meinem Freund Iggy da. Nach einer Viertelstunde oder so kommt Vincent voll bestückt zurück. Er schwingt ein Tischbein, John hat einen Baseballschläger, Cal irgendeine Latte. Vincent fängt wieder an rumzumotzen, brüllt, dass sie abhauen sollen, und schwingt sein blödes Tischbein. Ein paar von den Latinos kapieren's endlich und zischen ab. Einer von ihnen, er hieß Manuel – das vergess ich nie, hab ich am nächsten Tag in der Zeitung gelesen –, der ist besoffen und schwankt auf Vincent zu und sagt irgendwas. Keine Ahnung, was, aber Vincent zieht ihm das Tischbein voll über den Schädel. Der Typ klappt zusammen und Vincent drischt weiter auf ihn ein. John und Cal hauen ab. Sie wollten den Latinos eine Warnung verpassen, aber keinen alten Säufer totprügeln.«

»Scheiße.«

»Ich sitz da und kann's nicht glauben. Alle schauen nur. Es ist völlig klar, dass er den Mann umbringt, aber keiner tut was, nicht einer. Ich auch nicht. So nach dem Motto: Wenn ich mich nicht drum kümmer, passiert mir schon nichts. Als Vincent endlich aufhört, rührt sich der Typ nicht mehr. Überall ist Blut. Vincent haut ab. Ich mach auch, dass ich wegkomm, und geh schnell heim. Es dauert nicht lang und ich hör Sirenen. Jeder weiß, dass es Vincent war, aber keiner verpfeift ihn. Die Cops erfahren kein Sterbenswörtchen. Dieser Manuel war obdachlos. Nach einer Woche ist die Sache vergessen. Der Einzige, der immer wieder damit angefangen hat, war Vincent. Wenn du was mit ihm trinken warst, hat er jedes Mal geprahlt, wie geil es war, mit diesem Scheißtischbein rumzuschlägern.«

»Warum hast du niemandem davon erzählt?«

»Meine Eltern hätten mich umgebracht.«

»Und warum erzählst du es mir jetzt?«

»Damit du weißt, wie Vincent war. Er hat nur Scheiße gebaut. Ich hab der Menschheit einen Riesengefallen getan.«

Amy versucht, dieses Bild von Vincent mit dem des niedlichen Grundschülers zusammenzubringen, von dem Diane erzählt hat. Ein Junge, der einen Bilderrahmen aus Eisstielen bastelt und zehn Jahre später einen Obdachlosen mit einem Tischbein erschlägt.

Sie reißt sich zusammen. Wer sagt eigentlich, dass Dom nicht lügt? Vielleicht hat er ja den Mann im Park erschlagen und ist davongekommen, so wie er Vincent umgebracht hat und damit davonkommt. Vielleicht nutzt er einfach die Gelegenheit, den Mord an dem Obdachlosen Vincent in die Schuhe zu schieben, Vincent alles in die Schuhe zu schieben.

»Glaubst du mir nicht?«, fragt Dom.

»Warum sollte ich?«

»Weil ich hier der Gute bin, hab ich doch gesagt.«

»Ich glaub nicht, dass einer, der dauernd behauptet, der Gute zu sein, es auch wirklich ist.«

»Du glaubst mir nicht«, sagt Dom und sieht auf den Boden. »Dann hör dir noch eine Geschichte an.«

»Bleibt mir was anderes übrig?«

»Du musst gar nichts, Amy. Echt. Das ist nicht fair. Ich halt dich hier nicht fest.«

»Warum fühl ich mich dann wie eine Geisel?«

»Wir sind alle mehr oder weniger Geiseln, oder?« Er nippt an seinem Kaffee. »Hey, jetzt werd ich glatt philosophisch. Wenn's dir nichts ausmacht, erzähl ich dir die Geschichte. Ist ganz kurz. Als meine Oma im Hospiz war, hab ich sie jeden Tag besucht. Ich hab damals auf dem Bau gearbeitet und nach Feierabend bin ich immer zu ihr. Sie war halb tot. Ich hab nur ihre Hand gehalten. Viel hat sie nicht gesagt. Hin und wieder ein Wort. *Wasser. Schwester.* Den Rest hab ich vergessen. Als es ans Sterben ging, war ich auch bei ihr, und sie hat mich angeschaut und irgendwie geschafft zu sagen: *Hau ab von hier. Hau ab.* Sie kannte mich. Sie wusste, dass ich unter der Fuchtel von meinem alten Herrn bin. Das hat sie sich für mich gewünscht. Dass ich frei bin. Ich erzähl dir das nur, damit du mich verstehst. Vincent hat's mir vermasselt. Ich war nah dran. Ich war so nah dran.« Er hält Daumen und Zeigefinger aneinander.

»Versteh ich nicht.«

»Dann erklär ich's dir. Aber dazu musst du meinen Vater kennen. Tony Mescolotto. Mal von ihm gehört?«

»Nein«, sagt Amy.

»Er ist ziemlich bekannt in der Gegend. Er ist Juwelier, richtig reich, und früher hat er in 'ner Menge Clubs in der City und was weiß ich wo Klavier gespielt. Ich hab null Ahnung vom Klavierspielen, aber alle erzählen immer, dass er super ist. Egal, weil wenn du mal ein Arschloch sehen willst, musst du dir nur meinen Alten anschauen. Säufer. Spieler. Aufreißer. Hat mich als Kind ständig verprügelt. Am liebsten sonntags.« Dom hält inne. »Ich weiß schon, was du denkst. Du denkst, dass ich dir hier irgendwelche Storys auftische. Aber darum geht's nicht, ehrlich. Du musst nur die Zusammenhänge kennen, um mich zu verstehen. Langweil ich dich?«

»Komm endlich zum Punkt.«

»Mit dir kann man ehrlich sein, Amy, gefällt mir.«

Einen Moment sitzen sie schweigend da. Offenbar überlegt Dom, wie es weitergehen soll. Amy hat das Gefühl, die Welt draußen ist plötzlich in weite Ferne gerückt. Ein Klopfen an der Tür lässt sie zusammenzucken.

»Wer ist das?«, flüstert Dom. »Dein Vermieter?«

»Vielleicht«, sagt Amy.

»Was will er?«

»Keine Ahnung. Er kommt öfter vorbei, um zu fragen, wie's mir geht.«

»Was mach ich jetzt?«

»Was mach *ich* jetzt?«, fragt sie zurück.

Dom steht auf. »Tu, was du willst, du bist nicht meine Geisel.«

Erneutes Klopfen. Lauter dieses Mal.

»Ich geh ins Bad«, sagt Dom. »Okay? Ich versteck mich im

Bad.« Er hebt wie zur Warnung den Zeigefinger, sagt aber nichts. Keine Drohung. Kein Befehl, ihn nicht zu verraten. Er schließt die Tür hinter sich, und sie hört, wie er sich aufs Klo setzt.

Auf dem Weg zur Wohnungstür geht Amy ihre Möglichkeiten durch. Soll sie Mr. Pezzolanti zu verstehen geben, dass sie in Schwierigkeiten steckt? Oder soll sie sich einfach an ihm vorbeidrängen und weglaufen, weg von Dom und der ganzen Scheißgeschichte? Die Sachen vergessen, die sie mitnehmen wollte, und einfach zu Gwen gehen. Aber Dom weiß vielleicht, wo er sie in Williamsburg findet. Schließlich ist er ihr eine Zeitlang gefolgt.

Amy legt die Hand auf den Knauf und zieht die Tür langsam auf. Es ist Mr. Pezzolanti, aber er ist nicht allein. Neben ihm steht Diane. Sie hat rote Augen. Schniefend umklammert sie ein Taschentuch. Sie hat dieselben Kleider an wie gestern und riecht leicht. »Amy?«, sagt sie.

»Sieht ganz anders aus, oder?«, sagt Mr. Pezzolanti. »Ich hab sie auch erst nicht erkannt.«

»Warum gehst du nicht ans Telefon?«, fragt Diane.

»Tut mir leid, ich hab's nicht gehört.«

»Ich hab mir Sorgen gemacht.«

»Sie Arme«, sagt Mr. Pezzolanti. »Ich habe Ihnen noch gar nicht mein Beileid ausgesprochen. Was für eine Tragödie. Ich hoffe, die kriegen das Schwein.«

»Kann ich mit dir reden?«, sagt Diane zu Amy.

Amy erwidert nichts. Sie kann nur an Dom im Badezimmer denken.

»Aber wir können auch später reden, wenn es dir jetzt nicht passt«, sagt Diane.

»Doch, doch«, sagt Mr. Pezzolanti. »Oder, Amy? Du kannst mit Diane reden.«

»Natürlich«, sagt Amy.

»Seit du eine Blondine bist, bist du ein bisschen langsam im Kopf, was?« Mr. Pezzolanti lacht gepresst.

Amy will hinaustreten. »Lassen Sie uns irgendwo einen Kaffee trinken«, sagt sie zu Diane.

»Wenn's dir nichts ausmacht, würd ich lieber zu dir reinkommen«, sagt Diane. »Ich fühl mich nicht ganz auf dem Damm. Ich mag mich nirgends anstellen. Ich mag nicht unter Leute. Überall seh ich Vincent.«

Amy tritt einen Schritt beiseite, um Diane hereinzulassen.

»Ich bin da, wenn Sie beide mich brauchen«, sagt Mr. Pezzolanti und macht sich auf den Weg zum Gartentürchen.

Amy schließt die Tür.

»Hübsch hast du's hier«, sagt Diane.

»Ja, geht so«, sagt Amy und unterdrückt den Impuls, ständig zur Badezimmertür zu sehen. Sie ist überzeugt, Dom atmen zu hören. Sie ist überzeugt, dass Diane ihn atmen hören kann.

Diane setzt sich an den Tisch, der Stuhl muss noch warm von Dom sein. Amy bemerkt Doms Kaffeebecher direkt vor ihr auf dem Tisch, sein Name steht dick und breit auf der Seite. Diane muss Dom kennen. Er hat erzählt, dass er zusammen mit Vincent auf der Highschool war. Vielleicht waren sie sogar schon zusammen in der Grundschule. Der Name auf dem Becher ist zu Amy gedreht. Diane kann ihn nicht sehen. Amy nimmt den Becher und wirft ihn in den Abfalleimer, obwohl er noch halbvoll mit lauwarmem Kaffee ist.

»Ich wollte mich noch mal bedanken, dass du in dieser schweren Zeit für mich da bist«, sagt Diane.

Amy sitzt ihr gegenüber und knetet die Hände. Bestimmt merkt Diane, wie nervös sie ist. Aber vielleicht ist sie mit den

Gedanken auch ganz bei Vincent. »Es tut mir leid, dass Sie das durchmachen müssen«, sagt Amy.

»Danke.« Diane stützt die Ellbogen auf und beugt sich vor. »Darf ich dich um einen Gefallen bitten? Es klingt vielleicht komisch oder unverschämt.«

Neugierig beugt sich auch Amy vor. »Was denn?«

»Wärst du so nett, die Perücke abzunehmen? Ich weiß, wir kennen uns nicht besonders gut, aber mit dem Ding hab ich das Gefühl, ich würd mit einer Fremden reden.«

»Klar. Keine Frage.« Amy löst die Clips, nimmt die Perücke ab und legt sie vor sich auf den Tisch, wo sie sie mit beiden Händen umfasst wie einen Strauß bunter Plastikblumen. Die Perückenkappe, durch deren Nylonstoff Haarklemmen ragen, behält sie auf. Sie fühlt sich wie eine Schauspielerin, die in einem Wohnwagen sitzt und auf die Maskenbildnerin wartet.

»Darf ich dich fragen, warum du das machst?«

»Die Perücke?«

Diane nickt. »Und die Kleider.«

»Ich war bei einer Freundin«, sagt Amy. »Sie ist Musikerin. Sie mag Perücken. Die hat sie mir aufgesetzt. Es hat mir gefallen. Es hat mich dran erinnert, wie ich selbst vor Jahren meine Haare getragen hab. Und die Kleider, na ja, das sind alte von mir. So hab ich mich früher angezogen.«

»Früher warst du ganz anders, oder? Vincent hatte in der Highschool einen Freund, der eine – wie nennt man das schnell wieder – Gothic-Phase hatte. So in der Art, oder?«

»Ja, so in der Art.«

»Na ja, also ich hab's dir schon aufs Handy gesprochen. Ich hab eine Frage zu Vincents Wohnung.«

»Tut mir leid, dass ich nicht dazu gekommen bin, Sie zurückzurufen. Ich bin bei einer Freundin versumpft.«

»Macht nichts. Ich muss nur immer dran denken. Wer macht so was? Die Frage geht mir einfach nicht aus dem Kopf. Ich kann nicht glauben, dass es Zufall war.«

»Das ist doch völlig normal. Aber Sie müssen darauf vertrauen, dass die Polizei ihre Arbeit macht.«

»Ich war auf der Wache. Ein unangenehmer Mann, der Captain dort. Außerdem hab ich's oft genug im Fernsehen gesehen, wie so was ausgeht. ›Wir haben alles versucht, Ma'am. Keine Mordwaffe. Keine Zeugen. Keine Hinweise. Nichts. Unser herzliches Beileid.‹«

Amy denkt an die Mordwaffe in ihrem Tiefkühlfach, nur ein paar Meter vom Tisch entfernt. Diane ist so nah, dass sie das irgendwie spüren muss, denkt Amy. Nicht zu vergessen, dass der Mann, der Vincent damit erstochen hat, gleich hinter der Badezimmertür ist. Diane könnte vielleicht sogar seinen Atem riechen.

»Irgendwas finden sie sicher«, sagt Amy.

»Als du in der Wohnung warst«, sagt Diane, »ist dir da was aufgefallen? Ich hab mich erinnert, dass Vincent das letzte Mal, als ich ihn gesehen hab, telefoniert hat und ganz aufgeregt war. Worum's ging, hab ich nicht mitgekriegt. Vincent hat sich immer geärgert, wenn er gemeint hat, ich würde ihn belauschen, deshalb hab ich absichtlich weggehört. Hattest du den Eindruck, jemand wär in der Wohnung gewesen? Ist dir irgendwas komisch vorgekommen? Ich weiß, du hast nur nach dem Anzug gesucht, aber man weiß ja nie.«

»Warum gehen Sie nicht in die Wohnung?«, sagt Amy. »Dann können Sie selbst schauen.«

»War ich ja.«

»Und?«

»Seine Vermieterin, diese Marie, war schon drin gewesen.

Hat alles geputzt. Seine Sachen hat sie in einer Ecke auf einen Haufen geschmissen, um sie wegschaffen zu lassen. Ist das zu glauben? Wenn da was war, ist es jetzt weg. Einen Teil der Sachen, von denen sie der Meinung war, dass sie nichts wert sind, hat sie sogar schon weggeworfen. Eine Frechheit! Wenn ich die Kraft hätte, würd ich sie anzeigen.«

»Die spinnt ja.«

»Wenn du dich an nichts erinnerst, weiß ich auch nicht weiter.«

»Mir ist nichts Ungewöhnliches aufgefallen. Aber ich hab auch nur schnell den Anzug geholt.« Dom war in Vincents Wohnung. Dom ist neben Vincent und der fremden Frau auf dem Foto. In diesem Moment ist Dom in ihrem Bad. Letztlich hat sie mit jedem ihrer Schritte Dom geschützt.

»Das hab ich befürchtet.« Diane sackt auf ihrem Stuhl zusammen. Noch ein Fehlschlag.

»Haben Sie der Polizei inzwischen von seiner Wohnung erzählt?«

Diane nickt. »Sie haben mich begleitet, als ich in die Wohnung bin. Aber wegen dieser Marie haben sie nichts unternommen.«

»Wollen Sie was trinken? Tee?«

»Nein danke.«

»Kümmern Sie sich denn auch um sich? Geht's Ihnen etwas besser?«

»Ich versuch's. Ich glaub, die Grippe hab ich überwunden.«

Doms Handy klingelt im Badezimmer. Durch die Tür dringt »Eye of the Tiger«. Scheiße. Aber wenigstens rührt er sich nicht. Er drückt nicht mal den Ton weg. Amy ist sicher, dass sie es überspielen kann. *Ach, da hab ich wohl mein Handy im Bad liegen lassen.*

»Was ist das?«, fragt Diane.

Dann fällt Amy ein, dass Diane ihr kleines Uralt-Klapphandy kennt. Sie hat es gesehen, als sie bei ihr war, außerdem hat sie es sich auf der Fahrt ins Leichenschauhaus ausgeliehen, um Andy Capelli anzurufen. Sie wird wissen, dass der Klingelton nicht von ihrem Handy kommen kann. »Nur das Handy«, sagt Amy, aber nicht, welches Handy. »Ich hab's im Bad liegen lassen.«

»Geh doch dran.«

»Nein, nein, ist schon in Ordnung.«

In dem Moment hört es auf zu klingeln. Stille.

»Heute ist die Trauerfeier für Vincent, von vier bis sechs«, sagt Diane. »Bei Capelli. Ich hab beschlossen, dass es nur einen Termin gibt. Wer weiß, wer kommt. Vielleicht mehr, als ich vermute, nachdem es in der Zeitung stand. Kommst du auch?«

Amy nickt.

»Die Messe ist morgen um zehn in St. Mary.«

»Kann ich irgendwas tun?«

»Ich glaub nicht. Ich muss mir überlegen, was ich anzieh. Ich hab nicht mal ein schwarzes Kleid. Vielleicht geh ich zu Kohl. Da wird mein Sohn beerdigt, und ich denke über so was nach.«

»Wenn Sie wollen, begleite ich Sie.«

»Das ist nett. Aber danke. Es wird schon gehen.« Beim Aufstehen ist Diane ein bisschen unsicher und stützt sich am Tisch ab.

»Es tut mir leid, Diane«, sagt Amy. »Alles. Wenn mir noch was einfällt, das ich in der Wohnung gesehen hab, ruf ich Sie an. Die Polizei wird ihn schnappen.« Sie steht auf und begleitet Diane zur Tür. Mr. Pezzolanti steht immer noch am Gartentürchen. Er erhascht einen Blick auf sie mit der Perückenkappe und sieht sie verstört an.

»Ich werde dich nicht mehr belästigen, versprochen«, sagt Diane.

»Sie belästigen mich doch nicht«, sagt Amy.

Als Diane sich von Amy verabschiedet hat, unterhält sie sich noch kurz mit Mr. Pezzolanti. Amy schließt die Tür. Erleichtert seufzt sie auf. Dom rührt sich im Bad. Er kommt raus, das iPhone in der Hand, und tippt etwas. Als er fertig ist, sieht er auf. »Was war das denn? Vincents Mutter? Du warst bei ihr?«

»Oh Mann, dein Scheißhandy!«

»Kann ja mal passieren.«

»Was, wenn sie deinen Klingelton erkannt hätte?«

»Hat sie aber nicht. Woher denn? Warum warst du bei ihr?«

»Ich weiß nicht. Schuldgefühle vielleicht. Ich hab ihr aber nichts von dir erzählt.«

»Gut. Vielleicht stehen wir ja doch auf derselben Seite.«

»Ganz sicher nicht. Ich war nur zu dem Schluss gekommen, dass ich damit ziemlich schlecht aussehe.« Sie senkt die Stimme zu einem Flüstern. »Mit Vincents Mörder in meinem verdammten Badezimmer.«

»Einmal hab ich sie unter der Dusche gesehen. Diane. Ungelogen. Nett – nett anzuschauen, mein ich. Als sie jünger war. Ich war grad bei Vincent. Wir waren in seinem Zimmer und haben Grand Theft Auto gespielt, er, ich und noch ein Freund, Mikal. Ich bin in die Küche, um mir eine Cola zu holen, und da bin ich zweimal am Bad vorbei. Auf dem Weg zur Küche ist die Tür zu. Ich hör die Dusche laufen. Auf dem Weg zurück ist die Tür plötzlich einen Spalt offen und ich kann reinschauen. Was ich mir natürlich nicht entgehen lass. Sie steht unter der Dusche. Sie hatte eine von diesen durchsichtigen Duschkabinen. Es war ziemlich dampfig, aber ich hab genau geguckt und sie durch den Dampf gesehen. Ich glaub ja immer noch, dass sie die Tür extra aufgemacht hat. Dass sie wollte, dass ich sie seh.«

»War's das jetzt?«, fragt Amy.

»Nicht ganz. Du warst also bei Diane. Ist da noch mehr, was du nicht erzählt hast?«

»Was suchst du?«

Dom geht zurück zum Tisch und setzt sich. »Hast du meinen Kaffee weggeworfen? Ich mag kalten Kaffee.«

»Dein Name stand auf dem Becher. Diane hätte ihn sehen können.«

Dom zuckt die Achseln. »Vincent hat mir eine Tasche mit Schmuck geklaut.«

»Du hattest eine Tasche mit Schmuck?«

»Ich hab doch gesagt, dass mein Vater Juwelier ist. Für meine Mutter und meine Großmutter hat er massenhaft Schmuck gemacht, Diamanten, Perlen, Gold, was du willst. Das ganze Zeug liegt in einem Schrank auf unserem Dachboden. Wir wohnen ein paar Häuser weiter von der jüdischen Highschool. So ein großer alter Kasten. Den Schmuck hat er in Plastikbeutel gepackt und in alten Handtaschen und Schuhschachteln von meiner Mom oder in Jackentaschen versteckt. Auf den ersten Blick denkt man, das ist einfach ein Schrank. Klamotten, alte Taschen, Schuhe. Aber wenn man ein bisschen rumkramt, *zack.*«

»Und?«

»Ich hab ein bisschen was von dem Schmuck mitgehen lassen, würde er sowieso nicht vermissen. Ich hasse meinen Alten. Er hat mir nie was geschenkt. Hat mich nie ins Geschäft eingeführt. Nicht mal Klavierspielen hat er mir beigebracht. Hat mich nur windelweich geprügelt und rumgebrüllt und so getan, als wär ich die Enttäuschung seines Lebens. Er denkt, ich hätte nichts in der Birne. Dass ich ein Blödmann bin. Er schämt sich, dass ich in meinem Alter noch daheim wohn. Da dacht ich eben, das ist mein Ausstieg, ich mach den Schmuck zu Geld und hau ab in die Karibik. Ich hab einen Hehler in Borough Park gefunden, der mir alles für einen halbwegs guten Preis abkauft. In Coney kenn ich einen Russen, der mir die nötigen Papiere und eine neue Identität verschafft. Ich wollt ganz neu anfangen. Mir eine hübsche Bedienung anlachen, am Strand abhängen, Bier mit 'ner Limette drin trinken, genau wie im Fernsehen. Goodbye, Homestretch.«

»Neu anfangen? Einfach so?«

»Ja, einfach so. Aber dann hab ich was gelernt, was ich eigentlich hätte wissen müssen: Wenn man nicht die Klappe hält, reitet man sich in die Scheiße. Eines Abends war ich ziemlich blau und hab Vincent was von meinem Plan erzählt, und da hat's in seinem Spatzenhirn bling gemacht. Ich hab ihm erzählt, dass ich den Schmuck im Kofferraum rumfahr, weil ich ihn ja schlecht zu Hause verstecken kann. Das hat ihn wohl auf eine Idee gebracht. Er wollte nämlich auch weg. Drei Nächte vor dem, was dann passiert ist, hat jemand mein Auto geknackt. Außer dem Schmuck hat nichts gefehlt. Nicht das Radio, nicht die Knarre im Handschuhfach, nicht die Jordans von der Rückbank. Da wusste ich, dass es nur Vincent gewesen sein konnte. Wer sonst?«

Amy überlegt, ob Vincent den Schmuck in Mrs. Epifanios Schlafzimmer versteckt hat. Ja, klar. Und Dom hat offenbar nicht mitgekriegt, dass Vincent drei Tage hintereinander bei ihr war – die drei Tage, nachdem der Schmuck weggekommen war. Es ist das perfekte Versteck, nachdem Diane einen Schlüssel hat und niemand außer Mrs. Epifanio in das Zimmer geht.

»Ist was?«, fragt Dom.

»Das Klappehalten klappt noch nicht so, was?«

»Ich erzähl dir das alles, weil ich spür, dass du eine Ehrenfrau bist. Du würdest nicht klauen. Wenn du mir hilfst, den Schmuck zu finden, geb ich dir einen Anteil.«

»Hast du nicht gesagt, dass dein Vater noch mehr in dem Schrank hat? Warum holst du dir nicht einfach den?«

»Ganz einfach, weil ich nichts mehr mit ihm zu tun haben will. Ich will mir das Zeug wiederholen – mein Zeug – und weg.« Er kratzt sich am Kinn. »Mein Zeitfenster geht langsam zu. Wenn ich den Schmuck nicht bald find, findet ihn jemand anderes, jetzt wo Vincent tot ist. Und wenn mein Alter Wind davon bekommt, was ich gemacht hab, kettet mich das Arschloch im Keller an den Heizkessel. Hat er schon mal getan, echt wahr. Da war ich neunzehn und hab 'nem Typen die Schlüssel zu seinem Motorrad und eine fünfhundert Dollar teure Whiskeyflasche gemopst. Der war zufällig Paulie Lo Biondos Sohn, was ich aber nicht gewusst hab. Bitte, Amy. Hilf mir. Ich geb dir fünf Riesen.«

Genau besehen, denkt Amy, hat sie drei Möglichkeiten: Entweder weiht sie Dom ein und sie gehen beide los und holen den Schmuck von Mrs. Epifanio. Die Beutel sind vielleicht einfach hinter der Kommode versteckt oder liegen in einer Schublade. Simpel. Dann hat sie Dom von den Hacken und kriegt fünftausend Aufwandsentschädigung, um in Williamsburg oder sogar L. A. neu anzufangen. Oder sie sagt nichts und behält den Schmuck für sich, wenn er dort ist, wo sie vermutet. Dann wäre sie ein anderer Mensch und zu ganz anderen Dingen imstande, als sie gedacht hat. Allerdings hätte sie damit einen Haufen logistischer Probleme an den Hacken. Wem sollte sie den Schmuck verkaufen? Wie käme sie mit solchen Leuten in Verbindung? Oder drittens, sie hält sich Dom für alle

Zeiten vom Leib, indem sie zur Polizei geht und auspackt. Über den Mord, den Schmuck, alles. Sie müsste ihr schräges Verhalten erklären, aber das wäre der Preis. Vielleicht würde sie sich den Rest ihres Lebens fragen, warum sie sich in den letzten Tagen so verhalten hat, wie sie es getan hat, so wie sie immer an dieser Bob-Tully-Geschichte zu knapsen hat. Die Stunden mit Alessandra haben ihr ins Gedächtnis gerufen, was Wünschen und Begehren bedeutet, all die Dinge, die sie mithilfe der Kirche versucht hat zu kontrollieren oder zu unterdrücken. Sie ist verzweifelt. Vielleicht war sie immer schon verzweifelt.

Nach kurzem Zögern fragt sie: »Kannst du mir die Fünftausend gleich geben?«

»Ich kann versuchen, sie aufzutreiben.«

»Mach das. Ich glaube, ich weiß, wo dein Schmuck ist.«

Kapitel 14

Dom sagt, dass er ihr vertraut. Er will sich das Geld von Bernie leihen und es ihm zurückzahlen, wenn er den Schmuck an den Hehler in Borough Park verkauft hat. Amy möchte ihr Geld vorher, weil sie nicht warten will. Sonst kann sie ja die Stadt nicht verlassen. Außerdem könnte es Probleme geben – Dom kriegt den Verkauf nicht gebacken, sein Vater kommt ihm auf die Schliche, er wird wegen des Mords verhaftet. Es ist nicht viel Geld, aber mehr, als sie im Moment hat, und für ihren Neuanfang braucht sie alles, was sie bekommen kann. Sie ist weder eine Kriminelle noch ist sie gierig. Die Gelegenheit hat sich einfach ergeben. Die gottesfürchtige Stimme in ihr könnte argumentieren, dass es so von Gott gewollt ist.

So ganz traut ihr Dom jedoch nicht. Er besteht darauf, dass sie mitkommt, wenn er Bernies Geld im Homestretch holt. Und dann soll sie ihn dorthin begleiten, wo sie den Schmuck vermutet. Wo genau das ist, hat sie ihm nicht gesagt. Indirekt droht er ihr. »Keine Tricks, ja?«, sagt er. »Sei einfach ein braves Mädchen.«

Amy setzt die Perücke auf und packt den Rucksack. Sie besitzt nicht viel, das sie will oder braucht, nur das, was in der Holzkiste im Schrank ist: die Zeichnungen ihrer Tattoos und die restlichen Kleider von früher. Die paar wenigen LPs, die sie noch behalten hat, passen nicht in den Rucksack. Egal. Sie holt die Zahnbürste und die Schminksachen aus dem Bad, den Walkman und die Kassetten. Die Büchereibücher und alles Übrige lässt sie zurück. Als Dom gerade nicht schaut, holt sie schnell den Umschlag mit dem Messer und dem Foto aus dem Tiefkühlfach und stopft beides in die Vordertasche des Rucksacks. Sie sieht sich um. Sie wird nicht zurückkommen. Die Wohnung macht schon jetzt einen unbewohnten Eindruck.

Dom sagt, dass sein Auto auf dem Parkplatz von St. Mary steht. Sie müssen irgendwie aus der Wohnung kommen, ohne dass Mr. Pezzolanti ihn sieht. Amy fällt ein, womit sie ihren Vermieter ablenken kann: Sie wird rausgehen und ihn fragen, ob sie sich ein paar Batterien für ihren Walkman borgen kann. Er wird nicht lange zögern. Sie könnte zwar ohne weiteres zur Eighty-Sixth Street gehen und sich selbst eine Packung besorgen, aber daran wird er nicht denken, weil er sich bestimmt darüber freut, dass sie ihn um etwas bittet. Sobald er reingeht, um die Batterien zu holen, kann Dom zu seinem Auto laufen. Amy wird warten, bis Mr. Pezzolanti zurückkommt, und Dom dann auf dem Parkplatz treffen.

»Woher weiß ich, dass du nicht einfach abhaust?«, fragt Dom.

»Das hab ich bisher auch nicht gemacht«, sagt Amy.

»Stimmt.«

Der Plan geht auf. Mr. Pezzolanti verschwindet im Haus, und Dom rennt zu seinem Auto, während Amy auf die Batterien wartet. Mr. Pezzolanti kehrt mit zehn AA-Batterien in einem mit grünem Wickeldraht verschlossenen Gefrierbeutel zurück.

»Ich brauch doch nur zwei, Mr. P«, sagt Amy.

»Nimm sie«, sagt Mr. Pezzolanti. »Ich benutz sie sowieso nicht.«

Amy nimmt den Beutel. »Sicher?«

»Natürlich, nimm, nimm.«

»Danke, Mr. P.« Am liebsten würde Amy ihn umarmen und ihm für alles danken, aber dann wüsste er, dass etwas nicht stimmt.

»Die Haare gefallen mir wirklich gut.«

Amy geht den Block hoch zum Parkplatz von St. Mary. Dom sitzt hinter dem Lenkrad eines Dodge Daytona, der noch aus den Achtzigern stammen muss. Der Kofferraumdeckel klafft einen Spalt auf und wird von einem ausgefransten Spanngummi festgehalten. Gerade als sie auf der Beifahrerseite einsteigen will, wird ihr Name gerufen.

Sie dreht sich um. Monsignore Ricciardi sitzt auf der anderen Seite des Parkplatzes auf einer Bank vor dem Pfarrhaus. Er trägt Jeans und ein Fordham-Sweatshirt und hält eine braune Tüte in der Hand. Um seine Füße picken ein paar Tauben Brotkrumen, die er auf den nassen Asphalt geworfen hat. »Amy, bist du das?«, ruft er, steht auf und geht auf sie zu.

»Monsignore, tut mir leid, ich hab's eilig«, sagt Amy.

»Du siehst ja ganz anders aus.«

»Ich weiß. Aber das bedeutet nichts.«

»Ist alles in Ordnung?«

»Ja.«

Er beugt sich vor und sieht Dom auf dem Fahrersitz.

Dom hebt die Hand und winkt Monsignore Ricciardi nervös zu.

»Das ist doch Dominic Mescolotto«, sagt Monsignore Ricciardi.

»Hallo, Vater«, sagt Dom.

Für einen Moment weiß Amy nicht, was sie sagen soll. Sie hatte gehofft, dass niemand sie mit Dom sieht. Sie wollte überhaupt nicht gesehen werden. Außerdem hätte sie nie damit gerechnet, dass Monsignore Ricciardi Dom kennt, der garantiert kein Kirchgänger ist. Immer vergisst sie, dass in diesem Viertel jeder jeden kennt.

»Wie geht's deiner Mutter?«, fragt Monsignore Ricciardi Dom.

»Super«, sagt Dom.

»Doms Mutter hilft beim Blumenbinden im Emilio im Bay Parkway aus«, erklärt Monsignore Ricciardi Amy. »Wir kennen uns schon lange. Mrs. Mescolotto besucht zwar nicht mehr die Messe, aber hin und wieder sehen wir uns auf einer Beerdigung und plaudern ein bisschen.« Er hält inne. »Ich werde sie bestimmt nachher auf der Trauerfeier für Diane Marchettis Sohn sehen.«

Amy blickt über das Dach von Doms Auto auf die Reihenhäuser auf der anderen Straßenseite. Eine ihr unbekannte alte Frau sitzt auf einer umgedrehten Lattenkiste und poliert mit Zeitung und schwarzer Schuhcreme ein Paar Männerschuhe.

»Woher kennt ihr beide euch?«, fragt Monsignore Ricciardi.

»Eigentlich kennen wir uns überhaupt nicht«, sagt Amy.

»Ich will ihr was von eBay verkaufen«, sagt Dom. »Ein altes Casio-Keyboard. Funktioniert noch ganz gut. Ich hol sie nur ab, damit sie sich's anschauen kann.«

Monsignore Ricciardi nickt. »Willst du Keyboardspielen lernen, Amy? Um Katrya Konkurrenz zu machen, hm? Oder willst du mit dem Outfit und den Haaren bei einer Band mitspielen?«

»Vielleicht«, sagt Amy, und ihr wird bewusst, dass sie mit Monsignore Ricciardi sonst nicht so kurz angebunden ist.

Monsignore Ricciardis Miene verrät, dass auch er ihren abweisenden Ton bemerkt. »Kann ich dich einen Moment sprechen, bevor du losfährst?«, fragt er.

»Klar«, sagt Amy und tritt zögernd von Doms Auto weg.

»Unter vier Augen, wenn es dir nichts ausmacht.«

»Okay, aber ich hab's eilig.«

»Um ein Keyboard zu kaufen? Komm, fütter ein bisschen die Tauben mit mir.«

Sie setzen sich auf die Bank. Amy klemmt ihren Rucksack zwischen die Füße. Monsignore Ricciardi öffnet seine Tüte, nimmt ein Stück altes Weißbrot heraus und reicht es Amy. Sie nimmt es und sieht zu Dom. Unruhig rutscht er hinter dem Lenkrad hin und her und tippt auf seinem Smartphone herum. Amy zerbröselt das Brot und wirft ein paar Krumen auf den Boden.

»Ich habe deinen Vater kennengelernt«, sagt Monsignore Ricciardi.

»Was?«, sagt Amy.

»Er ist zur Kirche gekommen und hat sich mir vorgestellt.«

»Wie kommt er denn auf die Idee!«

»Es muss schwer für dich sein, dass dein Vater plötzlich wieder in deinem Leben auftaucht. Ich kann mir vorstellen, dass es ein ziemlicher Schock ist. Er hat mir die ganze Geschichte erzählt. Stellt alles auf den Kopf. So was kann dazu führen, dass man wieder in alte Muster verfällt. Ich hab leider bemerken müssen, dass du seit Freds Auftauchen deine Gemeindearbeit aufgegeben hast.«

»*Aufgegeben* ist wohl ein bisschen übertrieben. Ich hab einfach … Pause gemacht. Erst konnte ich nicht anders, weil ich Mrs. Epifanio helfen musste. Und dann ist mir was dazwischengekommen.«

»Die Menschen verlassen sich auf dich. Sie freuen sich auf dich. Wir haben mehrere besorgte Anrufe gekriegt, ob was passiert ist und ob es dir gut geht.«

»Es tut mir leid. Aber ich kann das nicht mehr machen. Nichts davon.«

»Hat das mit deinem Vater zu tun?«

»Es hat mit mir zu tun.«

»Sprich mit mir, Amy. Ich bin hier, um dir zuzuhören, dir zu helfen. Wir wollen dich nicht verlieren, das ist alles. Viele Leute hier mögen dich sehr. Sie sind dankbar, dass sie dich haben. Ich auch. Du bist ein echter Gewinn für unsere Gemeinde.«

»Danke, dass Sie das sagen.«

»Es ist wahr. Ich meine das so.«

Amy zerkrümelt noch ein bisschen Brot und wirft es den Tauben hin. Sie kann sich vorstellen, was Monsignore Ricciardi denken wird, wenn sich das alles rumspricht, und erst recht, wenn Dom auffliegt. Es wird so aussehen, als wäre sie seine Komplizin. Dazu muss er nicht mal wissen, dass die Mordwaffe in ihrem Rucksack steckt und sie mit Dom auf dem Weg ist, den von Vincent geklauten Schmuck zu holen. Auf einmal kreuzen sich alle Linien. Vincent beklaut Dom, Dom ersticht Vincent. Mrs. Epifanio. Diane. Fred und Alessandra, die mitten in diesem Durcheinander plötzlich wieder in ihrem Leben auftauchen.

»Danke, dass Sie sich solche Gedanken um mich machen, Monsignore«, sagt sie. »Aber es geht mir gut. Es ist alles in Ordnung.«

»Dein Vater würde gerne wieder eine Beziehung zu dir aufbauen. Ich möchte dir dabei helfen. Ich glaube, er verdient Vergebung«, sagt Monsignore Ricciardi. »Vielleicht wäre das ein Anfang.«

»Ich hab Sie nicht um Ihren Rat gebeten«, sagt Amy. Sie steht auf und geht zu Doms Daytona zurück.

Dom tritt aufs Gas und mit aufheulendem Motor fahren sie vom Parkplatz. Monsignore Ricciardi bleibt stirnrunzelnd auf der Bank zurück, zu seinen Füßen die pickenden Tauben.

Amy weiß nicht, ob sie Dom trauen kann. Er könnte sie irgendwohin bringen. Es wäre jedenfalls dumm, ihm nicht zu misstrauen. Eines weiß sie nämlich mit Sicherheit: Er hat Vincent umgebracht, wie die Umstände auch gewesen sein mögen. Seine Geschichte kommt ihr nicht überzeugend vor, dafür hat sie zu viele Lücken, aber was er über den geklauten Schmuck erzählt hat, glaubt sie, und auch, dass sie zum Homestretch fahren, um bei Bernie die Fünftausend zu holen. Und das Geld ist im Moment das Entscheidende. Bisher hat sie es immer vermieden, sich allzu sehr von Geld leiten zu lassen, aber jetzt sitzt sie in der Klemme, und wenn man in der Klemme sitzt, braucht man Geld.

»Ein Keyboard?«, sagt Amy.

Dom zuckt die Achseln. »Weißt du, was man über den Typen sagt?«, fragt er und biegt in die Twenty-Third Avenue.

»Monsignore Ricciardi?«

»Ja, wen sonst?«

»Was denn?«

»Dass er Makkaroni mit Ahornsirup isst.«

»Was?«

»Kein Scheiß. Makkaroni mit Ahornsirup. Das hat mir meine Mutter erzählt.«

»Soll er doch. Er ist nett. Zu mir war er immer nett.«

»Ja, ja. Meine Mutter mag ihn auch. Trotzdem eklig, oder? Ist der Kanadier oder was?«

Dann sind sie am Homestretch. Dom parkt direkt davor und lässt den Motor laufen. »Bernie hat gesagt, dass es klappt«, sagt er. »Während du mit deinem Padre palavert hast, hab ich ihm eine SMS geschrieben. Du wartest hier.« Er steigt aus und rennt fast hinein.

Amy bleibt sitzen und denkt wieder, wie abgedreht das alles

ist. Ein paar Meter weiter ist vielleicht noch Vincents Blut auf dem Bürgersteig. Sie öffnet das Handschuhfach. Als Dom ihr erzählt hat, dass Vincent den Schmuck aus seinem Kofferraum geklaut hat, hat er Sachen erwähnt, die Vincent nicht mitgenommen hat. Darunter eine Pistole im Handschuhfach.

Sie ist da und sieht aus wie vermutet. Aus dem Pfandleihhaus oder in einer dunklen Gasse von einem Laster runter gekauft. Wahrscheinlich heiß. Vielleicht sollte sie die Gelegenheit nutzen, das Messer loszuwerden, und es neben die Pistole legen. Sie nimmt den Umschlag aus der Vordertasche des Rucksacks und schüttelt das Messer heraus. Dann wischt sie es mit ihrem T-Shirt ab, hebt es mit dem Umschlag hoch und lässt es in das Handschuhfach hinter die Pistole gleiten. Schnell schließt sie die Klappe und reibt mit dem Ärmel ihrer Strickjacke darüber. Sie ist erleichtert. Wenigstens eine ihrer falschen Entscheidungen hat sie bereinigt. Das Messer ist wieder dort, wo es hingehört. Das Foto behält sie fürs Erste. Sie schiebt den Umschlag zurück in den Rucksack.

Die Tür des Homestretch geht auf und Lou schlappt raus. Der Pizzamann, der sie bei ihrem letzten Besuch angebaggert hat. Er bedeutet ihr, das Fenster runterzulassen.

Sie reagiert nicht.

Er redet durch die Scheibe auf sie ein. »Du hast noch dieselben Sachen an und ich hab noch dieselben Sachen an«, sagt er. »Was für ein Zufall!«

Sie sagt nichts.

»Ich hab dich von drin gesehen. Schicke Frisur. Gefällt mir. Sag bloß, das ist eine Perücke. Ich steh auf Perücken. In der Grundschule war ich in meine Lehrerin verknallt, und die hatte eine. Später hat mir einer erzählt, dass ihr über einem Ohr die Haare ausgegangen waren und sie sich geschämt hat.«

»Verzieh dich«, sagt Amy.

Lous Atem beschlägt die Scheibe, seine Stimme ist leicht gedämpft. »Nur noch eins. Du bist nicht mit Dom zusammen, oder? Ne, nie im Leben. Du doch nicht! So ’ne Beauty wie du. Mit einem, der grad unterm Stein vorgekrochen ist. Einmal hab ich gesehen, wie er eine tote Kakerlake vom Tresen gefuttert hat, so als Mutprobe. Willst du was trinken? Komm, wir trinken was. Vergiss Dom. Macht ihm bestimmt nichts aus. Ist er ja gewohnt, dass man ihm was wegschnappt.«

Amy holt ihr Handy raus. Sie öffnet die Kontaktliste und wählt Alessandras Nummer. Nach fünfmal Klingeln springt die Voicemail an. Amy sagt nichts. Lou steht immer noch hinter der Scheibe wie ein Zootier, das darauf wartet, dass sie ihm was zum Fressen hinwirft. Als Amy das Handy zuklappt, klopft er an die Scheibe. Sie überlegt kurz, ob sie die Pistole rausholen und Lou zeigen soll, aber das wäre dumm.

Ein Mann, um die sechzig, Zahnstocher im Mundwinkel, biegt von der West Tenth um die Ecke und sieht Lou. Der Mann trägt einen eleganten Anzug mit einer lila Blume am Revers. Teure Uhr. An beiden Händen Goldringe. Frisch polierte Glatze. Die fettigen Resthaare am Hinterkopf locken sich. Amy beobachtet ihn im Rückspiegel, dann dreht sie den Kopf und sieht ihn durch das Beifahrerfenster an. Er lenkt Lou von ihr ab.

»Wo ist er, Lou?«, fragt der Mann mit rauer Stimme und streckt die Brust raus.

»Drinnen, bei Bernie, Mr. M«, sagt Lou.

Amy ist sofort klar, dass das Doms Vater ist. Tony Mescolotto. Ärger.

»Bernie hat mich angerufen«, sagt Tony, dann wirft er Amy einen langen Blick zu. »Wer ist die?«

»Irgendeine Braut aus der Kneipe«, sagt Lou.

»Woher kennst du meinen Sohn, Kleine?«, fragt Tony und beugt sich zu der Scheibe.

Amy sieht starr geradeaus, ohne Tony etwas zu erwidern.

»Hörst du mich nicht, Kleine?« Zu Lou: »Ist sie taub?«

»Nein. Die ist nur stur. Außerdem steht sie auf mich, Mr. M.«

Dom kommt mit einer weißen Versandtasche aus dem Homestretch gestürmt, Bernie ist ihm auf den Fersen. »Scheiße, Bernie, ich dachte, ich könnt dir vertrauen«, sagt Dom.

»Wofür brauchst du fünf Riesen?«, fragt Tony seinen Sohn.

»Tut mir leid, Dom«, sagt Bernie. »Ich dachte, du steckst in Schwierigkeiten.«

Dom will zum Auto. Tony stellt sich ihm in den Weg und legt eine Hand auf seine Schulter. Dom stößt sie weg. »Hau ab, Pop«, sagt Dom.

»Hau ab?«, sagt Tony. »Was ist hier los? Hast du Schwierigkeiten? Bernie sagt, dass du in Schwierigkeiten steckst.«

»Ich steck nicht in Schwierigkeiten.«

»Was dann? Sag's mir. Hast du die Braut da geschwängert?«

»Verpiss dich, Pop.«

»He, so spricht man nicht mit seinem Vater«, sagt Lou. »Das ist immerhin Mr. M. Der große Mr. M. Er hat den Lieblingsring von meiner Mutter gemacht.«

»Deiner Mutter bricht's das Herz, wenn ich ihr sage, wie du mit mir sprichst«, sagt Tony. »Willst du deine Mutter umbringen, ja? Willst du das?«

»Als würd sich Mom grad dafür interessieren«, sagt Dom, geht um das Auto zur Fahrertür und setzt sich hinters Lenkrad. Er sieht Amy kopfschüttelnd an und verzieht angewidert das Gesicht. Dann gibt er ihr die Versandtasche. Sie streicht darüber, öffnet die Lasche, sieht hinein. Ein dickes Bündel zerknitterter Zwanziger. »Da hast du das Geld«, sagt er.

Bernie und Tony stehen flüsternd neben der Motorhaube. Amy versteht nicht, worum es geht. Lou zwinkert ihr zu. Sie stopft den Geldumschlag in ihren Rucksack.

Dom legt einen Gang ein und das Auto macht einen Satz. Als er eine Kehrtwende auf dem Kings Highway macht, kracht er fast mit einem Bierlaster zusammen, der vor dem 3 Stars mit quietschenden Bremsen zum Stehen kommt. Hinter ihm hupen mehrere Autos. Dom schlägt auf das Lenkrad.

»Bernie, dieses Arschloch«, sagt er. »Ruft einfach meinen Alten an.«

»Dein Vater wirkte ganz anders, als du ihn beschrieben hast«, sagt Amy.

»Ja, ja«, sagt Dom. »Also, wohin geht's?«

Amy sagt Dom, dass er im Auto warten soll. Sie stehen vor Mrs. Epifanios Haus. Sie hat ihm weder die Adresse genannt noch gesagt, wer da wohnt. Während sie ihm den Weg wies, überkam sie auf einmal das hässliche Gefühl, dass das alles ganz falsch lief. Wie blöd konnte man eigentlich sein? Wie blöd konnte sie eigentlich sein?

»Sicher nicht«, sagt Dom, stellt den Motor aus und zieht den Schlüssel aus dem Zündschloss. »Ich geh mit. Ich will sehen, wo das Arschloch mein Zeug versteckt hat.«

»Dein Vater ist gar kein so übler Typ, oder?«, fragt Amy.

»Hör auf mit meinem Vater.«

»Worüber hast du sonst noch gelogen?«

»Hast du dein Geld gekriegt oder nicht?«

»Die Frau, die in dem Haus wohnt, in das wir gehen, ist ziemlich gebrechlich.«

»Ich bin ein Netter. Keine Sorge.«

»Weißt du was? Vergiss es. Ich kann das nicht.«

»Welches Haus ist es? Das da?« Er deutet auf Mrs. Epifanios Haus.

»Das ist total verrückt. Was tu ich hier?« Sie zieht ihren Rucksack auf den Schoß, holt den Umschlag heraus und streckt ihn ihm hin. »Behalt das Geld. Ich will's nicht.«

»Zu spät, Amy. Du hast es gleich hinter dir, nur noch diese eine Sache. Mach keinen Fehler. Damit du nichts tust, was du später vielleicht bereust.« Er nimmt den Umschlag und legt ihn auf das Armaturenbrett.

»Drohst du mir?«

»Das ist keine Drohung. Nur ein Rat. Du und ich, wir sind ein Team.«

»Wir sind kein Team.«

»Sei so lieb und mach das Handschuhfach auf.«

Sie reagiert nicht.

Dom streckt die Hand aus und dreht den Verschluss des Handschuhfachs. Es klappt auf. Er deutet auf die Pistole. »Siehst du die? Möchtest du, dass ich sie benutze? Entweder zwing ich dich, mit mir da reinzugehen, oder wir tun das als Team. Deine Entscheidung.« Er nimmt die Pistole nicht heraus. Ihr Anblick reicht als Drohung.

Amy weiß, wie es läuft. Wenn die Pistole einmal im Spiel ist, wird sie nicht einfach verschwinden. Allerdings bereitet ihr gerade mehr Kopfzerbrechen, dass er das Messer bemerken könnte, das sie hinter der Waffe versteckt hat – wobei sie nicht die Mörderin ist und nichts zu verbergen hat. Denn egal was jetzt passiert und wie das hier ausgeht, er war es, der Vincent mit diesem Messer die Kehle aufgeschlitzt hat.

»Was haben wir denn da?«, sagt Dom, beugt sich über sie und ihre Befürchtung wird wahr. Er schiebt die Pistole zur Seite und nimmt das Messer. Hält es ihr vor die Nase.

»Wo kommt das her?«

»Keine Ahnung«, sagt sie.

»Vorhin war's noch nicht da.« Er klappt es auf und starrt es an. Der Horngriff. Die Stahlklinge. »Hast du das etwa vom Tatort mitgenommen? Warum hast du das getan?«

»Ich weiß nicht, wovon du redest.«

»Aber du weißt, was das ist, oder?« Er drückt ihr die Klinge an den Hals.

Amy sinkt in den Sitz.

»Du hast es genommen«, sagt Dom. »Warum?«

»Ich weiß nicht.«

»Aber genommen hast du es?«

»Ja.«

»Und dann hast du es hier reingelegt.«

»Ich wollt es einfach loswerden.«

Er lässt das Messer sinken und klappt die Klinge ein. »Tut mir leid, das eben, aber du hast mir echt Angst gemacht.« Er hält inne. »Hier läuft grad was schief. Ich kapier einfach nicht, warum Bernie meinen Alten angerufen hat. Er gibt mir die Kohle und ruft gleichzeitig meinen Alten an. Das soll einer verstehen. Was Vincent angeht, hab ich nicht gelogen. Alles, was ich über ihn gesagt hab, stimmt. Dass er den Obdachlosen mit dem Tischbein erschlagen hat, dass er mich beklaut hat – stimmt alles. Okay, was meinen Alten angeht, hab ich ein bisschen übertrieben, damit's besser klingt. Zeig mir einfach, wo der Schmuck ist, dann sind wir quitt. Ich bin nicht sauer wegen dem Messer. Ich kümmer mich drum. Jedenfalls war's richtig, dass du's mir gegeben hast. Je länger ich drüber nachdenk, desto richtiger find ich's. Eigentlich ist auch klar, warum du's mitgenommen hast. So ist der Mensch. Vieles, was der Mensch macht, versteht man nicht.«

Amy ist mit den Nerven runter, sie kriegt kaum Luft.

»Jetzt beruhig dich«, sagt Dom. »Ich bin ein Guter. Gib mir eine Chance, okay?« Er sieht aus dem Fenster. »Willst du raus? Ich hab da hinten einen Laden gesehen. Ich kauf dir einen AriZona Iced Tea. Das Zeug ist super. Immer wenn ich mich belohnen will, kauf ich mir einen AriZona, hab ich schon als Kind gemacht.«

»Nein danke«, sagt Amy.

»Okay, dann lass uns das hinter uns bringen, ja? Aber zuerst tu ich das Messer wieder weg.« Er wirft das Messer hinter die Pistole ins Handschuhfach und klappt es zu. »Die Pistole bleibt, wo sie ist. Das geht ganz schnell. Ich schätz mal, die Lady ist alt. Du hast gesagt, dass sie gebrechlich ist. Sie wird mich mögen. Die alten Ladys stehen auf mich. Ich werd sie um den kleinen Finger wickeln. Bevor sie's überhaupt mitkriegt, sind wir wieder draußen.«

Was bleibt ihr anderes übrig? Zurück kann sie nicht. Soll er doch kriegen, was er will, und dann kann sie gehen, weg von allem. Warum sollte sie überhaupt zu Gwen? Sie kann auch gleich zum Flughafen, ein Ticket nach L. A. kaufen und zu Alessandra fliegen.

Dom nimmt den Umschlag vom Armaturenbrett und gibt ihn Amy. »Hier ist dein Geld. Steck's in deinen Rucksack, okay? Es ist deins.«

Mrs. Epifanio öffnet die Haustür. Sie trägt eine andere Kittelschürze als gestern. »Amy?«, sagt sie.

Amy braucht einen Moment, bis ihr einfällt, dass sie die Perücke trägt. Dom gibt ihr einen Stoß. »Ja, ich bin's, Mrs. E«, sagt Amy, den Rucksack an die Brust gedrückt.

»Ich hab mir solche Sorgen gemacht«, sagt Mrs. Epifanio.

»Du bist nicht ans Telefon. Ich hab das mit Vincent gehört. Einfach fürchterlich. Ich hab Angst gehabt, dass ich dich in Schwierigkeiten gebracht hab.«

»Ich bin okay«, sagt Amy.

Mrs. Epifanio lächelt und zeigt mit dem Daumen auf Dom. »Bist du deswegen nicht ans Telefon? Weil du einen Freund hast? Und die Haare? Gefällt mir. Du siehst aus wie eine Schauspielerin. Willst du mir nicht deinem Freund vorstellen?«

Amy will widersprechen, aber Dom streckt Mrs. Epifanio seine Hand hin. Sie umfasst sie mit beiden Händen, so als wollte sie ihr Gewicht prüfen. »Ich heiße Dom, Mrs. E«, sagt er. »Ich hab schon viel von Ihnen gehört. Amy hat von Ihnen geschwärmt. Freut mich, Sie kennenzulernen.«

»Was für ein Charmeur. Und so ein fester Händedruck.«

»Wo Sie von Schauspielerinnen sprechen. Sie waren bestimmt beim Film. Oder? Sie müssen beim Film gewesen sein. So schön, wie Sie sind. Sagen Sie mir, in welchen Filmen Sie mitgespielt haben. Vielleicht in einem von den Filmen, in denen gesungen und getanzt wird, die mit Bing Crosby und Bob Hope?«

»Hör auf! Da werd ich ja ganz rot. Dabei steh ich hier in der Kittelschürze vor dir. Wenn ich mich schick mach, wird dir der Mund offen stehen.«

»Das glaub ich gern. Also, in welchen Filmen haben Sie mitgespielt?«

»Dom, du bist wirklich ein ganz Schlimmer.« Mrs. Epifanio droht ihm lächelnd mit dem Zeigefinger. »Kommt rein, ihr beiden, sonst werdet ihr noch krank. Es ist heute so feucht draußen. Kommt rein.«

Mrs. Epifanio nimmt auf ihrem gepolsterten Stuhl am Küchentisch Platz. Dom setzt sich neben sie, sie ergreift seine

Hand. Amy setzt sich mit dem Rucksack auf dem Schoß ihnen gegenüber und spielt mit ihrem Handy. Sie hofft, dass Alessandra sich meldet.

»Ich will alles von dir wissen«, sagt Mrs. Epifanio zu Dom. »Von dem Mann, der endlich das Herz von meiner Amy erobert hat.«

»Reines Glück«, sagt Dom. »Der richtige Ort, die richtige Zeit.«

Mrs. Epifanio beugt sich zu ihm. »Weißt du, dass sie tätowiert ist?«

»Natürlich.«

»Das ist heutzutage wohl nichts Besonderes mehr.«

»Sie ist die tollste Frau, die ich je kennengelernt habe. Von innen und von außen.« Dom zwinkert ihr zu.

»Hör dir das an, Amy. Ein wahrer Gentleman. Du hast ein gutes Auge.«

»Glücklicher Zufall«, sagt Amy, um mitzuspielen. Sie hat keinen Plan. Sie weiß nicht, wie sie ins Schlafzimmer kommen sollen, ohne Mrs. Epifanio zu verstören. Ihre Haut kribbelt vor Nervosität. Sie hat Angst, Mrs. Epifanio völlig aus der Bahn zu werfen. Weil sie entscheiden muss, wie sie vorgehen, beschließt sie, dass sie so lange hierbleiben, bis Mrs. Epifanio ihren Mittagsschlaf hält. Sie hofft, dass Dom so viel Geduld hat.

»Wo arbeitest du?«, fragt Mrs. Epifanio Dom.

»Auf dem Bau«, sagt Dom ohne Zögern.

Mrs. Epifanio legt die Hand auf den Mund, dann dreht sie sich zu Amy. »Wie schön, Amy. Das ist eine gute Arbeit.«

Amy nickt.

»Und Sie?«, fragt Dom Mrs. Epifanio. »Wenn Sie keine Schauspielerin sind, was tun Sie dann? Schönheitsberaterin?«

»Arbeiten? Du bist mir ja einer. Ich bin neunzig Jahre alt, Dom.«

»Neunzig?« Dom reibt sich die Augen. »Entschuldigen Sie bitte, wenn ich das so sag, Mrs. E, aber Sie verarschen mich wohl. Sie sehen keinen Tag älter als fünfundsechzig aus.«

Mrs. Epifanio lacht. »Ob du's glaubst oder nicht, ich bin Jahrgang 1927. Ich hab ein langes Leben hinter mir.«

»Das kann man wohl sagen«, sagt Dom. »Wahnsinn. Das gibt mir Hoffnung.«

»Du bist wirklich ein guter Junge. Möchtet ihr was trinken? Kaffee? Ich habe einen Kuchen von Entenmann. Den hat Elaine gestern gebracht.«

»Elaine hat Sie gestern besucht?«, sagt Amy. »Wie nett.«

Mrs. Epifanio macht eine wegwerfende Geste. »Es würde sie nicht umbringen, mich öfter zu besuchen. Meine Tochter, Dom, ist sehr mit sich beschäftigt. Im Geist hat sie mich längst unter die Erde gebracht. Ich wette, du kümmerst dich um deine Mutter.«

»Ich liebe meine Mutter sehr«, sagt Dom. »Ich kann mir nicht vorstellen, sie nicht jeden Tag zu sehen.«

»Jeden Tag siehst du deine Mutter? Das ist gut. Was für ein Glück für deine Mutter. Und Amy, eins sag ich dir, aus guten Söhnen werden gute Ehemänner. Männer, die ihren Eltern den Rücken zukehren, sind mit Vorsicht zu genießen.« Mrs. Epifanio steht auf und schlurft zum Kühlschrank. Sie nimmt die Schachtel mit Entenmanns Streuselkuchen heraus und stellt sie zwischen Dom und Amy auf den Tisch. Im Kuchen steckt ein kleines rotes Plastikmesser. Dann geht sie zum Herd und hantiert mit dem Perkolator, gibt ein paar Löffel Kaffeepulver in das Sieb und lässt Wasser in das Unterteil laufen. »Ich mach Kaffee. Ihr trinkt Kaffee, ja?«

»Ja, gern«, sagt Dom, ohne Amy anzusehen.

Erleichtert stellt Amy fest, dass er nicht ungeduldig wird. Er ist ganz anders als Vincent. Er hat sich im Griff. »Kann ich Ihnen helfen, Mrs. E?«, fragt sie.

»Nein, nein«, sagt Mrs. Epifanio. »Bleib nur sitzen. Nehmt euch Streuselkuchen. Ja?«

»Das lass ich mir nicht zweimal sagen«, sagt Dom. Er zieht die Kuchenschachtel zu sich und schneidet ein schiefes kleines Stück ab, schiebt es sich auf die Hand und wischt die Krümel, die er auf dem Tisch hinterlassen hat, zu einem sauberen kleinen Häuflein zusammen.

Mrs. Epifanio dreht das Gas unter dem Perkolator auf und setzt sich wieder. »Ich will dir sagen, was ich über Vincent gehört hab, Dom. Das ist der, der in der West Tenth Street ermordet wurde. Bestimmt hat dir Amy erzählt, welche Probleme ich mit Vincent Marchetti hatte. Seine Mutter Diane hat mich viermal in der Woche besucht. Hat mir hier und da, wo es eben nötig war, ein bisschen geholfen. Es tut mir so leid für sie. Jedenfalls kommt mich ihr Sohn ein paar Tage hintereinander besuchen, weil sie nicht kann. Angeblich ist sie krank. Ich hab geglaubt, dass er sie umgebracht hat. Hast du Dom davon erzählt, Amy?«

»Ein bisschen«, sagt Amy.

»Ein bisschen? Seit Eugene Calabrese ist im Viertel nichts Schlimmeres passiert. Dieser Vincent war kein guter Junge. Das hab ich sofort gemerkt. Verschlagen. Stimmt doch, Amy, oder?«

»Ja, stimmt«, sagt Amy.

»Jedenfalls tut er keinen Handschlag, als er hierherkommt«, fährt Mrs. Epifanio fort. »Verschwindet einfach in meinem Schlafzimmer. Gott weiß, was er da zu schaffen hat. Wahrscheinlich wollte er mich ausrauben. Da hat er aber Pech gehabt. Ich hab nämlich nichts.«

Jetzt sieht Dom Amy an, so als würde er endlich begreifen, warum sie hier sind.

»Von dem Mord hast du aber schon gehört, oder?«, fragt Mrs. Epifanio Dom.

»Ich hab drüber gelesen«, sagt Dom.

»Gott weiß, in was Vincent verwickelt war. Immacula ist gekommen, um nach mir zu sehen, was sehr nett von ihr ist, nachdem ich in der Vergangenheit nicht viel Gutes über sie zu sagen hatte. Jedenfalls hat sie erzählt, dass Vincent in dieses mexikanische Erpressungskomplott verwickelt ist.«

»Was denn für ein Komplott?«, fragt Dom.

»Wer weiß das schon? Außerdem hat sie erzählt, dass sie von Mary Magliozzo gehört hat, dass Vincent« – sie senkt die Stimme – »*schwul* war. Vielleicht hat ihn ja einer erstochen, den er sitzengelassen hat. Heutzutage geht doch alles drunter und drüber. Als ich jung war, da war die Welt nicht so kompliziert, da hat man alles noch verstehen können.«

»Da war das Leben einfacher.«

»Aber ich will nichts Schlechtes über andere sagen. Diane tut mir furchtbar leid, aber das mit ihrem Sohn überrascht mich kein bisschen. Mein Mann hat immer gesagt, die Quittung kriegt man ganz am Schluss. Und er hatte recht, oder, Dom?«

»Ja. Ein kluger Mann.«

Man hört den durchlaufenden Kaffee. Dom isst noch ein Stück Kuchen.

»Gefällt mir, wenn ein Mann Appetit hat«, sagt Mrs. Epifanio.

»Ich ess für mein Leben gern«, sagt Dom.

»Was ist deine Lieblingsspeise?«

»Die Hackbällchen von meiner Mutter.«

»Natürlich. Darf ich dir eine indiskrete Frage stellen?« Mrs. Epifanio deutet mit dem Daumen auf Amy. »Kann sie kochen?«

Dom wackelt mit der Hand hin und her. »*Mezza mezza*.«

Wieder lacht Mrs. Epifanio. »Wenn du magst, bring ich dir Kochen bei, Amy. Mit Hackbällchen können wir anfangen. So gut wie die von Mama werden sie natürlich nicht werden, was, Dom? Aber versuchen können wir's. Gehacktes, guter Parmesan, Weißbrot, Salz, Pfeffer, Knoblauchpulver, Petersilie, ein Ei. Mehr kommt da nicht rein.«

»Da krieg ich gleich Hunger, Mrs. E«, sagt Dom.

»Na, wie klingt das, Amy?«, fragt Mrs. Epifanio.

»Klingt gut«, erwidert Amy, und einen Moment lang hat sie das Gefühl, in einer anderen Realität zu leben, in der Dom ihr Freund ist und sie total begeistert, wenn Mrs. Epifanio ihr Kochen beibringt, weil sie vom Pizzaservice die Schnauze voll hat.

»Der Kaffee müsste gleich durchgelaufen sein«, sagt Mrs. Epifanio, steht wieder auf und will zum Kühlschrank schlurfen. »Wie nehmt ihr ihn? Zucker? Milch?«

Dom springt auf. »Setzen Sie sich. Ich kümmer mich drum.«

Dom geht zum Kühlschrank, öffnet die Tür, holt einen Karton fettarme Milch heraus und nimmt von der Anrichte eine randvolle Zuckerdose. »Ich bin ein Süßer. Ich mag meinen Kaffee am liebsten mit viel Zucker und viel Milch. Und du, Amy?«

»Schwarz«, sagt Amy.

»Du weißt nicht, wie sie ihren Kaffee mag?«, fragt Mrs. Epifanio.

Dom zuckt mit den Achseln.

»Männer.« Mrs. Epifanio schüttelt den Kopf. »Nichts kriegen sie mit. Meiner war genauso. Nach so vielen Jahren Ehe konnte er nicht sagen, wie ich meinen Kaffee nehme.«

»Hm«, sagt Dom und trägt Milch und Zucker an den Tisch. »Jetzt haben Sie schon keine so gute Meinung mehr von mir.«

»Ach, gar nicht. Ich geb dir nur einen kleinen Rat. Schau auf das, was Amy mag.«

Dom grinst. »Das tu ich, Mrs. E. Guter Tipp.«

Mrs. Epifanio deutet zum durchgelaufenen Kaffee, und Dom steht auf, nimmt ihn vom Herd und stellt ihn auf einen abgenutzten Topflappen mit Weihnachtsmotiv. Sie sagt ihm, dass er die Becher im Schrank über der Spüle findet, und er holt sie. Er schenkt den Kaffee ein und stellt die dampfenden Becher auf den Tisch. Amy nimmt sich einen und trinkt sofort einen Schluck. Mrs. Epifanio gibt in ihren einen Schuss Milch. Dom schaufelt ein paar Löffel Zucker in seinen und schüttet so viel Milch hinein, dass der Kaffee ein hässliches Graubraun bekommt.

Mrs. Epifanio nippt an ihrem Kaffee, dann schneidet sie sich ein großzügiges Stück Streuselkuchen ab. Als sie ihn aufgegessen hat, hängen Krümel an ihrem Kinn. Sie wendet sich Amy zu. »Jetzt muss ich doch fragen«, sagt sie. »Das ist eine Perücke, oder?«

»Ja.«

»Gefällt es dir?« Mrs. Epifanio sieht Dom an.

»Natürlich«, sagt er.

»Mir auch.«

Amys Handy klingelt. Sie nimmt es aus der Hosentasche und sieht aufs Display. Alessandra. Sie murmelt eine Entschuldigung und geht dran. »Hallo?«

»Ich bin's«, sagt Alessandra.

»Ich weiß«, sagt Amy.

»Wer ist das?«, fragt Dom.

»Eine Freundin«, sagt Amy.

»Ist jemand bei dir?«, fragt Alessandra.

Amy steht auf und verschwindet im Wohnzimmer mit dem grünen Teppich, den Rucksack nimmt sie mit. »Ich erzähl's dir später.«

Dom steht direkt hinter ihr und belauscht sie.

Sie gibt ihm zu verstehen, dass das nichts mit ihm zu tun hat und er sich verziehen soll, aber er kapiert es nicht, versteht es als Drohung.

»Ich hab mich betrunken und meinen Flug verpasst«, sagt Alessandra.

»Echt?«, sagt Amy.

»Tut mir leid, dass ich einfach abgehauen bin. Das war blöd. Ich war deswegen so sauer auf mich, dass ich im Flughafen sofort angefangen hab zu trinken. Ich hatte noch zwei Stunden, bevor mein Flug ging. Da war ein Typ, der mir einen Drink nach dem anderen spendiert hat, ich hatte sicher sechs Mimosas. Als ich aus der Bar raus bin, hat sich alles gedreht und ich hab mich ans falsche Gate gesetzt und bin weggepennt. Eine Stunde nachdem mein Flug gestartet ist, bin ich aufgewacht.«

»Wo bist du jetzt?«

»Immer noch im LaGuardia.«

»Kann ich dich gleich zurückrufen?«

»Klar.«

Amy klappt das Handy zu. »Kannst du mich nicht mal eine Minute allein telefonieren lassen?«, fragt sie Dom.

»Wer war das?«

»Eine Freundin, wenn du nichts dagegen hast.«

»Hast du ihr von mir erzählt?«

»Ich hab ihr überhaupt nichts erzählt.«

Dom sieht in die Küche zu Mrs. Epifanio, um sicherzugehen, dass sie nichts von dem Gespräch mitkriegt. »Was machen wir hier eigentlich? Wie lang dauert das noch?« Dann grinst er sie verschlagen an. »Ich bin gut, oder? Ich hab dir doch gesagt, dass ich mit den alten Ladys kann.«

»Ich will sie nicht beunruhigen.«

»Wo ist mein Zeug? Im Schlafzimmer?«

»Vermutlich. Er hat irgendwas im Schlafzimmer gemacht, als er hier war. Bei meinem letzten Besuch hab ich nichts entdecken können.«

»Ich hab Zeit. Lass uns das Ganze noch ein bisschen ausschmücken. Ich find's lustig, einen Nachmittag lang dein Freund zu sein. Vielleicht kriegen wir sie dazu, sich kurz aufs Sofa zu legen. Die alten Ladys legen sich doch gern mal aufs Ohr. Wenn man den Fernseher anknipst, pennen sie sofort weg.«

Amy kehrt an den Tisch zurück, immer noch den Rucksack im Arm. Mrs. Epifanio isst ein zweites Stück Kuchen. Dom bleibt im Wohnzimmer und wirft einen Blick ins Schlafzimmer, das von dort abgeht, kehrt dann aber auch zurück.

»Alles in Ordnung?«, fragt Mrs. Epifanio.

»Ja«, sagt Amy. »Nur eine Freundin. Ich hab ihr gesagt, dass ich sie zurückrufe.«

»Weißt du, was ich überlegt habe? Ich würde gern zur Trauerfeier von Dianes Sohn. Die letzte Ehre erweisen. Diane. Es tut mir so leid für sie. Mit ihm muss was im Kopf nicht gestimmt haben. Ich glaube, sie ist heute Nachmittag. Von vier bis sechs, hat Immacula gesagt.«

»Halten Sie das wirklich für eine gute Idee, Mrs. E?«, fragt Amy.

»Sie haben sich offenbar über diesen Vincent – so heißt er,

oder? – ziemlich aufgeregt«, sagt Dom. »Vielleicht sollten Sie es besser lassen.«

»Vielleicht«, sagt Mrs. Epifanio. »Aber immer nur zu Hause rumsitzen tut mir auch nicht gut. Bei der Trauerfeier käm ich mal unter Leute. Nachdem ihr beide schon hier seid, könnten wir doch zusammen hingehen?« Sie hält inne, denkt nach. »Ach nein. Ich sollte lieber nicht gehen, ist besser so. Ich schick eine Beileidskarte.«

»Ich kann sowieso nicht«, sagt Amy und denkt an Alessandra, die im LaGuardia herumtrödelt, Kaffee trinkt, gegen ihren Kater eine kleine Packung Tylenol kauft und ihre Pilotensonnenbrille trägt. »Um die Zeit muss ich woanders sein.«

»Ihr habt recht. In dem Zustand möchte ich Diane sowieso nicht sehen. Sie ist bestimmt fertig mit den Nerven. Du hast sie nicht gesehen, Amy, oder?«

Amy ist überzeugt, dass bald allgemein bekannt ist, was sie an dem Tag gemacht hat, als Diane die Nachricht von Vincents Tod bekommen hat, aber noch scheint es Mrs. Epifanio nicht zu wissen. Wenn Immacula es nicht wusste, dann kann Mrs. Epifanio es auch nicht wissen. »Nein. Sie war krank, oder?«

»Das hat Vincent gesagt. Die Grippe. Fürchterlich. Was für eine Welt. Da kriegt man Grippe, und am Schluss ist der eigene Sohn tot. Wenigstens hat er sie nicht umgebracht, wie ich zuerst gedacht hab.«

»Da ist immer Licht am Ende des Tunnels«, sagt Dom lächelnd.

»Mrs. E, wollen Sie nicht im Wohnzimmer ein bisschen fernsehen?«, fragt Amy.

»Ihr beiden wollt doch nicht euren Nachmittag damit vertun, mit mir alter Schachtel rumzusitzen und fernzusehen«, sagt Mrs. Epifanio.

»Wir wollen Sie besuchen«, sagt Amy. »Ich weiß, dass Sie es sich um diese Zeit gerne bequem machen und einen Film ansehen.«

»Ich mag die alten Filme«, sagt Dom.

»Oh ja, ich auch«, sagt Mrs. Epifanio. »Ich schau immer Kanal 256.«

»Was ist das, Turner Classic?«

»Ja, so heißt er. Gestern Abend lief ein Film mit Elizabeth Taylor und Montgomery Clift. *Ein Platz an der Sonne.* Den hab ich seit, ach, ich weiß nicht, vielleicht fünfundsechzig Jahren nicht mehr gesehen.«

»Elizabeth Taylor. Das war eine Frau!«

»Wir können doch mal schauen, was läuft«, sagt Amy und denkt, dass sie vielleicht nicht so drängeln sollte. »Den Kaffee nehmen wir mit rüber.«

Im Wohnzimmer sinkt Mrs. Epifanio in ihren ledernen Fernsehsessel, Amy und Dom nehmen nebeneinander auf dem mit einem Plastiküberzug bedeckten orangen Samtsofa Platz. Die Wände sind mit Messingtellern dekoriert. Amy bohrt ihre Ballerinas in den grünen Teppich. Sie und Dom nippen an ihrem Kaffee, während Mrs. Epifanio eine Fernbedienung mit extragroßen Tasten mustert und herauszufinden versucht, welcher Knopf wofür ist, so als hätte sie das Ding noch nie gesehen.

»Dieser Sendersuchknopf macht mich ganz verrückt«, sagt sie.

»Kann ich Ihnen helfen?«, fragt Amy.

»Da ist er ja! Dann schauen wir mal.« Jede wiedergefundene Taste wird kommentiert. »Power. Eingabe. Zwei. Fünf. Sechs.«

Turner Classic Movie flackert auf. Ein Western.

»Ach, nur so ein Piff-paff-alle-in-Deckung«, sagt Mrs. Epifanio. »Ich kann diese Western nicht ausstehen.«

»Sie mögen keine Western?«, fragt Dom.

»Ich mag nur Liebesfilme.« Trotzdem wechselt sie nicht den Sender. Ihren Kaffee hat sie in der Küche stehen gelassen. Sie lehnt sich im Sessel zurück und legt die Füße hoch.

»Kann ich Ihnen etwas bringen, Mrs. E?«, fragt Amy. »Ein Kissen? Eine Decke?«

»Alles prima«, sagt Mrs. Epifanio. »Es ist so schön, Gesellschaft zu haben.«

Amy und Dom schauen den Film an.

»Ich find's lustig hier«, sagt Dom.

»Halt dein Maul«, zischt Amy leise.

Fünf Minuten später ist Mrs. Epifanio eingenickt und sie schlüpfen ins Schlafzimmer. Dom sieht sich um. »Hast du alles durchsucht, als du das letzte Mal hier warst?«, fragt er.

»Nein, hab ich nicht«, sagt Amy. »Es sah alles völlig normal aus. Aber Mrs. E hat gesagt, dass Vincent ein paarmal in ihr Schlafzimmer ist, deswegen glaube ich, dass dein Zeug hier ist. Ich hab nicht gedacht, dass er was versteckt, sondern dass er, wenn überhaupt, was klaut.«

Dom nickt. Er zieht die oberste linke Schublade auf und wühlt sich durch seidig glänzende Unterwäsche und BHs. Er zieht eine Unterhose raus. »Himmel. Die muss fünfzig Jahre alt sein. Willst du sie?«

»Danke, nein«, sagt Amy.

Er schnüffelt am Zwickel. »Noch ein ganz leichter Hauch von der jungen Mrs. E.«

»Sei still.«

»Ärger im Paradies. Die Liebenden stecken in der Klemme.«

»Red keinen Müll, such lieber dein Zeug.«

»Ich fang an zu suchen, sobald du an der Unterhose geschnüffelt hast.« Er tritt zu ihr und hält ihr die Unterhose vors Gesicht.

Sie stößt seinen Arm weg. »Fick dich.«

»Reg dich ab, war doch nur ein Witz.« Dom kramt wieder in den Schubladen. Entdeckt Taschentücher, die Mr. Epifanio gehört haben. Eine Schlafanzughose von ihm. Alte Bettlaken und Kissenbezüge. Mrs. Epifanio hat sich nicht von vielem getrennt.

Amy hilft ihm. Sie schaut unters Bett und hinter die Nähmaschine.

Nachdem er alle Schubladen durchsucht hat, rückt Dom die Kommode von der Wand weg. »Bingo«, sagt er und schiebt seinen Arm hinter die Kommode. »Einen hätten wir.« Er zieht eine gefälschte dunkelbraune Designertasche hervor, wie sie vor den kleinen Läden in der Eighty-Sixth Street an Ständern hängen. Er tastet darin herum, zieht einen Ziploc-Beutel mit Diamanthalsbändern heraus und zeigt ihn ihr.

»Wie viele fehlen noch?«, fragt Amy.

»Wie viele was?«

»Taschen.«

»Eine sollte noch da sein.« Er schiebt die Kommode zurück.

Amy hilft ihm beim Schließen der Schubladen.

»Wo haben wir noch nicht gesucht?«, fragt er, geht auf die Knie und sieht unter den Nähmaschinentisch. Er steht auf und schlägt den Chenille-Bettüberwurf zurück, wirft die Kissen auf den Boden. Das Laken ist dünn. Es ist nichts darunter.

Im Wohnzimmer regt sich Mrs. Epifanio. Sie ist fast vom eigenen Schnarchen aufgewacht. Amy geht rüber und stellt den Fernseher leiser.

Zurück im Schlafzimmer sieht sie, wie Dom die Matratze anhebt. Sie ist wabbelig und unförmig und schwer zu halten. Amy packt sie an einer Ecke.

Zwischen der Matratze und dem alten Bettenrost liegt der

übrige Schmuck. Keine Handtasche. Die kleineren Teile stecken in Tüten. Der Rest ist auf dem Matratzenschoner ausgebreitet wie ein archäologischer Fund. Sie schieben die Matratze zur Seite.

»Der gute Vincent war doch nicht so blöd, wie ich immer dachte«, sagt Dom. »Ziemlich gutes Versteck.«

Er sammelt die Stücke zusammen und lässt sie in die Handtasche gleiten. Sie passen nicht alle hinein. Er schließt den Reißverschluss, schiebt das Übrige mit beiden Händen zusammen und legt es in einem Haufen auf die Kommode. Dann sagt er Amy, sie solle das Bett wieder herrichten. Schließlich sei es in ihrem Interesse, dass alles aussehe wie vorher.

Sie macht es, wuchtet die Matratze zurück auf den Rost und glättet das Laken. Dann breitet sie die Chenilledecke darüber und legt die Kissen wieder an ihren Platz.

Dom öffnet die Schublade mit der Bettwäsche. Er zieht eine gelbe Kissenhülle heraus und wirft den Schmuck von der Kommode hinein. »Schau nicht so«, sagt er zu Amy. »Hast du eine bessere Idee?«

Ihr Rucksack wäre eine bessere Idee, aber den würde sie ihm nicht geben.

Er verknotet die Kissenhülle. »Okay, gehen wir.«

Amy streicht über die Laken und Kissenhüllen in der Schublade. Gerade als sie sie zumachen will, bemerkt sie in der Ecke unter einem geblümten Überzug ein Silberkettchen. Sie nimmt es zwischen Zeigefinger und Daumen, zieht es heraus und lässt es in die andere Hand gleiten. An der Kette ist ein kleines Medaillon befestigt, die Rückseite liegt oben. Sie dreht es um: Jeanne d'Arc. Ein hübsches, schlichtes kleines Medaillon. Sie fragt sich, ob Mrs. Epifanio mit Vornamen Jean oder Joan heißt. Dann fällt ihr ein, dass Alessandras Lieblingsbild ein

Gemälde von Jeanne d'Arc im Met ist. Sie weiß den Namen des Malers nicht mehr, aber es ist wirklich sehr schön. Sie haben es sich ein paarmal zusammen angesehen. Vermutlich ist das Medaillon nicht viel wert, aber es gefällt ihr. Sie würde es gerne Alessandra schenken. Bestimmt würde es Alessandra gefallen, weil es so hübsch ist und weil Jeanne d'Arc die Schutzheilige starker Frauen ist, auch wenn Alessandra sich nicht besonders für Schutzheilige interessiert. Sie lässt das Medaillon in die Tasche ihrer Strickjacke gleiten und schließt leise die Schublade. Dom zwinkert ihr zu.

Kapitel 15

Amy hat ein schlechtes Gewissen, sich einfach so von Mrs. Epifanio davonzustehlen. Die alte Dame ist in ziemlich guter Verfassung gewesen – munter, bei klarem Verstand und froh, Amy zu sehen und Dom kennenzulernen –, und Amy fragt sich, ob sie desorientiert aufwachen und zweifeln wird, ob sie das alles nicht geträumt hat. Aber wenn sie die Kaffeebecher in der Spüle sieht, wird sie wissen, dass sie tatsächlich da gewesen waren. Wahrscheinlich wird sie es merkwürdig finden, dass sie sie nicht geweckt haben und ohne Abschied gegangen sind. Amy überlegt, wie Mrs. Epifanio reagiert hätte, wenn sie ihr Alessandra und nicht Dom vorgestellt hätte.

Sie sitzen in Doms Auto. Am liebsten würde sie Alessandra sofort zurückrufen.

»Siehst du«, sagt Dom und wirft die Handtasche und die Kissenhülle auf die Rückbank. »Lief doch super easy. Bist eine Gute.«

Amy denkt an das Medaillon in ihrer Tasche und fragt sich, was Alessandra tun würde. Alessandra meint, dass man manchmal nur auf sich schauen darf, ohne Rücksicht auf Verluste, selbst wenn man verbrannte Erde hinterlässt. Vielleicht hätte sie früher öfter auf sie hören sollen. Alessandra hat Mut. Sie kann kalt und gleichgültig sein, aber sie zieht immer ihr Ding durch.

»Ich kann dich irgendwo absetzen«, sagt Dom. Er sieht sie an. »Oder du kommst mit mir. Wir könnten zu meinem Hehler in Borough Park, das Zeug verkaufen und dann in ein Flugzeug ab in die Karibik. Ich hätt an die Bahamas oder Saint Croix gedacht. Ist bestimmt nett, dich im Bikini zu sehen.«

»Glaubst du nicht, dass alle denken, du hättest Vincent umgebracht, wenn du abhaust?«

»Warum? Die denken höchstens, dass ich meinen Vater beklaut hab, mehr nicht.«

»Du kennst Vincent eine Ewigkeit, aber dann gehst du nicht auf seine Trauerfeier, sondern verschwindest einfach auf Nimmerwiedersehen?«

»Kein Mensch wundert sich drüber, was mit Vincent passiert ist. War doch klar, dass er mal so endet.«

»Das passt aber nicht zu dem, was mir Diane erzählt hat.«

»Diane? Bitte, was soll die schon erzählen.«

Amy weiß, dass sie ihre Fünftausend nehmen, in die nächste Subway steigen und Alessandra anrufen sollte. Trotzdem ist sie mit Dom zum Auto gegangen. Sie hat den Eindruck, als würde sie der Schmuck magisch anziehen. Auf einmal wird ihr klar, dass sie sich nicht in die alte Amy zurückverwandelt hat, sondern zu einer ganz neuen Amy geworden ist. Ein romantischer Gedanke zischt ihr durch den Kopf: Alessandra, die verkatert am Flughafen festhängt. Wie toll es wäre, wenn sie mit Doms Auto und dem ganzen gestohlenen Schmuck dort auftauchen würde, um Alessandra abzuholen. »Steig ein, Al«, würde sie ihr aus dem Auto zurufen, das mit laufendem Motor hinter einem Taxi stünde. Alessandra würde sich die schmerzenden Schläfen reiben. Dann würden sie losbrettern, bis nach Los Angeles, in Motels übernachten, sich auf trostlosen Betten küssen, die Heizungen würden brummen und im Fernsehen völlig unbekannte Filme laufen. Motels am Straßenrand mit nierenförmigen Pools, die die Leute fotografieren, weil sie so schöne alte Neonschilder haben und überhaupt aus der Zeit gefallen zu sein scheinen. Vielleicht könnten sie in Los Angeles den Schmuck verkaufen. Bestimmt ist das in L. A. ein Kinderspiel.

Aber so denkt die neue Amy. Und das ist dumm. Dass sie mit dem Schmuck davonkommt, ist höchst unwahrscheinlich. Zum einen ist da Dom. Immerhin hat er Vincent dafür umgebracht. Und selbst wenn sie sich den Schmuck unter den Nagel reißen kann, würde sie den Rest ihres Lebens auf der Hut vor ihm sein müssen. Ihr einziger Vorteil wäre, dass er nicht wüsste, wo er sie suchen soll.

»Was denkst du?«, fragt Dom.

»Was?«

»Du überlegst, dass du dir das ganze Zeug krallen kannst, oder?« Er lacht. »Ich hab doch gesehen, wie's in deinem Kopf bling gemacht hat, oder? Genau wie bei Vincent.«

»Ich bin keine Diebin.«

»Natürlich nicht, aber der Gedanke lockt dich. Und mehr braucht's nicht.«

»Ich steig jetzt besser aus.« Amy greift nach dem Türöffner.

Dom hält sie fest. »Nein, warte.« Er lässt sie los und öffnet das Handschuhfach. »Hier hast du deine Chance.« Er nimmt die Pistole und gibt sie ihr. »Ziel damit auf mich und sag, was du willst.«

Sie hält die Waffe in ihrem Schoß. Sie ist schwerer, als sie aussieht.

»Komm, ziel endlich«, sagt Dom. »Zeig, was du draufhast.«

»Ist sie geladen?«

»Vorhin war sie's noch.«

Ihre Hand zittert. Sie kann die Pistole nicht mal heben. Sie sieht auf sie hinunter. Sie weiß nichts über Dom, außer dass er Vincent umgebracht hat, und sie fragt sich, wofür er die Waffe benutzt hat. Noch nie hat sie eine Pistole in der Hand gehabt, aber sie ist überzeugt, dass die hier eine Geschichte hat.

»Mach schon«, sagt Dom. »Ziel auf mich.«

Amy sieht sich um. Mrs. Epifanio späht nicht hinter der Jalousie hervor. Niemand geht vorbei. Die in der Nähe geparkten Autos sehen aus, als würden sie schon ewig da stehen und niemals weggefahren. Amy versucht sich vorzustellen, sie wäre eine Frau, die eine Pistole auf einen anderen Menschen richtet, sei es aus Angst oder Spaß oder um ihn zu bedrohen.

»Du bist zu feige«, sagt Dom. »Hätt ich nicht gedacht.« Er nimmt ihr die Pistole ab, streckt die Hand aus, öffnet die Tür, stößt sie auf und schubst Amy raus.

Amy landet auf dem Bürgersteig, unter ihr der Rucksack.

»Immer schön die Klappe halten, dann passiert dir nichts«, sagt Dom und zieht die Beifahrertür zu. Er rutscht zurück hinters Lenkrad und fährt mit aufheulendem Motor und quietschenden Reifen los.

Um Amy herum ist es auf einmal unheimlich still. Tauben. Wind. In der Ferne ein Bus. Sie krabbelt auf allen vieren zu Mrs. Epifanios Zaun und lehnt sich dagegen. Der Bürgersteig ist kalt, in Amys Hintern bohren sich Steinchen. Sie zieht ihr Handy aus der Tasche und wählt Alessandras Nummer. Sie weiß nicht, was sie sagen soll. *Ich hab fünftausend Dollar und treff dich am Flughafen. Kann ich mit nach Los Angeles fliegen und dort mit dir leben?*

Alessandra hebt ab. »Ich bin gerade auf dem Weg zu dir«, sagt sie. »Mein neuer Flug geht erst morgen. Ich sitz in einem Uber. Du hast gesagt, du wohnst gleich bei St. Mary, oder?«

»Was? Du hasst doch das Viertel. Komm nicht her.«

»Zu spät. Bin schon fast da. Wie ist deine Adresse?«

»Wir können uns woanders treffen.«

»Alles okay?«

»Hier passiert grad ziemlich schräges Zeug.«

Alessandra hält ihr Handy weg und spricht mit dem Fahrer, sagt ihm, dass er etwas nicht tun soll. »Ich bin in einer Viertelstunde da«, sagt sie dann zu Amy.

»Okay«, sagt Amy.

Als sie zu ihrer Wohnung kommt, steht Mr. Pezzolanti am Gartentürchen. Sie hat nicht gedacht, dass sie ihn jemals wiedersieht, und das verleiht dieser Begegnung neue Melancholie. »Funktionieren die Batterien?«, fragt er.

»Ja, super, Mr. P«, sagt sie.

»Ich hab eben ein neues Päckchen gekauft. Wenn du wieder welche brauchst, komm zu mir.«

Sie lächelt und geht in ihre Wohnung. Rasch holt sie die ungetragene Kleidung aus dem Rucksack – Caprihosen aus blauem Jeansstoff und ein gepunktetes Oberteil von Sourpuss – und wirft sie aufs Bett. Dann nimmt sie die Perücke ab und zieht die Haarklemmen aus den Haaren. Zieht sich aus. Ihre Handgelenke riechen immer noch schwach nach Kush-Öl. Sie geht ins Badezimmer und dreht die Dusche auf. Stellt sich vor, wie Dom in der engen Kabine saß. Das Wasser prasselt angenehm heiß. Genau das braucht sie jetzt: sich waschen, sauber fühlen. Als sie fertig ist, trocknet sie sich mit dem Handtuch ab, entdeckt eine halbvolle Flasche Listerine und gurgelt damit. Sie zieht sich an und packt ihren Rucksack erneut, denkt daran, auch Alessandras Dodgers-T-Shirt und die American-Apparel-Unterhose reinzustopfen, genau wie die Perücke, die Perückenkappe und die Haarklemmen. Sie schminkt sich leicht. Nichts Auffälliges.

Obenauf im Rucksack liegt der Umschlag. Sie fährt mit dem

Daumen über das Dollarbündel, so als wollte sie sich vergewissern, dass die Scheine real sind. Schweigegeld, das ist es. Jetzt hat sie Blut an den Händen. Sie überlegt, dass sie mehr hätte verlangen sollen. Mit zum Zerreißen gespannten Nerven wartet sie auf Alessandra.

Alessandra hat etwas von einer Viertelstunde gesagt. Das war vor zwanzig Minuten. Vielleicht sind sie irgendwo im Stau stecken geblieben.

Amy blickt auf ihr Handy.

Dann hört sie ein Auto vorm Haus halten. Sie öffnet die Tür und sieht Alessandra aussteigen, die Haare zum Pferdeschwanz gebunden, Sonnenbrille auf der Nase. Der Uber-Fahrer hievt ihren Koffer aus dem Kofferraum. Mr. Pezzolanti steht zwischen ihnen.

»Ich spür jetzt schon, wie die Gegend mich runterzieht«, sagt Alessandra. »Da zieht man ans andere Ende des Landes und kommt trotzdem nicht richtig los.«

»Ist das deine Freundin?«, fragt Mr. Pezzolanti Amy.

»Ja«, sagt Amy und streicht sich die nassen Haare hinter die Ohren.

»Viel los bei dir die letzten Tage«, sagt er.

»›Freundin‹, zwinker, zwinker«, sagt Alessandra. Sie dankt dem Fahrer und zieht ihren Koffer über den nassen Bürgersteig zum Gartentürchen und stellt sich Mr. Pezzolanti vor.

»Du bist die Tochter von Zeke Biagini, oder?«, sagt er. »Bevor deine Mutter gestorben ist, hab ich oft mit deinem Vater Karten gespielt. Ich weiß nicht mal seinen richtigen Vornamen. Aus Spaß hab ich ihn mal Zeke genannt und das ist geblieben.«

»Ja, die bin ich.«

»Schauspielerin, oder? Woher kennt ihr beiden euch denn? Vorhin mit der Perücke hat Amy selbst wie eine Schauspielerin ausgesehen. Aber natürlich ist doch am Schönsten, was, Mädchen?«

»Warum bist du einfach aus dem Hotel abgehauen?«, fragt Amy Alessandra, ohne Mr. Pezzolanti zu antworten.

»Du kennst mich«, sagt Alessandra und geht durch das Gartentürchen, das Mr. Pezzolanti für sie aufhält. »Ich hasse Abschiede.«

»Entschuldigen Sie uns bitte, Mr. P«, sagt Amy.

»Natürlich«, sagt Mr. Pezzolanti. »Wenn du wieder Batterien brauchst, meldest du dich, ja?«

Alessandra geht an Amy vorbei in die Wohnung. Amy sieht zur Straße und erwartet fast, Dom hinter dem Lenkrad seines Daytona zu sehen, damit sie weiß, dass sie sich nicht zu sicher fühlen soll. Aber sie kann ihn nicht entdecken und schließt die Tür unter dem neugierigen Blick von Mr. Pezzolanti.

»Das ist ja ein Palast«, sagt Alessandra und wirft ihre Handtasche auf den Tisch, nimmt die Sonnenbrille ab und lässt sich aufs Bett sinken. »Ich bin so ein Trottel, unglaublich. Wer betrinkt sich dermaßen, dass er seinen Flug verpasst? Das ist so typisch für mich.«

»Al«, sagt Amy und sieht Alessandra ernst an.

»Was denn?«

»Er war da.«

»Wer?«

»Der Mann, von dem ich erzählt hab. Der Mann, von dem ich dachte, dass er mich verfolgt. Er war da.«

Alessandra richtet sich auf. »Kein Scheiß?«

»Kein Scheiß.«

In den nächsten zwanzig Minuten bringt Amy Alessandra auf den neuesten Stand, erzählt, was Dom über Vincent berichtet hat, von ihrer verrückten Idee, sich mit der Beute aus

Doms Auto davonzumachen und von Motel zu Motel durchs Land zu tingeln, und als Letztes von Doms Drohung. Alessandra hört amüsiert zu.

»Was gibt's da zu grinsen? Ich steck in einer ziemlich beschissenen Situation«, sagt Amy.

»Aber ich bin doch da«, sagt Alessandra. »Außerdem hätte er dich längst umgebracht, wenn er das wollte.«

»Danke, das beruhigt mich ungemein.«

»Was ist mit deinem Vater?«

»Was soll mit meinem Vater sein?«

»Was hat er mit dem allen zu tun?«

»Gar nichts.« Amy setzt sich neben Alessandra auf das Bett. »Ich hab ernsthaft einen Moment überlegt, ob ich den Schmuck klauen soll. Kaum zu glauben. Wie alles, was in den letzten Tagen passiert ist. Was hab ich nur getan?«

Alessandra stützt sich auf den Ellbogen und spielt mit Amys feuchten Haaren. »Du hast einfach geträumt, dass es in deinem Leben anders läuft. Es ist ganz normal, dass man davon träumt, dass es endlich mal gut läuft.«

»Blöder Traum«, sagt Amy. »In Wahrheit ist Vincent wegen diesem geklauten Schmuck tot. Schlechter kann's nicht laufen.«

»Sicher?«, sagt Alessandra.

»Wie, sicher?«

»Na ja, wir beide haben nie viel Geld gehabt. Da wär's zur Abwechslung doch mal ganz nett, genug zu haben, um sich eine Zeitlang keine Gedanken machen zu müssen. Dieses Viertel ist eine Falle, du wirst hier langsam verrotten. Wenn du nicht bald die Kurve kriegst, endest du genauso einsam und traurig wie die ganzen alten Leute, um die du dich kümmerst.«

»Wir müssten immer Angst haben.«

»Nicht wenn Dom verschwindet. Du hast gesagt, dass er ein übler Typ ist.«

»Ich hab gesagt, dass *vielleicht* alles, was er gesagt hat, erstunken und erlogen ist, und er *vielleicht* ein übler Typ ist. Gehört jetzt etwa noch ein Mord zu meinem Traum?«

»Schieb's auf die Mimosas. Tut mir leid.«

Amy lacht. »Wie würdest du ihn denn umbringen?«

»Keine Ahnung. Er scheint ja nicht die hellste Kerze auf der Torte zu sein. Vielleicht reicht's schon, ihn an der richtigen Kreuzung über die Straße zu locken, und ein Bus erledigt die Drecksarbeit.«

»Dann schlagen wir zu und schnappen uns die Beute«, spinnt Amy die Geschichte weiter. »*Platz da für den Rettungswagen!* Wahrscheinlich ist er im Moment auf dem Weg nach Borough Park, um das Zeug zu verkaufen. Und dann will er in die Karibik fliegen und es krachen lassen. Ich wette, er schafft's.«

»Wie lange wird ihm die Kohle reichen? Ein paar Monate? Entweder haut er selbst alles auf den Kopf oder er lässt es sich von jemand abnehmen. Das kam mal in einem Drehbuch vor, das ich gelesen hab, ging um einen Raubzug in Miami. Ich sollte natürlich eine Nutte spielen. Ich hätte was in der Art sagen sollen wie: ›Es gibt Leute, die nur dazu da sind, sich nach Typen umzusehen, denen fette Beute quer über die Stirn geschrieben ist.‹ Passt ganz gut auf Dom, oder?«

Amy zieht den Rucksack zu sich heran. »Ich hab was für dich«, sagt sie. »Hätt ich beinah vergessen.«

»Ein Geschenk?«, sagt Alessandra und robbt an den Rand des Bettes.

Amy wühlt in dem Rucksack herum und holt die Strickjacke heraus, die sie bei Mrs. Epifanio getragen hat. Aus einer der Taschen zieht sie das Jeanne-d'Arc-Medaillon, das sie aus dem

Schlafzimmer mitgenommen hat. Sie lässt es von ihrer Hand baumeln.

Alessandra nimmt die Kette und hält sie sich vor die Augen.

»Du mochtest doch das Bild immer so gern«, sagt Amy.

»Sehr hübsch«, sagt Alessandra.

»Ich hab's in Mrs. Epifanios Schlafzimmer gefunden, als wir nach dem Schmuck gesucht haben.«

»Du hast es gestohlen?«

»Das ist kein Stehlen.«

»Es *ist* Stehlen. Und verdammt romantisch.«

Sie sitzen am Tisch, vor sich dampfende Becher mit schwarzem Tee, das Wasser im Wasserkocher hat aufgehört zu kochen. Vor Alessandra liegt das Jeanne-d'Arc-Medaillon. Sie spielt mit der Kette. »Als ich mit dir Schluss gemacht hab und nach L. A. zurückgegangen bin«, sagt Alessandra, »kam ich mit einer Frau namens Sadie zusammen. Sie hat Drogen vertickt, vor allem an den Millionärsnachwuchs. Das Geschäft hat gebrummt. In ihrem Schrank lag ein Müllbeutel voll Geld. Wir waren erst zwei Monate zusammen, da hab ich schon über alles Bescheid gewusst, aber das war ihr egal. Sie war ziemlich selbstsicher. Aber sie konnte auch richtig ekelhaft sein. Ich bin nur bei ihr geblieben, weil ich keine andere Möglichkeit hatte.»

»Natürlich hattest du die«, sagt Amy.

»In Brooklyn konnte ich nicht bleiben. Du weißt genau, dass ich es hier nicht aushalte.«

»Jetzt bist du doch auch da.«

Grinsend macht Alessandra einen auf Michael Corleone: »Gerade als ich dachte, ich bin raus, ziehen sie mich wieder rein.«

»Erzähl weiter«, sagt Amy. »Wie war das mit Sadie? Wie hat sie gerochen? Ausgesehen?«

»Ich erzähl dir die Geschichte nicht aus Sentimentalität, sondern weil sie eine Moral hat.«

»Okay.«

»Aber jetzt, wo du fragst, fällt mir auf, dass sie immer nach Lagerfeuer roch. Sie hatte Dreadlocks und am Kinn ein kleines Tattoo, ein Dreieck. Offiziell war sie Scriptberaterin. Sechs Katzen hatte sie. Ich kann mich sogar noch an die Namen erinnern.«

»Nämlich?«

»Edgar, Rifle, Rye, Bessie, Mr. Turner und Neil Young. Bessie war ein kleines Arschloch. Einmal hat sie mich so brutal am Oberschenkel gekratzt, dass ich dachte, es würd eine Narbe geben. Jedenfalls war Sadie selbst ihre beste Kundin. Vor allem H. Eigentlich hat sie sich jeden Abend abgeschossen. In der Badewanne. Auf dem Klo. Im Bett. Ich hab mir vorgenommen, mich rauszuhalten, wenn sie irgendwann eine Überdosis erwischt. Nicht die Cops rufen. Mir nur den Müllbeutel mit der Kohle schnappen, den Katzen Futter geben und abhauen.«

»Und?«

»Sie hat keine Überdosis genommen. Eines Tages bin ich einfach so gegangen. Ehrlich gesagt war es ziemlich langweilig mit ihr.«

»Aha. Und wie lautet die Moral von der Geschichte?«

»Die Moral von der Geschichte ist, dass ich einen Teil des Scheißgelds hätte klauen sollen. Wahrscheinlich hat sie es sowieso verprasst oder verloren oder so. Du denkst, du bist ein guter Mensch, und du verhältst dich so, wie sich ein guter Mensch verhält, und dabei verpasst du dein Leben. Dieses Geld, auch nur ein Teil davon, hätte alles ändern können.«

»Aber du bist kein Dieb. So bist du nicht.«

»Warum sollte ich nicht so sein? Jeder kann so sein. Der

Unterschied zwischen einem Gewinner und einem Verlierer ist, dass der Verlierer zu doof ist. Er ergreift die Gelegenheit nicht, sondern lässt sie sich durch die Finger flutschen.«

»Red keinen Scheiß, Al.«

»Ich mein's ernst. So schnell können wir gar nicht schauen, wie wir vierzig sind. Kein Geld auf dem Konto, kein Haus, die Eltern tot. Hinter uns nur ein Friedhof verpasster Gelegenheiten.«

Amy beugt sich vor. »Was redest du da?«

»Okay. Vergiss diesen Idioten Dom. Lass ihn ziehen. Er verkauft den Schmuck, haut ab auf die Bahamas und kommt mit dem Mord an dieser Lusche davon. Scheißegal. Geht uns nichts an. Aber du hast gesagt, er hat dir erzählt, dass sein alter Herr in dem Schrank auf dem Dachboden mehr Schmuck hat. Und dass der Alte, der Vater, nicht der Mistkerl ist, den Dom beschrieben hat.«

»Und?«

»Na, vielleicht ist er ja das geborene Opfer und hat zufällig einen Schrank voll Schmuck, den er schon längst vergessen hat.«

»Jetzt träumst aber du. Doms Vater ist kein Niemand. Hier geht's um keinen vertrottelten Greis.«

»Weißt du, wo sie wohnen?«

»Dom hat erzählt, dass die Magen David High School um die Ecke ist.«

»Müsste leicht rauszufinden sein.«

»Und was machen wir dann? Ins Haus einbrechen und den Schmuck klauen? Nachdem wir uns vorher in der Eighty-Sixth Street ein paar Skimasken und Wasserpistolen besorgt haben?«

Alessandra lacht. »Warum nicht?«

»Das ist ein Witz, oder?«

»Für mich hört sich das wie ein Kinderspiel an. Die fünf Riesen hast du schon. Das ist ein Anfang. Wir könnten bei Flash Auto für ein paar hundert Dollar eine Karre kaufen. Die Leute dort haben meinen Dad geliebt. Sie machen uns garantiert einen guten Deal. Und dann könnten wir alles tun, von dem du gesprochen hast – Motels, endlose Straßen.«

»Du spinnst. So einfach, wie du hier tust, wär das nicht. Außerdem gibt es Flash Auto nicht mehr.«

»Ich seh nur ständig diesen Schrank mit lauter Schmuck vor mir, für den sich kein Schwanz interessiert. Der Mann ist stinkreich, wenn da was fehlt, merkt er's nicht mal.«

»Ich könnt doch auch mit den Fünftausend zu dir nach Los Angeles kommen.« Amy hält inne und wendet nervös den Blick von Alessandra ab. »Entweder das oder ich geh nach Williamsburg zu Gwen.«

»Klar. Wenn du magst, komm mit mir nach L. A. Aber fünf Riesen sind nicht viel. Nach zwei Monaten sind sie weg. Wir könnten mehr haben.« Alessandra lächelt.

Amy überlegt. Sie würde Alessandra gerne glücklich machen. Sie würde dieses Lächeln gerne wiedersehen. »Ich weiß nicht. Für mich hört sich das wie keine gute Idee an.«

Sie verlassen die Wohnung und gehen zur Eighty-Sixth Street. Alessandras Koffer lassen sie in der Wohnung, aber Amy nimmt ihren Rucksack mit. Vor einem chinesischen Ramschladen bleibt Alessandra stehen und erwägt den Kauf eines mechanischen Kätzchens, das auf der Stelle tanzt. Amy tritt neben sie. Plötzlich fühlt sie sich nackt, so ohne Perücke. Über ihren Köpfen rumpelt eine Subway.

»Noch was«, sagt Alessandra, als die Subway durch ist. »Hältst du es für Zufall, dass dein alter Herr zur gleichen Zeit auftaucht, wie das alles passiert und ich hier bin und du noch mal neu anfängst?«

»Ich weiß nicht«, sagt Amy. »Soll das heißen, es ist Fügung?«

»Genau«, sagt Alessandra und stupst das Kätzchen an, so dass es über den Rand seines goldenen Tabletts tänzelt. »Fügung.«

»Aber wir können das nicht tun, wir sind nicht so.«

Alessandra nickt. Nagt an ihrer Unterlippe. »*Wir* müssen es ja auch nicht tun.«

»Was soll das heißen?«

»Wir bringen deinen Vater dazu, es zu tun.«

»Fred? Spinnst du?«

»Warum nicht? Er schuldet es dir.«

Sie gehen den Bay Parkway bis zur Avenue P und setzen sich auf eine Bank am Rand des Seth-Low-Spielplatzes. Amy hat registriert, dass sie an der Magen David Yeshiva High School vorbeigegangen sind. Dort um die Ecke in der Seventy-Eighth Street muss das Haus der Mescolottos sein. Alessandra muss es auch bemerkt haben, aber sie sagt nichts. Sie legt einen Arm um Amy. Alessandra schlägt vor, Fred für sie die Kohlen aus dem Feuer holen zu lassen. Schließlich hat er Amy im Stich gelassen. Amy war ein Kind, ihre Mutter war gestorben, sie war komplett hilflos, und da spaziert er einfach davon. Wenn er da gewesen wäre und sich wie ein Vater verhalten hätte, dann wäre das mit Bob Tully nie passiert. Verdient so ein Mann, egal was aus ihm geworden ist, nicht ihre Verachtung? Und verdient Amy nicht auch eine kleine Rache – plus Wiedergutmachung?

So wie Alessandra das sagt, klingt es ziemlich logisch.

»Ich wette, er würde alles für dich tun«, sagt Alessandra.

»Ich weiß nicht«, sagt Amy.

»Aber ich. Ich bin sicher. Scheiß auf das Arschloch. Wir benutzen ihn ganz einfach. Weißt du, wie wir ihn finden?«

Amy denkt an Monsignore Ricciardi. Sie hat Angst, zu ihm zu gehen und zu fragen, wo sie Fred findet. Nicht mit solchen gemeinen Hintergedanken. Wenn Dom sie schon durchschauen konnte, kann Monsignore Ricciardi das erst recht.

»Vielleicht«, sagt Amy.

»Ich seh's dir doch an, dass dir die Idee gefällt.«

»Wenn wir das machen, sind wir echte Arschlöcher. Aber vielleicht sind wir das sowieso.«

»Sind wir nicht. Wir versuchen nur irgendwie durchzukommen. Wir beide in Los Angeles, das wird super. Dann müssen wir uns endlich mal nicht ständig abstrampeln.«

Amy zuckt die Achseln, ein Achselzucken, das eher *ja* als *ich weiß nicht* sagt. Alessandra bedeutet ihr viel mehr, als ihr Vater es jemals hat oder wird.

Eine Viertelstunde später stehen sie vor dem Pfarrhaus. Amy geht rasch zur Tür und öffnet sie vorsichtig, Alessandra folgt ihr. Am Empfang ist Connie Giacchino, in der Hand den GOTT-GIBT-KRAFT-Becher, auf ihrer Nasenspitze eine getönte Brille. Sie wiederholt Amys Namen ein paarmal, als wäre sie nicht sicher, ob sie es wirklich ist.

»Ich würde gerne mit Monsignore Ricciardi sprechen«, sagt Amy.

»Ist das etwa Alessandra Biagini?«, sagt Connie und rückt ihre Brille zurecht.

»Höchstpersönlich«, sagt Alessandra.

»Mein Junge hat gesagt, dass er dich in einem Film auf Amazon Prime gesehen hat.«

»Ach ja, in welchem denn?«

»Irgendwas mit *Alien Carwash.* Du warst ungefähr eine Minute im Bild, dann warst du tot.«

»Über den Film wollen wir lieber nicht reden.« Alessandra lächelt.

»Der Monsignore ist in seinem Büro«, sagt Connie zu Amy.

Sie gehen zum Büro. Monsignore Ricciardi hat die Füße auf den Schreibtisch gelegt und sieht sich auf dem Computer *Columbo* an. Als er Amy und Alessandra bemerkt, klickt er mit der Maus auf Pause. »Wie schön, dich zu sehen, Alessandra«, sagt er. »Bist du auf Besuch? Woher kennst du Amy?«

»Wir kennen uns schon eine Ewigkeit«, sagt Alessandra.

»Das wusste ich gar nicht«, sagt Monsignore Ricciardi.

»Haben Sie eine Ahnung, wo ich meinen Vater finde?«, fragt Amy.

»Hast du über das, was ich gesagt habe, nachgedacht?«

»Ja.«

»Ich hab auch mit ihr geredet«, sagt Alessandra. »Ich hab sie überzeugt, dass er eine zweite Chance verdient.«

»Wunderbar«, sagt Monsignore Ricciardi und trommelt mit den Fingern auf der Schreibtischplatte. Er nimmt einen Kugelschreiber aus der obersten Schublade und drückt ein paarmal auf den Druckknopf. Dabei sagt er noch dreimal »Wunderbar«.

»Wissen Sie, wo er ist?«, fragt Amy.

»Ja, zufällig weiß ich das. Er wollte in der Gegend bleiben, um Kontakt mit dir halten zu können. Die Aussicht, seine Fehler wiedergutzumachen und eine Beziehung zu dir aufzubauen, gibt ihm ein Ziel. Er hat mich gefragt, ob ich jemanden kenne, der Zimmer vermietet, und ich habe ihn an Oggie Agostino in der Eighty-Third Street verwiesen. Zwischen Twenty-Third und Twenty-Fourth. Oggie nimmt Logiergäste, früher gab's das überall. Er vermietet sechs Zimmer für jeweils hundert Dollar die Woche. Fred hat eins im Souterrain genommen.«

Amy ärgert sich, weil Monsignore Ricciardi im Grunde sein Okay gegeben hat, dass Fred sie stalkt, obwohl sie gesagt hat, er soll sich aus dem Viertel verziehen. Für Alessandras Plan ist es allerdings eine gute Nachricht. Er wohnt nur ein paar Straßen weiter und will etwas wiedergutmachen. Und wenn er ein Ziel braucht, dann kann er das haben.

Nur ist Amy auf einmal nicht mehr überzeugt, dass er mitspielen wird. Er ist inzwischen trocken. Als er noch getrunken hat, hat er so viel Scheiße gebaut, die ihm noch ewig nachhängen wird, da wird er keine Lust haben, die Liste zu verlängern.

Monsignore Ricciardi kramt einen Post-it-Block hervor und schreibt die Adresse auf. Er gibt Amy den Zettel. Der Klebstreifen haftet an ihrem Finger. »Danke«, sagt sie.

»Viel Glück«, sagt Monsignore Ricciardi. »Ganz ehrlich. Ich hoffe, ihr findet wieder zueinander. Es ist gut von dir, dass du das tust.«

»Tut mir leid, dass ich zu Ihnen gesagt hab, ich kann auf Ihren Rat verzichten.«

Er grinst wie ein Croupier, bei dem sich jemand für einen großen Verlust entschuldigt. »Wir alle haben unsere schwachen Momente, Amy. Ich verstehe das. Glaub mir.«

»Monsignore«, sagt Alessandra und salutiert, als wäre er ein Offizier.

Amy hat von Oggie Agostinos Pension gehört, aber sie ist nie dort gewesen. Soweit sie weiß, ist sie eine Durchgangsstation für alle möglichen zwielichtigen Gestalten. Ex-Süchtige, Ex-Häftlinge. Spieler mit einer Pechsträhne. Männer, die bei Mama wohnen, bis Mama sie nicht mehr aushält und rauswirft und sie schnell eine neue Bleibe brauchen. Das Haus ist ein paar Querstraßen weiter. Alessandra geht auf einmal ganz beschwingt.

»Was, wenn er nein sagt?«, fragt Amy.

»Dann müssen wir auf Plan B zurückgreifen«, sagt Alessandra.

»Plan B?«

»Kcinc Ahnung. Wie werden uns was ausdenken.«

Als sie an der Pension eintreffen, sitzt Fred auf der Treppe. Das Haus ist runtergekommen. Die Veranda hängt durch. Die Fassade bröckelt. Das Dach müsste repariert werden. Der Vorgarten ist ein unkrautüberwucherter Drahtverhau. Fred trägt ein einfaches schwarzes Sweatshirt und Jeans aus dem Secondhandshop und steckt gerade die Hand in eine große rote Chipstüte. Verwirrt sieht er sie an.

»Willst du zu mir?«, fragt er Amy.

»Ja«, sagt Amy.

»Echt?«

»Echt.«

Tränen treten in seine Augen. »Wow, du weißt gar nicht, wie froh mich das macht.«

Alessandra tritt vor Amy und streckt die Hand aus. »Ich bin Alessandra.«

Fred schüttelt sie. »Freut mich sehr, dich kennenzulernen.«

»Alessandra ist zu Besuch aus Los Angeles«, sagt Amy.

»Wie schön«, sagt er, dann wird er ernst. »Hör mal, ich hoffe, du bist nicht sauer, dass ich mir hier in der Gegend ein Zimmer besorgt hab. Wahrscheinlich hat dir der Monsignore gesagt, wo ich bin. Ich will dich wirklich nicht nerven. Ich dachte nur, dass ich in der Gegend bleiben sollte, wenn ich die Chance haben will, was mit dir aufzubauen. Es ist auch nicht für immer. Ich hab's nur für eine Woche gemietet.« Er steht auf, legt die Chipstüte auf die Stufen. »Wo ist nur mein Benehmen? Wollt ihr reinkommen? Ich hab nur einen Wasserkocher im Zimmer, und man kann sich nicht richtig setzen, aber ich würd mich freuen, wenn ihr reinkämt.«

»Wir können doch draußen bleiben«, sagt Amy.

»Ja, draußen ist auch prima«, sagt Fred. »Setzt euch.« Er macht einen Schritt zur Seite, damit sie sich setzen können, und stellt sich vor sie. »Wollt ihr Chips? Greift zu.«

»Au ja, endlich steigt die große Versöhnungsshow«, sagt Alessandra und klatscht in die Hände.

Amy verdreht die Augen.

»Und wie mach ich das?«, sagt Fred, der die scherzhafte Bemerkung ernst nimmt.

»Also, zum einen hat deine kleine Tochter ein kleines Problem und könnte Hilfe brauchen«, sagt Alessandra.

Amy und Alessandra haben sich nicht abgesprochen. Amy weiß nicht, was sie sagen soll und was nicht. Sie ist nervös.

»Ja, klar«, sagt Fred und tritt auf Amy zu. »Wusst ich's doch, dass was nicht stimmt, hab ich dir gleich angesehen. Aber mit Problemen kenn ich mich aus. Ich helf dir gern, Kind. Du hättest mich früher fragen sollen. Ich helf dir, egal worum's geht.«

»Siehst du, Amy«, sagt Alessandra. »Ich hab's dir gesagt. Er hilft dir.«

»Ich weiß nicht«, sagt Amy. Sie fühlt sich auf einmal schrecklich, Fred in die Sache mit reinzuziehen. Gemein.

»Was weißt du nicht?«, fragt Fred. »Ich war nie für dich da. Aber jetzt bin ich's. Mit Geld kann ich dir schlecht aushelfen, das weißt du, aber mit allem anderen.«

»Es geht darum, dass sie ein bisschen Schmuck hatte«, sagt Alessandra.

»Schmuck?«

»Ja. Aus der Erbschaft.«

»Von deiner Großmutter?«, fragt Fred Amy.

Amy nickt.

»Dieser Schmuck«, fährt Alessandra fort, »bedeutet ihr wahnsinnig viel, und jetzt wurde er geklaut.«

»Schweinerei«, sagt Fred.

»Amy ist furchtbar traurig deswegen.«

»Was soll ich tun? Hast du's der Polizei gemeldet? Weißt du, wer den Schmuck geklaut hat?«

»Ja, das wissen wir«, sagt Amy und muss beinahe kotzen.

Sie gehen zur Seventy-Eighth Street. An der Ecke bleiben sie an der Magen David Yeshiva High School stehen. Alessandra sagt, dass sie die genaue Adresse nicht kennen, aber wissen, dass der Mann in diesem Block wohnt und Amys Schmuck in einem Schrank im Dachgeschoss versteckt hat.

»Wie heißt er noch mal?«, fragt Alessandra Amy.

»Tony Mescolotto«, sagt Amy.

»Auf dem Dachboden?«, sagt Fred. »Himmel. Das heißt, wir müssen nicht nur ins Haus, sondern auch bis ganz nach oben.«

»Vergessen wir's«, sagt Amy. »Das schaffst du nicht.«

Alessandra rammt ihr den Ellbogen in die Seite.

»Moment, Moment«, sagt Fred. »So hab ich's nicht gemeint. Ich denk nur nach. Wie finden wir die Adresse raus?«

Alessandra nimmt ihr Handy aus der Tasche und tippt mit dem Daumen auf dem Display rum. Sie bittet Amy, den Namen zu buchstabieren. Amy versucht es.

»Ich such einfach im Telefonbuch. Eine Sekunde.«

»Telefonbuch?«, sagt Fred. »In dem winzigen Ding ist ein Telefonbuch?«

»Willkommen in der Zukunft, Pa Falconetti«, sagt Alessandra. »Da ist sie schon. Zwei-zwei-fünf-sechs.«

Sie wechseln die Straßenseite, ehe sie weitergehen. Dort ragen Eichenäste über den Bürgersteig und tauchen das Pflaster in schattiges Dunkel. Amy entdeckt ein Paar Sneakers, die von einer Telefonleitung baumeln. Die Tore der 2256 schimmern silbern, protzig. Das Haus selbst ist eher schlicht, mit gelbem Kunststoff verkleidete Fassade, Steintreppe, im Fenster Blumen. Das Dachfenster ist rund wie ein Bullauge. Im Vorgarten rankt Wein ein Spalier hoch, eine Statue des heiligen Franziskus und eine der heiligen Rosalia stehen auf der nackten Erde, in der Einfahrt ein lila Cadillac Eldorado unter dem windigen Carport. Am Briefkasten klebt ein großes Warnung-vor-dem-Hund-Schild, an der Seite des Hauses ist eine eiserne Feuertreppe angebracht.

»Wie viel Uhr ist es?«, fragt Amy.

»Kurz nach vier«, sagt Alessandra.

»Vielleicht sind sie auf der Trauerfeier«, sagt Amy.

»Ist wer gestorben?«, fragt Fred.

»Jemand aus der Nachbarschaft.« Amy versucht, nicht daran zu denken, wie sie zusah, als Vincent das Blut aus dem Hals lief, seine leise Bitte um Hilfe. *Hol Hilfe.* Amy versucht, nicht daran zu denken, wie leicht man über jemand hinwegtrampelt, wenn man sein Ziel verfolgt.

»Wir sollten uns einen Plan ausdenken«, sagt Fred.

»Wir brauchen keinen Plan«, sagt Alessandra. »Wir gehen einfach rein. Das ist Amys Schmuck. Die haben kein Recht drauf.«

»Selbst wenn niemand daheim ist, auf dem Schild steht, dass sie einen Hund haben.«

»Solche Schilder hängen die Leute doch nur zur Abschreckung auf.«

»Und wenn sie eine Alarmanlange haben?«

»Da ist keine Alarmanlage.«

»Deine Freundin scheint sich ja gut auszukennen«, sagt Fred zu Amy. »Ich will dir wirklich helfen. Aber schau mich doch an. Soll ich mich die Feuertreppe hochangeln, ins Fenster im zweiten Stock einsteigen und hoffen, dass mich kein Hund anfällt und der Alarm nicht losgeht? Ich werd mir in die Hose scheißen. Ich war ein Säufer, Amy, kein Einbrecher. Ich finde, du solltest die Cops rufen. Wenn du willst, red ich mit ihnen. Erklär ihnen die Situation. Wir kriegen deinen Schmuck schon zurück.«

»Keine Cops«, sagt Amy.

»Habt ihr Hunger? Ich hol euch was zu essen. Wir setzen uns zusammen und überlegen. Aber ich wär dafür, zu den Cops zu gehen.«

»Vergessen wir die ganze Sache«, sagt Amy. »Es ist okay, echt okay. Ich hätt dich nicht fragen sollen, Fred. Ich hätt dich nicht in diese Lage bringen sollen.«

»Tut mir leid.«

Amy denkt an ihr Gespräch mit Dom. Wenn in dem Schrank tatsächlich noch mehr Schmuck ist, warum hat Dom ihn sich dann nicht geholt, statt dem hinterherzujagen, den Vincent geklaut hat? Er hat gesagt, er sei mit seinem Vater fertig, aber das ist albern. Warum war sie nur so blöd, ihm auch nur ein Wort zu glauben.

»Was ist?«, fragt Alessandra.

»Wahrscheinlich ist sowieso nichts im Schrank«, sagt Amy kopfschüttelnd.

»Haben wir was zu verlieren?«

»Ich versteh grad überhaupt nichts mehr«, sagt Fred.

Die schwere Haustür von 2256 wird geöffnet. Tony Mescolotto tritt auf die Schwelle und wischt sich mit einem roten Seidentaschentuch über die Glatze. Er trägt denselben Anzug mit lila Blume am Revers. Neben ihm erscheint eine Frau. Mrs. Mescolotto, vermutet Amy. Sie trägt ein schwarzes Kleid, schwarze Schuhe und eine Schmetterlingssonnenbrille. Die Haare sind asphaltschwarz gefärbt, die gebräunte Haut ist ledrig. Sie hat etwas Herrisches an sich. Monsignore Ricciardi meinte, er würde sie gut kennen – sie würde was mit Blumen machen. Amy kommt ihr Gesicht bekannt vor. Nicht von der Kirche. Da geht sie laut dem Monsignore nicht hin. Und auch von keiner Beerdigung oder Trauerfeier.

»Deinetwegen kommen wir zu spät«, sagt Mrs. Mescolotto. »Du kannst von Glück reden, dass Nancy sich um die Blumen kümmert.«

»Tut mir leid, Liebes«, sagt Tony.

Sie gehen zu dem Eldorado. Tony öffnet die Beifahrertür.

»Kommt Dom direkt hin?«, fragt Mrs. Mescolotto.

»Das hat er gesagt«, sagt Tony.

»Wehe, wenn nicht.« Sie steigt ein.

Amy hat Angst, dass Tony beim Schließen des Tores über die Straße sieht und sie erkennt. »Scheiße, Scheiße, Scheiße« murmelnd geht sie rasch weiter, die Augen starr auf den Bürgersteig gerichtet. Fred und Alessandra folgen ihr.

»Was ist los?«, fragt Fred.

»Nichts«, sagt Amy. »Geh einfach.«

»Sind sie das?«

»Sei still.«

Alessandra weiß, warum Amy nervös ist, und schweigt.

»Vielleicht sollte ich mit ihnen reden?«, sagt Fred und bleibt stehen. »Ich kann sie bestimmt zur Vernunft bringen.«

Amy zieht an seinem Sweatshirt. »Komm schon.«

Fred geht weiter. »Warum denn nicht?«

Amy glaubt, dass sie jetzt in Sicherheit sind, so weit vom Haus der Mescolottos entfernt, dass sie nicht mehr erkannt werden kann.

»Sie fahren los«, sagt Alessandra. »Kommt, wir gehen zurück und steigen in das Haus ein.«

»Lasst uns doch einfach die Cops rufen«, sagt Fred.

»Ich frag mich, warum Dom nicht einfach zu sich nach Hause ist«, sagt Amy, »wenn da angeblich noch so viel Schmuck ist. Sollen wir wirklich dieses Risiko eingehen, wenn er vielleicht gelogen hat? Er ist ein Lügner.«

Alessandra kneift die Lippen zusammen. »Das weißt du nicht.«

Amy will glauben, dass kein Schmuck mehr dort ist. Sie ist keine Diebin. Das mit Dom bei Mrs. Epifanio war etwas anderes, da war sie praktisch unter Zwang. Sie kann sich nicht vorstellen, dass sie in dem Haus von anderen Leuten herumschnüffelt und deren Sachen durchwühlt. Genauso wenig kann sie sich vorstellen, es von Fred zu verlangen.

»Himmel«, sagt Alessandra.

»Geh doch du, wenn du meinst.« Aber sie hofft, dass Alessandra es einfach bleiben lässt.

»Wegen nichts geh ich da nicht rein. Es war dumm, das ich das überhaupt vorgeschlagen hab. Wir sind einfach Nieten.«

»Ich versteh nur noch Bahnhof«, sagt Fred. »Kommt, ich lad euch zum Essen ein. Wie wär's?«

Unter Freds Führung biegen sie vor der Magen David Yeshiva High School nach links in den Belt Parkway ein. Amy hat ein schlechtes Gewissen und ist sauer und auf einmal schrecklich traurig. Alles läuft schief. Tränen stehen in ihren Augen. Sie kann Alessandra nicht ansehen. Amy weiß, dass Al sich innerlich verabschiedet. Und was soll sie um Himmels willen diesem Mann, der zufällig ihr Vater ist, jetzt sagen? Wie oft ist sie aus Alpträumen aufgeschreckt, verzweifelt wegen Begegnungen mit ihm, die nie stattgefunden haben. Und jetzt hat sich auf einmal diese Tür geöffnet, ganz ohne ihr Zutun, ohne dass sie es wollte. Sie erkennt sich nicht in ihm wieder. Ihre Gesichtszüge sind nicht die seinen. Sie spürt keine Nähe. Sie wünschte, er wäre nicht so nett. Sie wünschte, er wäre nicht nüchtern. Sie wünschte, er würde verschwinden.

Amy ist noch nie im Chris gewesen, einem polnischen Lokal an der Ecke Bay Twentieth und Eighty-Sixth Street, aber die blaue Markise ist ihr schon öfter aufgefallen, und sie weiß, dass Capelli's, wo Vincent aufgebahrt liegt, schräg gegenüber ist. Dorthin führt sie Alessandra und Fred jetzt, weil sie nicht weiß, was sie sonst machen soll, und wenigstens aus der Distanz sehen möchte, was auf der Trauerfeier passiert.

»Das geht auf mich«, sagt Fred beim Eintreten. »Piroggen. Borschtsch. Perfekt.«

Amy und Alessandra sprechen nicht miteinander, aber Amy ist sicher, dass sie dasselbe über ihren unausgegorenen Plan und den albernen Traum denken. Die Dinge passieren nicht einfach, weil man will, dass sie passieren. Das sollten insbesondere sie beide wissen.

Sie setzen sich an einen Fenstertisch, und Amy sieht rüber zum Beerdigungsinstitut. Auf die grauen Ziegel wurde ein neues Schild montiert, schwarze Schreibschrift auf weißem Holz. Die Hochbahntrasse spannt sich über der Eighty-Sixth Street und biegt dann in die New Utrecht Avenue ab. Eine Subway fährt ein, ihr Spiegelbild tanzt auf der Fensterscheibe des Lokals. Gleich darauf steigen Leute die Treppe direkt vor dem Beerdigungsinstitut herunter. Vor einer roten Ampel hält ein Bus und blockiert einen Moment Amys Sicht. Dahinter steht ein Bierlaster mit halboffener Heckklappe. Immer mehr Leute eilen von der Station herunter, Kopfhörer in den Ohren, Kragen hochgeschlagen, ernste Gesichter. Der Himmel verfärbt sich lila. Bald wird es dunkel sein.

Die Ampel wechselt auf Grün. Bus und Bierlaster rollen unter der Hochbahn weiter die Eighty-Sixth Street hinauf. Amy fragt sich, ob viele Leute auf der Trauerfeier sind. Diane, Monsignore Ricciardi, und sonst? Vincent natürlich, in dem Anzug, den sie geholt hat, mit über der Brust verschränkten Händen. Dom vielleicht, wenn es gestimmt hat, was sein Vater gesagt hat. Was Amy bisher verfolgt hat, ist ihr auch hierher gefolgt. Was bisher ihre Blicke gelenkt hat, will ihr auch das hier zeigen. Wieder hat sie das Gefühl, gesteuert zu werden. Es macht ihr Angst.

»Alles okay?«, fragt Alessandra.

Amy kann nicht einmal nicken. Die Kellnerin bringt ihnen drei Speisekarten und füllt ihre Wassergläser. Sie hat einen sanften Blick. Braune Haare. Traurige Augen. Fred sagt »Hallo« und spricht sie mit ihrem Namen an, Hanna, der auf dem Schildchen an ihrer Brust steht. Amy nimmt eine Karte, sieht aber nicht darauf, sondern starrt immerzu auf das Beerdigungsinstitut.

»Das ist meine Tochter«, sagt Fred zu der Kellnerin und klingt stolz.

»Verstehe«, sagt Hanna und geht.

»Habt ihr Hunger?«, fragt Fred Amy und Alessandra.

Amy sieht, wie die Tür des Beerdigungsinstituts aufgeht und Doms Mutter auf ihren hohen Absätzen und mit der Sonnenbrille herausstolziert. In der einen Hand hält sie eine Zigarette, in der anderen ein lila Bic. Sie lehnt sich gegen die grauen Ziegel und zündet die Zigarette an. Stößt dramatisch den Rauch aus.

Es dauert einen Moment, bis Amy weiß, warum ihr das Gesicht von Mrs. Mescolotto so bekannt vorkommt – sie kennt es von dem Foto. Sie kramt im Rucksack nach dem Umschlag. Tatsächlich. Sie schaut direkt in die Kamera. Sie trägt ein enges schwarzes Oberteil und hält ein großes Glas in der Hand. Man sieht ihr an, dass sie betrunken ist. Doms Mutter, Dom und Vincent auf ein und demselben Foto.

»Das ist sie«, sagt Amy laut. »Daher kenn ich sie.«

»Wer ist was?«, fragt Alessandra.

»Ich hab dir doch von dem Foto aus der Kneipe erzählt, das ich bei Vincent gefunden hab. Die Frau auf dem Foto ist Doms Mutter.«

»Und was heißt das?«

»Von was redet ihr denn?«, fragt Fred, der Mrs. Mescolotto auf der anderen Straßenseite nicht bemerkt hat. »Wisst ihr schon, was ihr nehmt? Der polnische Teller klingt gut.«

Amy überlegt, in welcher Verbindung Vincent zu Mrs. Mescolotto gestanden haben könnte, abgesehen davon, dass er mit ihrem Sohn befreundet war. Sie fragt sich, ob die beiden eine Affäre hatten. Vielleicht war Vincent mit ihr im Bett, Dom hat es rausgefunden und ist ausgeflippt. Dazu noch die Sache mit dem Schmuck. Vielleicht wollte Vincent mit Mrs. Mescolotto abhauen. *Lass uns zusammen weglaufen,* steht auf der Rückseite des Fotos. Jedenfalls muss etwas dahinterstecken, und Amy fragt sich, ob sie jemals die Wahrheit erfahren wird und ob es überhaupt darauf ankommt.

Die Kellnerin kehrt zurück.

»Wisst ihr was?«, sagt Fred. »Ich bestell für uns alle und wir teilen. Was haltet ihr von einem polnischen Teller, Piroggen und einer Portion Blini? Hört sich das gut an?«

Amy nickt, ohne den Blick von Mrs. Mescolotto zu wenden. Die Kellnerin verschwindet wieder in der Küche.

Dom tritt in fast demselben Anzug wie Vincent aus dem Beerdigungsinstitut, lehnt sich neben seine Mutter an die Mauer und streckt ihr die Hand hin, damit sie ihn ziehen lässt. Amy sieht weniger überrascht als fasziniert zu. Mrs. Mescolotto wirft ihrem Sohn einen verärgerten Blick zu, so wütend, als würde sie ihm gleich eine runterhauen. Statt ihm die Zigarette zu geben, lässt sie sie auf den Bürgersteig fallen und tritt sie mit dem Absatz aus. Dom hebt die Arme.

Amy beobachtet die Szene durch die Scheibe, ohne etwas zu hören.

Jetzt sieht auch Alessandra hinüber. »Ist es der?«, fragt sie.

Amy nickt.

»Hey, das ist ja dieselbe Frau wie eben vor dem Haus«, sagt Fred, der endlich mitkriegt, dass Amy die ganze Zeit das Beerdigungsinstitut auf der anderen Straßenseite beobachtet.

»Ja«, sagt Amy.

»Und der Junge? Woher kenn ich den?«

»Das ist niemand.«

»Schon wieder niemand, hm?«

Dom stürmt hinein und lässt seine Mutter stehen.

»Scheiß Brooklyn«, sagt Alessandra. »Ein Loch, aus dem man einfach nicht rauskommt.«

»Die Piroggen werden euch aufmuntern«, sagt Fred.

Amy, die immer noch das Foto von Mrs. Mescolotto in der Hand hält, steht auf und gibt Alessandra ihren Rucksack. »Halt mal kurz.«

»Wo willst du hin?«, fragt Alessandra.

»Ich weiß nicht. Rüber. Ich will sie was fragen.«

»Lass es bleiben.«

»Könnte mich mal jemand einweihen?«, fragt Fred.

Die Tür des Lokals fällt hinter Amy zu. Auf dem Bürgersteig ist viel los. Drei Frauen in Hidschabs gehen vorbei. Ein alter Mann beklagt sich lautstark am Handy über seine Wasserrechnung. Zwei Männer, die an dem Zeitschriftenständer vor Duke's Deli lehnen, trinken Kaffee aus Pappbechern.

Amy überquert die Straße, Autos hupen. Ein Minivan, an dessen Seitenfenstern eine Plastikfolie flattert, bremst scharf, um sie nicht über den Haufen zu fahren. Der Fahrer brüllt etwas auf Chinesisch. Sie quetscht sich zwischen zwei parkenden Autos durch und stolpert über einen Haufen schwarzer Müllsäcke, den Blick unverwandt auf Mrs. Mescolotto gerichtet, die von Capelli's weggeht und auf einen Schnapsladen namens Liquor One an der Ecke zur Eighty-Fourth zusteuert. Amy geht an einem heruntergekommenen Rechtsanwaltsbüro vorbei, dessen Jalousien hinter der Scheibe herunterbaumeln.

Als sie Mrs. Mescolotto eingeholt hat, weiß sie nicht, was sie sagen soll.

»Kenn ich dich?«, fragt Mrs. Mescolotto und schiebt ihre Sonnenbrille in die Haare. Von nahem ist sie hübscher. Weniger hart. Ende fünfzig. Braune Augen. Sie trägt eine schmale Kette mit einem Diamantanhänger. Sie hat einen Hals, der schon oft geküsst und gewürgt worden sein muss. Ihr Lippenstift ist bonbonrosa. Die Wimperntusche ist in die dunklen Falten um ihre Augen gelaufen. Sie riecht nach Rauch.

»Nein«, sagt Amy.

»Was willst du? Willst du mir Drogen verkaufen? Mich um Geld anhauen?«

»Es geht um Vincent.« Amy hält das Foto in die Höhe.

Kapitel 16

Sie verziehen sich ins Liquor One. Der Laden ist voll mit verstaubten Flaschen und Kisten. Draußen hört man eine Subway vorbeifahren. Hinter dem Tresen sitzt ein Mann mit einem SF-Taschenbuch. Er trägt eine Yankees-Fleecejacke und eine Mütze mit der Aufschrift BARRY BROTHERS TOWING. Mrs. Mescolotto scheint einen bestimmten Schnaps zu brauchen und sucht hektisch die Regale ab, bis sie ihn endlich findet. Einen teuren russischen Wodka.

»Mein blöder Ellbogen juckt«, sagt sie. »Kennst du das, wenn dein Ellbogen juckt, und zwar direkt am Knochen, wo man nicht drankommt?« Sie scheuert den Ellbogen an der Kante des Wodkaregals und die Flaschen klirren.

»Woher kannten Sie Vincent?«, fragt Amy.

»Bist du etwa von der Polizei?«, fragt Mrs. Mescolotto zurück.

»Nein, bin ich nicht.«

»Was geht's dich dann an?«

»Keine Ahnung. Ich bin einfach neugierig. Ich hab dieses Foto in seiner Wohnung gefunden.« Ohne nachzudenken, redet Amy los.

»Was hattest du in seiner Wohnung zu suchen? Bist du eine Freundin?« Mrs. Mescolotto ist nervös, so als würde sie sich von Amy bedroht fühlen. Sie geht zum Tresen, fummelt ein paar klein gefaltete labbrige Scheine aus ihrem BH und bezahlt damit.

Der Mann sieht beim Geldzählen nicht mal auf. Als er fertig ist, steckt er die Flasche in eine braune Papiertüte und gibt sie ihr. Sie schraubt den Verschluss ab und nimmt einen großen Schluck.

»Hier drin wird nicht getrunken, Lady«, sagt der Mann.

»Lassen Sie mich in Ruhe«, sagt Mrs. Mescolotto. »Ich bin in Trauer.«

Der Mann schüttelt den Kopf.

Mrs. Mescolotto wendet sich wieder Amy zu. »Du bist nicht Vincents Freundin«, sagt sie.

»Woher wollen Sie das wissen?«, fragt Amy.

Mrs. Mescolotto lächelt. »Vince hat seine Zeit nur mit einer verbracht. Da war kein Platz für eine andere.«

»Und wer war das?«

»Bist du wirklich nicht von der Polizei?« Mrs. Mescolotto nimmt noch einen Schluck.

»Lady, ich sag's gern noch mal«, sagt der Mann.

Mrs. Mescolotto macht eine wegwerfende Geste. »Ach, seien Sie still«, sagt sie. Und wieder an Amy gewandt: »Vince war ein Goldschatz. Ich habe ihn seit Ewigkeiten gekannt. Er war mit Dom in einer Klasse.«

»Hatten Sie was mit ihm? Sieht man das auf dem Foto?«

»Ich möchte jetzt wissen, wer du bist.«

»Niemand von Bedeutung.«

»Nur neugierig, was?«

»Ja.«

»Und du arbeitest nicht für meinen Mann?«

»Natürlich nicht.«

»›Nur neugierig‹? Erzähl keinen Blödsinn. Wer soll das denn glauben?«

»Worüber haben Sie sich mit Ihrem Sohn gestritten?«

»Beobachtest du mich etwa? Warst du auf der Trauerfeier? Wer zum Teufel bist du?«

»Ich arbeite für niemand.«

»Du arbeitest garantiert für Tone.« Wieder ein Schluck Wodka. Sie wischt sich mit dem Handrücken über den Mund.

»Okay, Lady. Ich hab Sie gewarnt.« Der Mann legt seinen SF-Roman hin und nimmt das Telefon in die Hand. »Ich ruf jetzt die Cops.«

Mrs. Mescolotto hält die Flasche in die Höhe. »Wenn Sie die Cops rufen, sorg ich dafür, dass der Laden mit Ihnen drin in die Luft fliegt. Kennen Sie meinen Vater? Jimmy Longabardi? Schon mal gehört?«

Der Mann hebt beschwichtigend die Hand.

»Erzählen Sie mir von Vincent«, sagt Amy.

»Du hast ihn nicht gekannt?«, fragt Mrs. Mescolotto.

»Wie war er?«

Jetzt hat Mrs. Mescolotto Tränen in den Augen. »Vincent war was ganz Besonderes. Er wusste, welche Blumen du magst und was deine Lieblingsfarbe ist. Er war schüchtern.« Sie hält inne. »Ach, vorbei.«

»Sie haben ihn geliebt, oder?«

»Vorbei, hab ich gesagt.«

Sie gehen nach draußen. Die Dämmerung senkt sich über die Straßen. Vor Capelli's stehen ein paar schwarz gekleidete Leute. Ein Mann beißt in ein Stück Pizza, das in einer weißen Papiertüte steckt. Amy erkennt ihn als den Mann mit dem Softball-Trikot von ihrem ersten Besuch im Homestretch. Er ist auch auf dem Foto. Nachdem er sich das letzte Stück in den Mund gestopft hat, lässt er die Tüte auf den Bürgersteig fallen und geht weg.

Mrs. Mescolotto schlüpft aus ihren hohen Schuhen und setzt sich auf den trockenen Streifen Bürgersteig unter der Markise, die Flasche stellt sie zwischen ihre Füße. Sie lehnt sich gegen die Ziegelmauer, das Schaufenster über ihrem Kopf ist mit Bier- und Limonadenanzeigen gepflastert.

Amy setzt sich neben sie. Von hier aus kann sie das Chris nicht sehen. Sie fragt sich, ob Alessandra und Fred rausgegangen sind, um nach ihr zu sehen, oder ob sie drinnen sind und mit dem Essen auf sie warten.

»Ich hab ihn geliebt«, sagt Mrs. Mescolotto.

»Trinken Sie deswegen?«, fragt Amy.

»Ich trink halt. Ich trink immer. Ich hab auch mit Vincent zusammen getrunken. Zeig noch mal das Foto.«

Amy gibt es ihr.

Mrs. Mescolotto lacht leise und wischt sich die Tränen aus den Augen. »Das war an dem Abend, als Lopez und Ledbetter gegeneinander angetreten sind. Wir waren total blau. Es war das erste Mal, dass wir zusammen ins Homestretch gegangen sind. Blöde Idee. Wir waren schon eine Ewigkeit zusammen, aber wir waren immer diskret. Nicht wegen Tone. Der ist mir scheißegal. Wegen Dom hab ich mir Sorgen gemacht. Wir wussten nicht, dass er da war, und dann stand er plötzlich am Tresen und hat zu uns rübergeschaut.« Ihr Finger wandert von Vincent zu Dom. »Ich wollte nicht, dass Dom sich aufregt.« Sie hebt den Blick wieder zu Amy. »Wer bist du? Warum erzähl ich dir das alles?«

»Ich hör Ihnen zu«, sagt Amy. »Ich mein's gut.«

»Ach ja? Du kommst rein zufällig vorbei, um mir zuzuhören? Bist du so was wie ein Engel?« Mrs. Mescolotto hält ihr die Flasche hin. »Nimm einen Schluck, du Engel.«

Amy hebt die Flasche an den Mund, nippt aber nur. Das Zeug brennt wie Feuer.

»Freunde sind gut«, sagt Mrs. Mescolotto. »Ich wünschte, Vincent hätte mehr richtige Freunde gehabt.«

»Wissen Sie, wer ihn umgebracht hat?«

Mrs. Mescolotto greift wieder nach der Flasche. »Viele Sachen haben ihn umgebracht.«

»Was wollen Sie damit sagen?«

»Damit will ich sagen, dass du aufhören sollst zu fragen. Der arme Vincent sollte nicht tot sein, aber er ist es. Pech. Mein Vater hat mal gesagt: Entweder man hat Glück oder man hat keins. Und Vincent hatte keins, kapiert?«

Amy weiß nicht, warum sie hier mit Mrs. Mescolotto sitzt. Genauso wenig weiß sie, warum sie über die Straße zu ihr gelaufen ist, als wären sie Freundinnen. Aber wahrscheinlich aus demselben Grund, aus dem sie zu Diane ist. Langsam schließt sich der Kreis. Ihre Entscheidung, Vincent zu folgen, hat sie hierhergeführt. Alessandra, Fred, Vincent, Dom, Diane, Monsignore Ricciardi. Ihr Leben. Die verschiedenen Leben, die sie führt. Alles ist miteinander verknüpft. In dem ganzen Chaos.

»Wie heißt du?«, fragt Mrs. Mescolotto.

»Amy.«

»Amy Winehouse. Amy Adams.« Mrs. Mescolottos benebelter Blick schwankt über den Bürgersteig, ihr Kopf wackelt. »Mehr berühmte Amys fallen mir grad nicht ein.«

Amy lächelt. »Amy Poehler, die Comedian.«

»Die ist lustig«, sagt Mrs. Mescolotto und rappelt sich mühsam hoch auf die Füße. Hält sich an der Flasche wie an einer Stange fest. Ihre Nylons sind gerissen.

Auch Amy steht auf.

Mrs. Mescolotto klammert sich an Amys Schulter, während sie in ihre Schuhe schlüpft. »Ich mag dich, Engel Amy«, sagt sie.

Am liebsten würde Amy sagen, dass sie es gesehen hat. Aber sie hat Angst vor den Folgen. Etwas weiß Mrs. Mescolotto vielleicht, aber sicher nicht alles. Vielleicht weiß sie nicht, dass Dom es war. Vielleicht denkt sie, ihr Mann hat Vincent umgebracht. Vielleicht ist es besser so.

»Wollen Sie das Foto?«, fragt Amy und hält es in die Höhe.

»Wirf's weg. Es macht mich nur traurig.« Mrs. Mescolotto schwankt zurück zum Beerdigungsinstitut, die Sonnenbrille in den Haaren. Wie ein obdachloser Säufer nimmt sie auf dem Weg immer wieder einen Schluck. Es ist eigentlich ein schönes Bild, wie sie so beim Gehen trinkt und ihre Beine bei jedem Schritt leicht einknicken. Sie öffnet die Tür des Beerdigungsinstituts und torkelt hinein.

Amy geht zurück zum Chris. Alessandra und Fred sitzen noch am Tisch. Keiner von beiden hat das Essen vor ihnen angerührt.

»Was war das denn?«, fragt Alessandra.

»Ich hatte das Gefühl, dass ich mit ihr reden muss«, erwidert Amy.

»Und?«

»Das wird alles immer schräger.«

Alessandra spießt mit der Gabel ein Käseblini auf. »Warum gehst du nicht einfach rüber und sprichst der ganzen Mannschaft dein Beileid aus?«

»Worum geht's schnell wieder?«, mischt sich Fred ein.

»Wir brauchen Sie nicht mehr«, fährt Alessandra ihn an.

Fred sieht sie traurig an. »Ich bin eben eine Niete.« Er beugt sich über seinen Teller. »Ich hab mich bemüht. Es tut mir leid.«

»Da kann ich Sie trösten, Fred«, sagt Alessandra. »Hier am Tisch sitzen drei Nieten.«

Amys Blick ist wieder über die Straße gewandert. Andy Capelli tritt auf die Straße. Hörgerät. Rollkragen. Großes Holzkreuz auf der Brust. Er fummelt an seinem rechten Ohr herum.

»Ist das Andy Capelli?«, fragt Alessandra. »Boah, der sieht ja aus wie ein Pädo. Wer zum Teufel trägt Rollkragen und dazu so ein Riesenkreuz?«

Hinter Capelli taucht Diane auf, begleitet von Monsignore Ricciardi. Er hält ihren Arm, damit sie nicht über die Stufe stolpert. Sie trägt schwarze Hosen und einen schwarzen Schal, an dem noch das Preisschildchen hängt. Es ist nicht klar, ob sie aufbricht oder nur frische Luft schnappt. Sie bleibt stehen und lehnt sich an die Mauer, ziemlich genau an der Stelle, an der Mrs. Mescolotto gelehnt hatte.

Andy Capelli und Monsignore Ricciardi reden auf Diane ein, wahrscheinlich sprechen sie von Gottes Plan und davon, dass Vincent jetzt an einem besseren Ort ist – was die Leute auf einer Trauerfeier eben so von sich geben. Dieses Gerede hat Amy selbst in ihrer allerreligiösesten Phase nicht ertragen. Reiner Bullshit. Monsignore Ricciardi beherrscht es aus dem Effeff. Er ist bestimmt kein übler Typ, aber im Bullshit-Absondern ist er ganz groß.

Aber vielleicht geht es auch um etwas ganz anderes. Vielleicht ist drinnen etwas passiert.

Diane sieht die Eighty-Sixth Street rauf und runter. Amy fragt sich, ob Diane nach ihr Ausschau hält, weil sie damit rechnet, dass sie zur Trauerfeier kommt. Diane tut ihr so leid. Sie muss daran denken, wie die Frau in zehn oder zwanzig Jahren gebrochen und vereinsamt in einem schmalen, schmutzigen Bett mit zerknitterten grauen Laken liegt, abgemagert, die Augen gerötet, sterbend. Amy duckt sich hinter eine an die Scheibe geklebte Speisekarte, so dass sie Diane noch sehen kann, Diane sie aber nicht, falls sie in ihre Richtung blickt.

Fred und Alessandra schweigen. Sie haben sich der Trostlosigkeit ergeben und essen mit gesenkten Köpfen.

Amy ergreift das Wort. »Es war schrecklich, als Mom gestorben ist. Überall hab ich nur noch Tod gesehen. Es war schrecklich, einen Vater zu haben, der einfach abgehauen ist, der sich einen Dreck für mich interessiert hat. Mein ganzes Leben lang versuche ich rauszukriegen, wer ich bin, und hab alles Mögliche ausprobiert. Nie hab ich mich irgendwo zu Hause gefühlt.« Ihre Augen weichen nicht von Diane, Monsignore Ricciardi und Andy Capelli. Sie stehen nah beieinander. Monsignore Ricciardis Hand liegt auf Dianes Rücken.

Fred hört ihr genau zu. Alessandra auch. Sie sieht Amy schockiert an, weil sie so viel von sich preisgibt. So kennt sie sie gar nicht.

»Ich kann dich nicht lieben, Fred«, sagt Amy.

Fred weint.

Auf der anderen Straßenseite reißt Dom die Tür von Capelli's auf und stolziert heraus. Hinter ihm kommt wankend Mrs. Mescolotto, gefolgt von Tony. Sie stehen im Kreis, Mrs. Mescolotto fummelt eine Zigarette aus ihrem Päckchen, Tony versucht ihr Feuer zu geben. Dom schaut auf sein Smartphone.

Du machst das alles, denkt Amy, *weil du nah am pochenden Herzen des Schmerzes sein willst.* »Was wartet da sonst?«, sagt sie laut, an niemand Spezielles gerichtet.

»Was sagst du, Amy?«, fragt Alessandra.

»Ich geh noch mal rüber. Ich werd Mrs. Mescolotto sagen, dass es Dom war. Nie im Leben weiß sie das. Und ich werd Diane erklären, wer ich wirklich bin. Und Dom, tja, keine Ahnung.« Vielleicht war Vincent doch kein Arschloch. Vielleicht hat ihn nur eine Welt, von der er nicht wusste, wie er darin leben sollte, verschlungen und wieder ausgespien. Man darf sich nicht einbilden, einen Fremden mit seinen Geheimnissen zu kennen. Vielleicht hat er Mrs. Mescolotto von ganzem Herzen geliebt. Vielleicht war er nach außen hin ein anderer Mensch und hat sich von Schmerz zerrissen von Entscheidung zu Entscheidung gequält. Vielleicht hat ihm die Liebe gereicht, um einen Sinn im Leben zu haben.

»Tu das nicht«, sagt Alessandra. »Halt dich lieber raus.«

»Das kann ich nicht«, sagt Amy. »Ich bin schon mittendrin.«

Die Tür fällt hinter Amy zu, als sie erneut das Lokal verlässt. Vincents Foto hält sie zwischen zwei Fingern in der ausgestreckten Hand. Dieses Mal folgen ihr Fred und Alessandra. Rasch tastet Fred seine Taschen ab, um Geld auf dem Tisch zu lassen, Alessandra schiebt sich den Rucksack über die Schulter.

Diane sieht Amy auf Capelli's zukommen und wirkt erleichtert. Amy ahnt, dass alles, was von Dianes Welt übrig ist, von der Frage abhängt, ob die Fremde, die so freundlich zu ihr war, zur Trauerfeier ihres Sohns kommt oder nicht. Und sie tut es. Vielleicht bedeutet das, es gibt noch etwas, wofür es sich zu leben lohnt. Diane lächelt.

Zur Begrüßung tätschelt Amy ihren Arm.

»Wie schön, dass du kommst«, sagt Diane und streicht über Amys Haare. Der Blick verrät ihre Erleichterung, dass Amy die Perücke abgesetzt hat.

»Mein Beileid, Diane«, sagt Amy.

Diane sieht auf das Foto in Amys zitternder Hand, aber von ihrem Blickwinkel aus erkennt sie vermutlich nicht, wer darauf abgebildet ist. Dann sieht sie über Amys Schulter zu Fred und Alessandra, so als wartete sie darauf, ihnen vorgestellt zu werden.

Im selben Augenblick bemerkt Dom Amy – er scheint einen Moment zu brauchen, um zu erkennen, dass es tatsächlich sie ist – und senkt den Kopf. Er steckt sein Smartphone in die Tasche.

Jeder der vor dem Beerdigungsinstitut Versammelten kennt eine andere Amy. Für jeden war sie etwas anderes. Tochter, Geliebte, Gemeindemitglied, Fremde, Freundin, Zeugin.

»Was tun wir hier?«, flüstert Alessandra ihr zu und packt Amys Ellbogen.

Amy antwortet nicht. Ihr Kopf fühlt sich auf einmal mystisch leicht an. Alles verlangsamt sich. Alessandras Hand an ihrem Arm verwandelt sich in einen Schwamm. Lautlos wie U-Boote treiben Autos in der Eighty-Sixth Street vorbei.

»Ich bin für eine Trauerfeier nicht passend angezogen«, sagt Fred.

Schlagartig findet Amy sich in der Wirklichkeit wieder. Sie geht an den Mescolottos vorbei ins Beerdigungsinstitut. Dom sagt nichts. Mrs. Mescolotto zieht heftig an ihrer Zigarette, die Flasche hat sie verschwinden lassen. Sie sieht Amy nicht an.

Drinnen: schwerer Blumenduft, an den Wänden Gemälde von Meeren und Weinbergen, dicke rote Teppiche, die von der Trauer niedergedrückt zu sein scheinen. Auf einem Schild steht Vincents Name, darunter ein Pfeil nach rechts zum ersten Raum. Amy denkt an die Trauerfeier für ihre Mutter – wie sie auf einem Klappstuhl saß und die Leute sie auf die Wangen küssten und ihre Großmutter ihr ständig Wasser zu trinken brachte. Damals lag auch schwerer Blumenduft in der Luft. Ihre Mutter im Sarg, stark geschminkt und in einem schwarzen Kleid, in dem Amy sie noch nie gesehen hatte. Mager und knochig auf dem weißen Satin. Die Erinnerung ist so stark wie der Blumengeruch und überrollt sie in Wellen.

Sie ist allein mit Vincent. Die übrigen Besucher der Trauerfeier stehen draußen. Er liegt aufgebahrt im Sarg und trägt den

Anzug, den sie aus seiner Wohnung geholt hat. Auf einem Tischchen steht ein 20 x 25 cm großes Foto. Daneben das Bild in dem von ihm gebastelten Rahmen, das Diane ihr gezeigt hat. Amy geht zum Sarg, um Vincent die letzte Ehre zu erweisen. Fred und Alessandra treten nach ihr in den Raum, setzen sich auf zwei Stühle an der Wand und fragen sich verwirrt, was sie hier tun. Auf Alessandras Schoß steht der Rucksack.

Vincents Hemdkragen verdeckt die Messerwunde. Sein Anzug ist frisch gebügelt und ganz steif. Vincent ist ganz steif. In seiner Brusttasche ist ein blaues Einstecktuch und er trägt eine dunkelblaue Krawatte. Sein Gesicht ist eingefallen. Sie erinnert sich kaum an ihr Gespräch. Sie erinnert sich nicht, was sie bei Mrs. Epifanio miteinander gesprochen haben. Besser erinnert sie sich an seinen Anblick, als sie ihm gefolgt ist. Wie er an seiner E-Zigarette pafft. Telefoniert. Sein Kopf hinter der Scheibe des Homestretch. Sie versucht sich vorzustellen, wie er Mrs. Mescolottos Hals küsst. Sie versucht sich die beiden beim Sex vorzustellen. Sie muss fünfundzwanzig Jahre älter sein. Sie fragt sich, wann die Geschichte zwischen ihnen angefangen hat. Als Vincent noch in der Highschool war?

Amy hält das Foto in der Hand, als sie sich über Vincent beugt, dann schiebt sie es unter sein Jackett und tastet nach dem Schlitz der Innentasche. Als sie es hineinsteckt, spürt sie etwas Hartes darin. Sie weiß, dass es das Messer ist, zieht es heraus und dreht es auf Vincents Brust. Dom muss es ihm als letztes *Fick dich* mitgegeben haben. Sie schiebt es zurück in die Tasche. Dann kniet sie sich auf die Bank vor dem Sarg und betrachtet Vincents Gesicht. Sie sucht in ihrem Gedächtnis nach einem Gebet, aber es ist keines mehr da.

Hinter ihr kommt Unruhe auf, die anderen kehren zurück in den Raum. Amy will keine Szene verursachen, weiß aber auch nicht, wie sie sie verhindern soll. Langsam dreht sie sich um. Diane sitzt in der ersten Reihe, neben ihr Monsignore Ricciardi. Andy Capelli steht schwitzend an der hinteren Wand unter einer mediterranen Strandszene. Sand, ein Teller Trauben, blaues Wasser. Tony stützt Mrs. Mescolotto, redet auf sie ein, will, dass sie geht, sie zischt ihn an, dass sie bleiben will. Was Diane von alldem hält, kann Amy nicht sagen. Dass sie gar nichts von Vincent und Mrs. Mescolotto wusste, kann sie sich nicht vorstellen. Keiner scheint zu bemerken, dass Mrs. Mescolotto komplett blau ist. Wie diskret. Dom läuft vor dem Raum auf und ab. Er unterhält sich mit Bernie aus dem Homestretch. Dom ist wütend. Bernie hebt die Hände, dann kommt er herein, um sich von Vincent zu verabschieden. Er stellt sich neben Amy.

»So sieht man sich wieder«, sagt Bernie.

Amy lächelt ihn schief an.

Diane steht auf und macht einen Schritt auf den Sarg zu. Es ist, als würde sie Vincent zum ersten Mal sehen. Sie wirft sich über ihn und fängt an zu weinen. »Que sera, sera«, singt sie unter Tränen. »Whatever will be, will be. The future's not ours to see. Que sera, sera. What will be, will be.« Sie heult heftiger, das Lied geht darin unter. Ihre Hände liegen auf seiner Brust. Amy fragt sich, ob sie das Messer spürt.

Wie auf ein Stichwort ertönt in der Halle Musik, die lauter werdenden Gitarrenakkorde von »Eye of the Tiger«. Doms Handy. Er schaltet es schnell auf stumm, aber nicht schnell genug. Diane dreht sich fragend um. Es ist klar, von wessen Handy die Melodie gekommen ist. Er hält es in der Hand. Diane sieht Amy an, so als würde sie fragen: *Was ist hier los?* Die Traurigkeit in ihren Augen ist Angst gewichen. »Dom?«, sagt sie. Dann sackt sie ohnmächtig nach vorne.

Monsignore Ricciardi macht einen Satz, um sie aufzufangen. Zu spät, sie schlägt hart auf den Boden. Auch Andy Capelli setzt sich in Bewegung. Er läuft in sein Büro, um zu holen, was er dort für den Notfall bereithält. Vielleicht ein Glas Wasser, einen feuchten Waschlappen, vielleicht Riechsalz.

Amy beugt sich über Diane. Alessandra und Fred sehen fassungslos zu.

»Diane?«, sagt Amy und streicht über Dianes Wange.

»Sie ist auf den Kopf gefallen«, sagt Monsignore Ricciardi. »Vielleicht sollten wir den Notarzt rufen.«

Andy Capelli kommt mit einem Beutel tiefgefrorener Erbsen zurück.

»Erbsen?«, sagt Monsignore Ricciardi.

»Was?«, fragt Andy, der Monsignore Ricciardi nicht verstanden hat und sich neben Diane kniet. »Legen Sie ihr das auf die Stirn.«

»Was machen Sie mit tiefgefrorenen Erbsen in einem Beerdigungsinstitut?«

Andy lässt den Erbsenbeutel auf den Teppich fallen. »Geht es ihr gut?«

»Ich weiß nicht«, sagt Amy.

Dianes Lider flattern, dann öffnet sie die Augen. Amy wirft einen Blick über die Schulter. Dom ist weg.

Mrs. Mescolotto trommelt mit den Fäusten auf die Brust ihres Mannes. »Das warst du, Tone, du warst es! Du Schwein! Das hast du getan!«

Tony sieht sie schockiert an. »Du bist betrunken, Karen.«

»Vincent, Liebster!«, ruft Mrs. Mescolotto, und Amy ist froh, dass Diane noch so benommen ist, dass sie es nicht richtig mitbekommt.

»Wow, das ist irre«, sagt Bernie.

Amy macht einen Schritt auf Mrs. Mescolotto zu, weiß aber, dass die Frau viel zu betrunken ist, um auf irgendjemanden zu hören. Sie fragt sich, was Diane denkt, wenn sie wieder ganz zu Bewusstsein kommt. Wird sie sich etwas zusammenreimen, eine Geschichte, in der Amy schlecht wegkommt? Hat sie denn etwas Schlechtes getan? Die Klappe zu halten ist nichts Schlechtes. Nur so überlebt man.

Aber da ist das Geld. Das Geld war ein Fehler. Dadurch hat sie sich in eine Lage gebracht, in der sie mit der Sprache rausrücken und allen sagen müsste, was sie gesehen hat. Diane. Der Polizei. Sie seufzt und senkt den Kopf.

»Hey, lass uns abhauen«, sagt Alessandra und steht auf. »Das ist komplett durchgeknallt.«

Vielleicht kann sie tatsächlich einfach abhauen. Im Moment ist das wohl die einzige Option. Vor diesen zerstörten Müttern zu fliehen. Auf keinen Fall darf Amy sich in diesen Strudel ziehen lassen.

Amy überlässt Diane Monsignore Ricciardi. Der Anblick von Dianes auf dem Teppich ausgebreiteten Haaren macht sie traurig. Sie folgt Alessandra zur Tür. Beim Vorbeigehen sind die Mescolottos nur Schemen. Fred läuft ihnen nach. Sie will ihn wachrütteln, weiß aber nicht, wie. Mit Grausamkeit hat sie es schon probiert.

Vor Capelli's. Die Straßenbeleuchtung. Unter der Hochbahntrasse schnauft ein Bus um die Ecke.

Alessandra ist wütend. »Ich hätte einfach nicht herkommen sollen«, sagt sie.

Dom sitzt auf einem Hydranten vor dem Rechtsanwaltsbüro. Was will der denn noch hier, denkt Amy. Er klatscht die Hände zusammen. »Ich hab ihm das Messer in die Tasche gesteckt«, sagt er lachend. »Gemerkt?«

»Ich dachte, du wärst –«, setzt sie an.

»Ich hab zur Feier des Tages im Homestretch was getrunken«, sagt Dom. »Hast recht gehabt, Amy. Dass ich zu der Trauerfeier kommen muss. Vollkommen recht. Wär ein Fehler gewesen, das nicht mitzunehmen. Außerdem wollt ich Vincent ja mein Abschiedsgeschenk dalassen.«

»Hör mal«, sagt Fred und tritt vor.

»Und wer bist du so?«, fragt Dom.

»Ich bin Amys Vater«, sagt Fred. »Jetzt erkenn ich dich wieder, du warst gestern in der Kneipe. Ich weiß ja nicht, was hier los ist, aber vielleicht kann ich irgendwie helfen?«

»Amys Alter, was?« Fieses Grinsen, dümmliche Arroganz. »Deine Tochter schreit sofort hier, wenn's drum geht, Scheiße zu bauen. Hat sie das von dir?«

»Pass auf, was du sagst, Kumpel«, sagt Fred.

»Ich hol jetzt meinen Koffer, dann such ich mir ein Hotel am Flughafen«, sagt Alessandra zu Amy. »Was für eine miese Idee hierherzukommen.«

»Ich fahr dich überallhin«, sagt Dom und drückt die Brust raus. »Ich seh uns zwei Hübschen schon durch die Gegend gondeln. Vielleicht bin ich ja auch aufm Weg zum Flughafen. Vielleicht sitzen wir sogar im selben Flugzeug und jetten durch die Welt.«

Alessandra beachtet ihn nicht.

»Hey, bin ich Luft?«, fragt Dom, steht auf und tritt vor Alessandra. »Ich fahr dich. Ich seh scheißgut aus in meinem schicken Anzug, oder? Und du bist auch ziemlich hübsch, fast wie ein Model. Ich möchte deine Zehen lutschen. Deine kleinen Füße mit einer Feder streicheln.«

»Also echt«, sagt Fred. »So schweinische Sachen sagt man nicht.«

»Ich schätz mal, es ist Zeit, dass du zurück in dein Obdachlosenheim gehst, *Kumpel.*«

Fred läuft rot an und wankt auf Dom zu. Er hebt die Hand, so als wollte er ihn ins Gesicht schlagen, stattdessen erwischt er mit dem Unterarm nur Doms Schulter und tut sich offenbar vor allem selbst weh.

Dom lacht. »Pass auf meinen Anzug auf«, sagt er und stößt Fred weg. Fred stolpert und fällt mit einem lauten Grunzen auf den Hintern.

Mrs. Mescolotto schwankt aus dem Capelli's, von ihrem Mann ist nichts mehr zu sehen.

»Ma«, sagt Dom, geht zu ihr und legt die Hand auf ihren Rücken. »Du hast zu viel getrunken.«

Mrs. Mescolotto brabbelt etwas. Amy hat Angst vor dem, was sie sagen könnte.

»Ich weiß, Ma«, sagt Dom und streichelt ihr beruhigend über den Rücken. »Ich weiß. Warum gehst du nicht heim? Iss ein Pfirsichjoghurt, das findest du doch so lecker. Leg *Law and Order* ein.«

»Wir hatten eine Zukunft, Vincent und ich«, sagt Mrs. Mescolotto. »Wir wollten zusammen weglaufen.«

»Er ist tot, Ma«, sagt Dom. »Ich will seinen Namen nicht mehr hören, sonst werd ich sauer.«

»Dein Vater muss ihn –«

»Dad war's nicht, okay? Es war Pech, mehr nicht. Er ist zur falschen Zeit am falschen Ort gewesen.«

»Tut mir leid, dass du das mit Vincent und mir so erfahren hast«, sagt Mrs. Mescolotto und reibt sich mit den Knöcheln über die Augen.

»Hör auf, davon zu reden«, sagt Dom mit harter Stimme.

»Dom, bitte.«

»Sei still. Sei einfach still.«

Schnaubend kommt Tony heraus. »Karen, ich bring dich jetzt heim«, sagt er, dann an Dom gewandt: »Mit dir red ich nachher, Dommie. Die Fünftausend, die dir Bernie gegeben hat – ich werd schon rausfinden, was du damit wolltest.«

Amy ist so abgelenkt von Dom und seinen Eltern, dass sie nicht mitbekommt, wie Alessandra die Eighty-Sixth Street runtergeht, in der Hand ihr Handy, den Rucksack über der Schulter. Amy rennt ihr nach, ruft ihren Namen, spritzt durch eine Pfütze. Als Alessandra die Nineteenth Avenue überquert, holt Amy sie ein. »Es tut mir leid«, sagt sie.

»Ich hätt einfach nicht herkommen sollen«, sagt Alessandra. »Es liegt nicht an dir. Es ist die Gegend.«

Amy läuft neben Alessandra her, sieht zurück, erhascht einen Blick auf Fred, der sich aufgerappelt hat, seine Hose hochzieht und ihnen hinterherhinkt. Dom steht immer noch mit seinen Eltern vor Capelli's. Über ihren Köpfen fahren zwei Subways aneinander vorbei. Das Rattern verschluckt jedes andere Geräusch. Alessandra sagt etwas, aber Amy kann sie nicht verstehen.

Als die Züge durchgefahren sind, hört sie Alessandra schimpfen. »Ich bin so blöd«, sagt sie wieder und wieder.

»Wenn, dann bin ich blöd«, sagt Amy. »Dass ich das Schicksal herausfordere.«

»So eine Scheiße passiert nur hier. Und ich mittendrin. Sind sie hinter uns her?«

»Nur Fred.«

»Steig in den Zug, Amy. Sofort. Wenn ich meinen Koffer nicht bei dir hätte, würd mich nichts zurück zu deiner Wohnung bringen. Scheiße. Du musst von hier weg. Zu Gwen oder irgendwo anders hin.«

»Hast du ein Uber gerufen?«

»Es sollte an deiner Wohnung auf mich warten. Gib mir deinen Schlüssel. Hau ab. Das ist gefährlich.«

»Ich komm mit dir. Wenigstens bis zur Wohnung. Ich will dir was von dem Geld geben.«

Stadtleben. Ein Haufen Pendler, die von der Subway-Station herunterkommen, ein chinesisches Restaurant, in dessen Fenstern Hühner hängen, daneben ein chinesisches Restaurant mit einem Aquarium voller grauer, unförmiger Fische, die sich gegen die Scheiben drängen, dahinter Gesichter, weiße Hauben, aus offenen Türen gebellte Essensbestellungen.

Sie gehen am Lenny's vorbei. Einen Moment lang glaubt Amy, dass sie Alessandra nur zu einem Stück Pizza hineinlocken müsste und alles wie früher wäre. Sie würden das Foto von Stallone und Travolta von den Dreharbeiten zu *Staying Alive* sehen, und dann würde nichts, was passiert ist, tatsächlich passiert sein. Es wäre wie ein Tor in ihr erstes gemeinsames Jahr, als ihre Liebe die Welt zum Glänzen gebracht hat, die wilden Küsse, die Möglichkeit, dass es klappen könnte, dass ihnen das Viertel guttäte oder sie es zumindest neu entdecken könnten. Es war nicht mehr das Viertel, in dem Alessandra aufgewachsen war. Es veränderte sich. Eine neue Welle Immigranten. Chinesen, Ukrainer, Russen, Albaner, Türken, Georgier, Usbeken, Palästinenser, Ägypter, Libanesen, Pakistani, Mexikaner. Die alten Gespenster verzogen sich und verharrten nur mehr in den Häusern derjenigen, die nicht gestorben waren oder schlappgemacht hatten oder weggelaufen waren. Noch gab es genug von ihnen, aber auch sie verschwanden schnell. Wenn sich nur wieder etwas Ähnliches, eine solche Hoffnung einstellen könnte. Aber das wird es nicht. Es wird so enden wie alles, schlecht.

Alessandra presst die Kiefer aufeinander, und an ihrer Wange erscheint der schmale Strich, der immer zum Vorschein kommt, wenn sie wütend ist oder enttäuscht oder die Schnauze voll hat vom Scheitern.

»Sprich mit mir«, sagt Amy. Sie schwitzt, hat Angst vor dem, was kommt, und dem, was nicht kommt, was niemals kommen wird.

»Es gibt nichts zu sagen«, erwidert Alessandra.

»Ich liebe dich«, sagt Amy.

»Weißt du immer noch nicht, dass das nicht reicht? Egal wen oder was du liebst, es reicht einfach nicht. Wird es nie.«

»Himmel, Al.«

Mittlerweile sind sie zwischen der Twentieth Avenue und dem Bay Parkway. Fred humpelt nach wie vor hinter ihnen her, in einem Abstand von vielleicht dreißig Metern. Sie gehen an einem Kind auf einem Schaukelautomaten vorbei, ein kleiner gestreifter Elefant, der vor und zurück ruckt, als wäre eine Feder kaputt. Das Kind kichert, während Mutter und Vater es festhalten.

Ein Imbiss mit rauchendem Grill. Der Geruch nach Hühnchen-Kebap.

An der Ecke eine umgeworfene Mülltonne.

Sie überqueren den Bay Parkway. Unter der Hochbahnstrasse ist eine kleine Verkehrsinsel, auf der Leute auf den B1 warten. Der Markt ist noch voll. Schlurfende alte Männer und Frauen mit Einkaufswagen. Angestoßenes Obst. Stängelkohl. Enge Ramschläden, die im Dunkeln zirkusbunt leuchten.

Sie nähern sich der Twenty-Third Avenue. Fred geht die Puste aus und er fällt zurück. »Ich weiß nicht, was ich sonst sagen soll«, sagt Amy.

»Es gibt auch nichts zu sagen«, antwortet Alessandra.

Amys Handy brummt in ihrer Tasche. Eine SMS von Gwen: *Alles gut?* Sie steckt das Handy wieder weg. Sobald sie kann, wird sie antworten. Sie sieht das Kreuz von St. Mary über den Dächern. Egal wo sie einmal landet, daran wird sie sich erinnern, an dieses Kreuz, das man von jeder Stelle aus sehen kann. Über der Hochbahn. Halb versteckt zwischen Masten. Gerade hoch genug, damit es hinter den geduckten zweistöckigen Häusern in der Eighty-Sixth Street hervorlugt. Man muss nur den Blick heben, um es zu sehen, so wie sie es jetzt tut. So oft hält sie den Blick gesenkt, konzentriert auf den Bürgersteig. Risse, Unkraut, Wörter, die Bürgersteige erzählen ihre eigenen Geschichten.

»Ich will dich zu nichts überreden«, sagt Amy.

»Okay«, sagt Alessandra. »Wenn du magst, kannst du einfach mit mir in das Uber steigen, und ich lass dich bei Gwen raus. Oder irgendwo anders. Du musst nur echt weg von hier.«

»Kann ich mit in dein Hotel? Nur für eine Nacht?«

»Lieber nicht. Du steckst knietief in der Scheiße.«

»Na und?«

»Ich weiß nicht. Ich will da nicht reingezogen werden.«

»Und du sagst, ich wär paranoid.«

»Ich hab keine Ahnung, was du getan hast, und ich hab keine Ahnung, warum du's getan hast. Aber ich weiß genau, dass ich nicht mit reingezogen werden will.«

»Es war deine Idee, den restlichen Schmuck im Dachgeschoss zu klauen.«

»Das war blöd. Reine Gier. Wie der Schluss von den *Goonies*. Nach dem, was du erzählt hast, hab ich echt angefangen zu glauben, dass wir reich sein könnten.«

»*Goonies*?«

»Egal. Ich mach mir Sorgen um dich, aber ehrlich gesagt hab ich keinen Bock, für deine Entscheidungen geradezustehen.«

Sie biegen links in die Twenty-Third Avenue. Es ist nicht mehr weit bis zur Kirche und zu der Wohnung, von der Amy einfach nicht wegkommt. Irgendetwas zieht sie immer wieder zurück. Sie legt die Hand auf Alessandras Schulter, versucht sie abzuhalten, über die Straße zu gehen und weiter zu der Wohnung, an Mr. Pezzolanti vorbei, um sich ihren Koffer zu schnappen und in ein Taxi oder das Uber-Auto zu springen und irgendwohin zu fahren, wo Amy nicht ist. Sie fragt sich, was sie will. Was sie jemals gewollt hat.

»Nimm deine verdammte Hand weg«, sagt Alessandra und tritt einen Schritt zurück.

»Bitte.«

»Bitte was?«

»Ich weiß nicht.«

»Du weißt nicht. Ich weiß nicht. Das bringt es ziemlich genau auf den Punkt, Amy. *Wir wissen's nicht.*« Ein Auto fährt vorbei. Alessandra bleibt kurz stehen, dann überquert sie die Twenty-Third Avenue.

Amy hat Tränen in den Augen. Sie versucht sie zurückzuhalten. Alessandra hasst es, wenn jemand heult. »Warum tun wir das, was wir tun?« fragt Amy. »Was soll ich denn mit meinem Leben anstellen?«

»Wie oft soll ich eigentlich noch sagen, dass ich es nicht weiß. Die meisten Leute suchen sich einfach irgendeinen Sinn für ihr Leben. Du hattest wenigstens mal 'ne Plattensammlung. Such dir was, das dir was bedeutet und das nicht Gott oder die Liebe ist.«

Alessandra eilt über die Straße, Amy hinterher. Sie kommen an St. Mary vorbei, die dunkel wie der Tod daliegt. Aus einem Fenster dringt Musik.

Als sie die Wohnung erreichen, steht Mr. Pezzolanti auf der

Treppe, das Licht über der Haustür brennt. Er trägt ein viel zu weites Flanellhemd und zerknautschte Chinos. Zwischen seinen Füßen steht ein Radiorekorder, aus dem »Big Girls Don't Cry« von Frankie Valli & The Four Seasons dringt. Diese Falsettstimme. Amy kennt den Song von ihren Großeltern. Sie haben Frankie Valli geliebt und immer im Auto laufen lassen.

Mr. Pezzolanti singt lautlos mit. Die Musik ist so leise gestellt, dass niemand davon gestört wird. Er möchte auf keinen Fall, dass seine Nachbarn sich über ihn ärgern. »Gefällt euch das Lied?«, fragt er.

»Gib mir den Schlüssel«, sagt Alessandra zu Amy.

Amy zieht mit zitternder Hand den Schlüssel aus der Tasche und gibt ihn ihr.

»Als ich die Batterien gekauft hab, ist mir eingefallen, dass ich auf dem Speicher dieses Ding hab«, sagt Mr. Pezzolanti. »Ich bin sofort los und hab meine Kassetten rausgesucht. Sinatra, Frankie Valli, Johnny Mathis, Dion. Das war noch Musik!«

»Sehr hübsch, Mr. P«, sagt Amy.

»Guter Klang, was? Ist doch toll, dass der Rekorder noch funktioniert.«

»Big Girls Don't Cry« ist zu Ende, »Working My Way Back to You« setzt ein. Amy ist erleichtert, dass das Auto noch nicht da ist.

Drinnen wirft Alessandra Amys Rucksack aufs Bett. Sie holt ihren Koffer und zieht ihn hinter sich zur Tür.

»Warte doch in der Wohnung«, sagt Amy.

»Das Uber wird gleich da sein«, sagt Alessandra.

Amy nimmt das Medaillon vom Tisch. »Nimm wenigstens das«, sagt sie, macht schnell die paar Schritte zu Alessandra und hält ihr die Kette hin.

Alessandra nickt. Sie öffnet die Außentasche ihres Koffers

und lässt das Medaillon hineingleiten, die Kette rutscht hinterher.

»Wenn du den Reißverschluss nicht zumachst, wird sie rausfallen«, sagt Amy.

Alessandra geht hinaus und macht das Gartentürchen auf. Sie steht auf dem Bürgersteig und sieht sich nach dem Auto um.

Amy bleibt bei Mr. Pezzolanti stehen, damit Alessandra nicht mitkriegt, wie verzweifelt sie ist. Das letzte Mal hat sie das erst recht von Amy weggetrieben. Wenn Amy gelassen bleibt, können sie in ein paar Tagen vielleicht reden und sehen, wo sie stehen.

Los Angeles. Der Name hat so einen weichen Klang. Sie sieht sie beide auf einer Gartenparty, Swimmingpool, Laternen, Tabletts mit Cocktailgläsern. Sie sieht sie beide im Kino. Beim Wandern. Die gleichen Wanderstiefel. Klean Kanteens. Ein schöner Traum. Die Realität besteht aus unüberwindlichen Distanzen und unausgesprochenen Worten.

»Stimmt alles?«, fragt Mr. Pezzolanti und dreht die Musik noch leiser.

»Ja«, erwidert Amy.

»Wartet sie auf den Chauffeurdienst?«

»Ja, ein Uber.«

»Ein Uber?«

»Das ist eine Art Taxi.«

Mr. Pezzolanti macht eine wegwerfende Geste. »Ich bin komplett abgehängt.«

Alessandra starrt auf die Straße. Angesichts der Dunkelheit könnte man meinen, es wäre schon spät, aber das stimmt nicht. Spätnachmittag, früher Abend vielleicht. Wenn überhaupt. Amy will nicht auf ihr Handy schauen. Sie will die Ziffern der

Uhr nicht sehen. Sie bedeuten nur eins: Die Zeit zerrinnt ihr zwischen den Fingern.

»Alessandra«, sagt Amy.

»Was denn?«, sagt Alessandra, ohne sich umzudrehen.

»Gib mir Bescheid, wenn du gut angekommen bist.« Amy holt tief Luft. »Okay?«

Jetzt dreht Alessandra sich um, ihr Kinn zittert leicht. »Pass auf, dass du nicht weiter in den ganzen Mist reingezogen wirst.«

»Welcher Mist?«, fragt Mr. Pezzolanti.

Amy blickt auf und sieht Fred völlig außer Atem um die Ecke biegen. Als er die Straße überquert, ist lautes Hupen zu hören. Ein Auto rast über die rote Ampel an der Twenty-Third Avenue und fährt mit quietschenden Reifen auf sie zu. Doms Daytona. Fred hebt den Kopf und sieht das Auto. Will stehen bleiben. Dom steigt auf die Bremse, und das Auto bricht nach links aus, erwischt Fred mit dem Seitenspiegel. Fred taumelt nach vorne, sinkt auf die Knie, dann kippt er im Lichtkegel von Doms Scheinwerfern seitlich weg auf den schimmernden schwarzen Asphalt.

»Mein Gott«, sagt Mr. Pezzolanti und läuft zu Fred.

Amy ist wie erstarrt. Genau wie Alessandra. Dom schlägt mit der Faust auf das Lenkrad.

Mr. Pezzolanti kniet neben Fred und brüllt: »Hol Hilfe!«

Dasselbe hatte Vincent gesagt.

»Ruf einen Rettungswagen«, sagt Mr. Pezzolanti. »Hol doch jemand Hilfe!« Zu seinem Entsetzen steigt Dom nicht mal aus und Amy und Alessandra stehen nur da.

Endlich zieht Amy ihr Handy aus der Tasche und lässt es fallen. So schlimm ist es nicht, sagt sie sich. Doms Auto hat Fred kaum berührt. Er ist einfach nicht mehr besonders sicher auf den Beinen. Sie hebt das Handy auf, wählt die Notrufnummer und sagt, dass ein Mann in der Eighty-Sixth Street zwischen Twenty-Third und Twenty-Fourth Avenue angefahren wurde.

Endlich setzt sich auch Alessandra in Bewegung, aber nur um wegzugehen, an Fred, Mr. Pezzolanti und Dom in seinem Daytona vorbei in Richtung Twenty-Third Avenue. Sie will den Uber abfangen.

Dom stößt die Fahrertür auf, er hat die Krawatte gelockert und sieht von dem auf dem Boden liegenden Fred zu Alessandra. »He, du da«, ruft er. »Bleib mal schön stehen, wo du bist.« Er beugt sich zum Handschuhfach und holt die Pistole raus.

Alessandra ignoriert ihn.

Amy ruft Alessandras Namen, erst leise, dann brüllt sie ihn.

Dom dreht sich mit der Waffe in der Hand um und richtet sie auf Alessandra. Er wirkt angespannt, verwirrt. Ein zerbeulter Minivan bleibt hinter dem Daytona stehen und die Fahrerin drückt auf die Hupe. Sie sieht Fred nicht. Es dauert einen Moment, bis sie die Pistole in Doms Hand bemerkt. Schnell legt sie den Rückwärtsgang ein und rast mit quietschenden Reifen den Block zurück. Auf der Kreuzung rammt sie fast zwei Autos.

Amy läuft den Bürgersteig entlang.

»Schau mich an, wenn ich mit dir rede«, sagt Dom zu Alessandra.

»Fick dich«, sagt Alessandra und geht weiter, an der Kirche vorbei und durch den hellen Lichtkegel einer Straßenlaterne.

»Hältst dich für 'nen echten Knaller, was? Ich zeig dir, was 'n echter Knaller ist.« Dom feuert über Alessandras Kopf hinweg in die Luft und die Kugel trifft eines der Kirchenfenster von St. Mary. Wie durch ein Wunder geht nur eine der vielen kleinen Scheiben kaputt, ein Teil des blauen Umhangs einer Figur.

»Spinnst du oder was?«, ruft Alessandra. Sie duckt sich, legt die Hände über den Kopf, sucht nach Deckung hinter ihrem Koffer, hinter einem Telefonmast, hinter irgendwas.

Mr. Pezzolanti springt auf. »Du«, sagt er zu Dom, »nimm sofort die Waffe runter. Was willst du denn damit?«

Dom dreht sich mit der Waffe zu Mr. Pezzolanti. »Kümmer dich um deinen eigenen Kram, Opa«, sagt er.

»Was hast du vor?«, ruft Amy. »Ich werd nichts sagen.«

»Du und deine Freundin, ihr steigt jetzt in das Scheißauto«, sagt Dom und richtet die Pistole auf Amy. »Ich hätt dich schon längst umbringen sollen. Da will man nett sein, und das hat man davon.«

Alessandra lässt ihren Koffer stehen und rennt los, macht einen Satz auf den Kirchenparkplatz und verschwindet im Dunkeln hinter dem Gebäude.

Benommen setzt sich Fred auf. Er ist zittrig und Mr. Pezzolanti hilft ihm auf die Beine.

»Komm schon, tu die Waffe weg«, sagt Fred. »Bitte.«

Überrascht wirbelt Dom zu Fred herum.

Amy fühlt sich schlecht, weil sie keinen Gedanken an Fred verschwendet. Sie sollte sich Sorgen um ihn machen – nicht weil er ihr Vater ist, sondern weil er ein Mensch ist. Wäre er ein Fremder, wäre sie sofort zu ihm gelaufen und hätte geholfen. Wenn jemand in Not ist, muss man helfen, das ist ihre feste Überzeugung. Aber was mit Fred ist, ist ihr mehr oder weniger egal. Und genau diese Gleichgültigkeit scheint ihr auf einmal Kraft zu geben, und sie läuft Alessandra hinterher, umrundet den Koffer und biegt auf den Parkplatz ein. Sie wartet auf einen Schuss, und als er endlich kommt, sirrt er laut durch die Luft. Die Kugel trifft eine der Glastüren der Kirche und sie zerspringt. Dom brüllt ihr hinterher, dass sie stehen bleiben soll. Sie erwartet weitere Schüsse, aber sie bleiben aus.

Der Parkplatz geht in eine Gasse über, die zwischen der Schule und der Kirche entlangführt. Ein Container mit Müllsäcken und ein paar kaputten Bürostühlen steht vor einem Gebäude. Amy sieht sich nach Alessandra um, kann sie aber nirgends entdecken. Die Gasse führt auf einen weiteren kleinen Parkplatz an der Eighty-Fourth Street, wo das Pfarrhaus der Kirche liegt. Sie rennt durch das hintere Tor, blickt nach rechts und links und entdeckt Alessandra, die auf die Twenty-Fourth Avenue zuläuft. Amy ruft nicht nach ihr. Am Ende des Blocks springt Alessandra über einen niedrigen Zaun in einen Garten und Amy verliert sie wieder aus dem Blick.

Um die Ecke das Geräusch eines aufheulenden Motors. Reifen quietschen auf dem Asphalt. Lautes Brüllen. Wieder ein Schuss. Immer noch keine Sirenen.

Amy läuft am Pfarrhaus vorbei. Sie steigt in den Vorgarten, in dem Alessandra verschwunden ist. Ein größeres Haus, davor eine leere Grotte. Die Heiligenfigur, die dort einmal gestanden hat, ist verschwunden, wahrscheinlich gestohlen. Zwischen dem Unkraut liegen leere Chipstüten. Aus dem Briefkasten quellen Werbeblättchen und hinter den Fenstern hängen schwere Vorhänge. An der Haustür klebt ein welliges Blatt Papier, auf dem mit blutrotem Filzstift LÄCHELN, DU WIRST GEFILMT geschrieben steht. Rechts vom Haus führt eine Einfahrt zu einem kleinen Hinterhof. Amy läuft an der Seitentür vorbei, die mit einem Vorhängeschloss verschlossen ist. Vernehmlich flüstert sie Alessandras Namen.

Sie landet in einem Hof, wie es ihn überall im Viertel gibt. Rissiger Zement, Unkraut, Sperrmüll – in diesem Fall zwei hohe Stapel mit alten Reifen, in denen sich Regenwasser gesammelt hat, eine Klimaanlage, die halb mit einer blauen Folie zugedeckt ist, ein klappriger Handrasenmäher, obwohl kein Rasen zu sehen ist. Quer über den Hof ist eine Wäscheleine gespannt, das eine Ende ist an einem Haken über der Hintertür befestigt, das andere an einem Telefonmast. Schwärzliche Holzwäscheklammern klemmen an der Leine. Ein paar Geschirrtücher mit Schmutzstreifen baumeln traurig daran. Ein Stück der Dachrinne ist abgeknickt und steht vom Dach ab. An den hinteren Fenstern sind Rollos, dahinter ist es dunkel. Zumindest kann Amy kein Licht sehen.

»Was willst du hier?«, zischt Alessandra von irgendwoher.

Sie kauert hinter den Reifen und Amy geht zu ihr. »Das könnte ich dich auch fragen«, flüstert sie.

»Ich bin verdammt noch mal weggerannt. Hat er dich gesehen?«

»Ich glaub nicht.«

»Glaubst du, dass er dich nicht gesehen hat, oder weißt du es?«

»Ich glaub nicht.«

»Verfickte Scheiße. Dieses scheiß Brooklyn bringt mich noch um.«

Eine Zeitlang kauern sie schweigend und lauschen nach Schüssen, nach Schritten, nach einem Auto. Es gibt hier so viele Höfe und Gassen, man kann in so viele Richtungen abhauen und sich an so vielen Stellen verstecken, dass es keinen Grund gibt anzunehmen, dass Dom sie finden wird.

»Was sollen wir jetzt tun?«, fragt Amy und stößt mit dem Bein an ein Metallrohr, das im Dunkeln an einem der Reifenstapel lehnt. Das Klirren hallt durch die Nacht.

»Oh Mann«, faucht Alessandra.

Hinter einem Fenster geht Licht an. Es wirft einen schwachen Schein in den Hof. Amy späht zwischen den Reifenstapeln durch, um zu sehen, aus welchem Fenster es kommt. Es ist das mittlere im Erdgeschoss. Das Rollo ist von Licht umrahmt.

»Scheiße«, sagt Alessandra.

Das Rollo wird hochgezogen. Eine alte Frau presst ihre Nase an die Scheibe und legt die Hände über die Stirn. Sie hat ihre Brille hochgeschoben. Ihr Blick sucht aufgeregt den Hof ab.

»Beweg dich bloß nicht«, sagt Alessandra.

Die Alte tritt zurück, lässt das Rollo aber offen und das Licht an. Eine getigerte Katze springt auf das Fensterbrett und streift an der Scheibe entlang.

Gleich darauf geht die Hintertür auf. Es ist eine alte metallbeschlagene Tür in einem windschiefen Holzrahmen, sie knarzt in den Angeln. Mit einem Besen in der Hand kommt die Alte heraus und fährt damit durch die Geschirrtücher an der Wäscheleine.

»Wer ist da?«, ruft sie. »Ich hol die Polizei, wenn ihr nicht aus meinem Hof verschwindet.«

Alessandra legt die Hand auf Amys Knie.

»Das ist mein Hof. Hier gibt's nichts zu holen«, ruft die alte Frau. »Pech gehabt.« Sie nähert sich den Reifen, den Besen vor sich gestreckt, die Borsten scharren über den Beton.

Amy ist überzeugt, dass die alte Frau sie dort kauern sieht und sie nicht so gut versteckt sind, wie sie glauben.

»Kommt sofort raus!«, sagt die alte Frau und klopft mit dem Besen auf den obersten Reifen, so als wollte sie eine Ratte aufstören.

Alessandra und Amy stehen auf. Die Frau, die einen weiten Pullover, Jeans und billige Sneakers trägt, ist über siebzig. Sie setzt sich die Brille auf die Nase und sieht sie erstaunt an.

»Was tut ihr zwei Mädchen denn da?«, fragt sie.

»Bitte«, sagt Alessandra.

»Da ist einer hinter uns her«, sagt Amy.

»Ein Vergewaltiger?«, fragt die alte Frau.

»Er hat eine Pistole«, sagt Alessandra.

»Dacht ich's mir doch, dass ich Schüsse gehört hab.« Die alte Frau umklammert den Besenstiel nicht mehr ganz so fest. »Ich hab's Joe gesagt. Kommt mit rein.«

Sie folgen der Frau durch die Hintertür und kommen in einen kleinen Raum mit aufgeworfenem Linoleumboden und einer geschlossenen schweren Holztür. Auf durchgebogenen Regalbrettern stehen Dosen. An der Wand hängen rostige Pfannen.

»Ich heiße Ginny«, sagt die Alte. Amy und Alessandra stellen sich vor.

Ginny verschließt die Hintertür vierfach: zwei Schieberiegel, ein Haken und ein Sicherungsbolzen. Dann geht sie ihnen voran in eine unaufgeräumte Küche. Ein Tisch, auf dem sich Zeitungen, Quittungen, Kirchenblättchen, Rezepte und leere Protein-Shake-Dosen stapeln. Ein altes gelbes Telefon mit Wählscheibe hängt neben einer kaputten Kuckucksuhr an der Wand. Über dem Telefonapparat klebt ein Post-it, auf dem ein paar Nummern stehen. Der Herd ist verkrustet. Es riecht durchdringend nach abgestandenem Kaffee und verfaultem Obst. Neben einem Plastikeimer, in dem eine braune Papiertüte steckt, liegt ein Haufen feuchter Lumpen. Die Neonlampe an der Decke flackert. »Setzt euch«, sagt Ginny.

Alessandra zieht einen Stuhl unter dem Tisch hervor und setzt sich. Amy setzt sich neben sie. Der Stuhl wackelt. An den vorderen Beinen haben sich Haare gesammelt.

»Ich ruf die Polizei«, sagt Ginny.

»Ich hab schon einen Notruf abgegeben«, sagt Amy »Ein Mann wurde angefahren. Und dann kamen die Schüsse.«

»Welcher Mann?«

»So ein Mann eben.«

»Da an der Wand ist die Nummer von Detective Macrorie. Seine Privatnummer. Er hat gesagt, ich soll anrufen, wenn's Probleme gibt.« Ginny schlurft zu dem Wandtelefon und sieht die Nummern auf dem Post-it durch. »Den Notruf kann man vergessen. Man kann von Glück reden, wenn überhaupt jemand auftaucht. Als Johnnie Annio, das ist mein Nachbar, mal angerufen hat, ist er in der Warteschleife gelandet. Das war, als einer bei ihm im Vorgarten gestanden hat und gepinkelt und mit seinem Baseballschläger rumgefuchtelt hat. Sturzbesoffen. Nach einer halben Ewigkeit hat eine in der Telefonzentrale abgehoben, aber die blöde Kuh hat ihn abgewimmelt. John ist raus und hat sich den Kerl selbst vorgeknöpft. Gut, dass er eine große Dose Insektenspray hatte.«

»Er hat den Kerl mit Insektenspray eingesprüht?«

»Ja, direkt in die Augen. Der Kerl ist schreiend weggerannt. Der hat so bald niemand mehr in den Vorgarten gepinkelt.« Sie geht zum Herd. »Wollt ihr Kaffee? Ich hab löslichen.« Ginny nimmt eine Dose aus dem Schrank über dem Herd und geht damit zum Telefon. Sie fährt mit dem Daumen über das Post-it, bis sie die gesuchte Nummer gefunden hat, dann presst sie die Kaffeedose an ihre Brust und beginnt, die Nummer zu wählen. Ziffer für Ziffer steckt sie den Finger in die Wählscheibe, dreht sie langsam nach rechts und wartet, bis die Scheibe zurückdreht.

»Was machen wir hier eigentlich?«, fragt Amy Alessandra.

Endlich ist Ginny mit Wählen fertig und klemmt sich den Hörer zwischen Schulter und Ohr, wartet auf den Klingelton.

Stattdessen ertönt eine Automatenstimme. Amy versteht nicht, was die Stimme sagt, ahnt es aber.

»Nummer ist nicht mehr vergeben«, sagt Ginny. »Netter Mann. Vielleicht ist er ja gestorben.«

»Wir wollen keinen Kaffee«, sagt Alessandra.

»Ich mach sowieso welchen«, sagt Ginny. Dann dreht sie sich zum Flur, der in ein dunkles Wohnzimmer führt. »Joe, die Nummer von dem Detective gilt nicht mehr!«

»Das glaub ich nicht!«, ruft der Mann namens Joe zurück. Die zittrige, schwache Stimme eines alten Mannes.

»Wann war er hier?«

Joe kommt aus dem Wohnzimmer. Er schiebt einen Rollator vor sich her und trägt eine schwarz gefasste Brille und eine Trainingsjacke mit einem großen Loch am Ellbogen, dazu Flanellschlafanzughosen. »Das ist höchstens fünfzehn Jahre her. Die Nummer müsste noch stimmen.« An Amy und Alessandra gewandt: »Wen haben wir denn da? Das sind ja zwei süße Bienen.«

»Joe, lass bloß deine Pfoten bei dir, hörst du?«, sagt Ginny, füllt den Kessel mit Wasser und stellt ihn auf den Herd. »Alter Schweinigel.«

»Was hab ich denn gemacht?«

Sirenen von draußen.

»Das ist nicht mein Mann«, sagt Ginny. »Das ist nur mein nichtsnutziger Bruder.«

»Was ist denn da draußen los?«, sagt Joe und lässt sich ächzend auf einen Stuhl Amy gegenüber sinken. Als er schließlich sitzt, schiebt er den Rollator vom Tisch weg. Er sieht sie mit tränenden Augen an.

»Ein bewaffneter Vergewaltiger«, sagt Ginny.

»Ach, ehrlich?«

»Wir sind gleich wieder weg«, sagt Alessandra.

»Ihr bleibt so lange, wie ihr wollt«, sagt Joe. »Ich schau nur grad *Man lernt nie aus.* Kennt ihr den? Mit De Niro. Er spielt einen alten Knacker, der ein Praktikum macht. Den könnt ich jeden Tag anschauen. Wie heißt noch mal die Schauspielerin? Nettes Ding.«

»Anne Hathaway«, sagt Alessandra, nimmt eine der leeren Protein-Shake-Dosen und klopft damit auf den Tisch.

»Was? Magst du sie etwa nicht? Ich find sie nett. Richtig nett.«

Alessandra erwidert nichts.

Ginny löffelt Kaffeepulver in vier Styroporbecher und gießt kochendes Wasser darauf, rührt mit einem Kartoffelschäler um und trägt die Becher einzeln zum Tisch. »Ist schwarz recht?«, fragt sie. »Gibt leider keinen Zucker und Milch. Uns ist alles ausgegangen. Reggie kommt erst morgen.«

»Reggie ist ein Freund der Familie«, sagt Joe. »Er kauft für uns ein.«

»Gehen Sie nicht mehr aus dem Haus?«, fragt Amy und nippt am Kaffee. Er schmeckt scheußlich, wässrig und leicht säuerlich.

»Schon lang nicht mehr«, sagt Ginny.

Was erklärt, warum Amy sie noch nie in der Kirche oder auf der Straße gesehen hat. Das heruntergekommene Haus ist ihr ebenfalls nie aufgefallen. Wie an so vielen Häusern in der Gegend hat auch an diesem der Zahn der Zeit genagt. »Ist oben noch eine Wohnung?«

»Die steht seit zwanzig Jahren leer. Seit die Faluticos nach Jersey gezogen sind.«

Kurz schweifen Amys Gedanken ab, und sie überlegt, dass sie sich mit Alessandra für ein paar Tage in der Wohnung oben verstecken könnte. Es wäre schön, wenn es wieder so wie im Hotel wäre.

Alessandra tippt etwas in ihr Smartphone. »Wie ist Ihre Hausnummer?«, fragt sie Ginny und Joe, ohne aufzusehen.

»Zwei-drei-sechs-neun«, sagt Joe.

»Was hast du vor?«, sagt Amy.

»Ich will den Uber-Fahrer hierherlotsen.«

»Hat er sich gemeldet?«

»Zum Glück hat er sich verfahren.« Alessandra tippt weiter.

»Hältst du das für eine gute Idee?«

Alessandra zuckt mit den Achseln. »Ich will hier weg, egal wie.«

»Wollt ihr eine Dose Insektenspray?«, fragt Ginny. »Ich hab eine unter der Spüle.«

»Und dein Koffer?«, fragt Amy Alessandra, ohne auf die alte Frau zu achten.

»Was soll damit sein?«, fragt Alessandra. »Vergiss ihn. Ich geh nicht zurück zu dir. Im Koffer ist nichts, was sich nicht ersetzen lässt. Meine Brieftasche mit dem Geld von Tante Cecilia hab ich eingesteckt. Das Drehbuch ist mir egal. Die Tabletten krieg ich überall.«

»Das Medaillon.«

»Tja, futsch.«

Amy nippt am Kaffee. Sie ist froh, dass er so schlecht ist. Was anderes verdient sie nicht.

Mehr Sirenengeheul, aber dieses klingt nach Feuerwehr. Die Feuerwache ist nur ein paar Blocks entfernt neben dem McDonald's in der Eighty-Sixth Street, Ecke Twenty-Fourth Avenue. Amy fragt sich, ob es brennt. Vielleicht Doms Auto. Sie stellt sich vor, wie Flammen aus dem Daytona schlagen, die Telefonmasten hochlecken und Schaulustige sich darum sammeln. Sie hofft, dass Mr. Pezzolanti keine Kugel abgekriegt hat. Was Fred angeht, weiß sie nicht, was sie hoffen soll. Den Tod wünscht sie ihm nicht. Aber sie könnte nicht sagen, dass es sie belastet, ihn in die Sache verwickelt zu haben.

»Wie konntest du dich nur auf diesen Volltrottel einlassen?«, fährt Alessandra sie an. »Warum ist er eigentlich noch hinter dir her? Er hat doch, was er will.«

»Ist eben nicht jeder so gut darin wie du, sich vor Problemen zu drücken«, zischt Amy zurück.

»Hab ich auch lang geübt. Und du musstest ja unbedingt zu dieser Trauerfeier.«

»Es war deine Idee, in das Haus einzubrechen. Hättest du das nicht gewollt, hätten wir Fred nicht gesucht und wären auch nicht in dieses polnische Lokal.«

»Du und deine beschissenen Entscheidungen haben uns hierhergebracht. Hätt ich nur meinen Flug nicht verpasst.«

»Ladys«, sagt Joe lächelnd, »wenn ihr beiden schon streiten müsst, könntet ihr doch wenigstens eure Oberteile ausziehen.«

»Herrgott noch mal«, sagt Alessandra, steht auf und stößt mit der Hand gegen ihren Becher. Kaffee spritzt herum, fließt über die Sachen auf dem Tisch und auf den Boden.

Etwas tropft Joe auf den Schoß. Er rappelt sich halb hoch und sinkt mit einem »Uff« zurück auf den Stuhl. »Seht euch diese Schweinerei an«, sagt er.

Ginny wischt mit einem Lumpen auf dem Tisch herum. »Nichts passiert.«

Alessandra verschwindet ins Wohnzimmer, aus dem Joe vor ein paar Minuten gekommen ist, dann läuft sie zur Haustür. Amy folgt ihr.

»Ist das Uber da?«, fragt Amy.

»Gleich.«

Das Wohnzimmer ist vollgemüllt. Pappkartons voll Zeitschriften. Verschlissene Sessel, auf denen löchrige karierte Wolldecken liegen. Ein Fernseher steht schief auf einem Tisch, der unter dem Gewicht fast zusammenbricht. Er ist auf stumm geschaltet. An der Wand hängt ein Bild von weinenden Clowns. Verblichene Fotos von einem Paar auf Coney Island in den Vierzigern oder Fünfzigern, vermutlich die Eltern von Ginny und Joe. Nur eine Sturmlampe mit aufgemalten Rosen leuchtet schwach.

Alessandra zieht den Vorhang zurück und sieht auf die Straße. Amy erwartet fast, Dom draußen mit gezogener Pistole zu sehen, so wie man es aus Horrorfilmen kennt: Mit einem Grinsen steht er da und weiß genau, wo sie sind, während sie sich in Sicherheit wähnen.

»Bitte, nimm mich mit«, sagt Amy. »Wenigstens ins Hotel.«

Alessandra seufzt laut. »Hör auf.«

»Du hast gesagt, du bringst mich zu Gwen.«

»Vergiss es. Nimm den Zug.«

Ginny und Joe zanken in der Küche, Amy kann nicht sagen, worüber. Sie sollte sich im Haus sicherer als draußen fühlen. Tut sie aber nicht. Es ist unheimlich, schnürt einem die Luft ab, verströmt Angst vor der Zukunft. Das Leben wird enger, es wird beherrscht von Paranoia und Isolation, so dass man nichts tun kann, außer sich einzuschließen und zu verstecken. Einen Schutzwall aus Zeug um sich anzuhäufen und alles Licht auszusperren.

Ein Auto bleibt vorm Haus stehen, ein weißer Chevy Malibu mit getönten Scheiben.

»Ist das dein Fahrer?«

»Viel Glück, Amy«, sagt Alessandra, öffnet die Haustür und geht hinaus.

Bevor Alessandra das Gartentürchen erreicht, sieht Amy, dass sie den Kopf nach links dreht. Amy folgt ihr, um zu sehen, was Alessandras Aufmerksamkeit erregt. Rauch umhüllt den Kirchturm. St. Mary brennt.

Kapitel 17

Amy erstarrt, ihr wird schlagartig übel und eiskalt. Was ihr an Liebe für Fred fehlt, empfindet sie für diese Kirche. Die heilige Stätte war ein Zufluchtsort. Hier hat sie bei all dem Chaos und der Verwirrung, ihrer Verlorenheit und Verluste immer etwas verstanden oder wenigstens geglaubt, dass sie es versteht. Sie denkt an die farbenprächtigen Fenster, an die heilige Therese, den Altar, die Bänke, die Orgel, die Kerzen, die armseligen Sammelbüchsen, den Myrrhegeruch. Sie sieht die Gesichter der vertrauten Menschen vor sich: Katrya, Connie Giacchino, Monsignore Ricciardi und all die anderen. Die Hüte, die Jacken, die Hände auf dem Messbuch, die Hostien auf den Zungen, das gemeinsame Singen, der Hostienteller, der Kelch, im Winter der Adventsstern.

Sie weiß nicht, was passiert ist, aber sie weiß, dass es kein Zufall ist. Vor fünfzig Jahren ist die alte Kirche abgebrannt und jetzt brennt auch die neue. Das muss Dom getan haben, und das heißt, es ist ihre Schuld. Ihre Schuld. Ihre Schuld.

Amy Lynn Therese Falconetti, das ist dein Werk.

Alessandra geht um das Auto herum zur Beifahrertür, öffnet sie und wirft Amy einen mitleidigen Blick zu.

Einen Moment erwidert Amy den Blick, dann dreht sie sich zurück in die Richtung, woher der Rauch kommt. Ein Löschfahrzeug ist an der Ecke zur Twenty-Third Avenue stehen geblieben und blockiert den Weg. Das rotierende Licht streicht über die Häuser.

Alessandra sagt nichts. Sie steigt ein und zieht die Tür zu.

Der Motor läuft noch kurz im Leerlauf, dann legt der Fahrer den Rückwärtsgang ein und steuert das Auto den Block hinunter, biegt rückwärts in die Twenty-Fourth und fährt geradeaus Richtung Cropsey Avenue und Belt Parkway.

Amy macht sich auf den Weg zur Kirche. Ihr Herz rast. Sie weiß nicht, was dort auf sie wartet. Aber sie kann nicht einfach weglaufen. Sie hat Angst, aber dadurch fühlt sie sich lebendig.

Feuerwehrleute ziehen Schläuche auf den Parkplatz. Sie brüllen sich Befehle zu, aber Amy hört sie wie durch Watte. Selbst das Prasseln des Feuers kann sie nicht hören. Im Kircheninneren müssen Flammen sein, aber sie sieht sie nicht. Nur den Rauch riecht sie. Es stinkt. Es stinkt nach brennender Kirche. Eine brennende Bank würde anders riechen. Oder eine Kneipe. Ein Haus. Eine brennende Kirche riecht wie das Ende von allem.

Das Pfarrhaus ist dunkel. Monsignore Ricciardi ist vielleicht noch bei Diane. Wahrscheinlich musste sie ins Krankenhaus und er hat sie begleitet. So etwas würde er tun. Er würde bei ihr bleiben, egal wie lang es dauert.

Weil der Weg über den Parkplatz versperrt ist, rennt Amy um die Ecke und an der Schule vorbei zum Kircheneingang in der Eighty-Fifth Street. Eine kleine Menge Schaulustiger hat sich versammelt. Vier Streifenwagen und ein Rettungswagen, das Blaulicht eingeschaltet. Ein zweites Löschfahrzeug mit pulsierenden Schläuchen blockiert den Parkplatz.

Auf dem Bürgersteig vor der Kirche steht Doms Daytona. Das Auto ist gegen das schwere Tor hinter dem Vorplatz geknallt, die Türen stehen weit offen, der Kofferraumdeckel, von dem der Spanngummi baumelt, ragt auf. Das Licht der Autoscheinwerfer fällt auf Alessandras Koffer. Dom muss zurückgestoßen und mit vollem Tempo auf den Bürgersteig gefahren sein, oder er wollte auf dem Parkplatz wenden und hat die Kontrolle verloren. Von ihm selbst ist nichts zu sehen. Genauso wenig von Fred.

Die Scheibe der Kirchentür, in die Doms Schuss geschlagen ist, hat jemand ganz herausgetreten. Auch das Glas einer der Türen dahinter fehlt, wahrscheinlich ist sie auch geborsten und dann eingetreten worden. Amy sieht Flammen in der Kirche, Altar, Baldachin, Teppich und Altartuch brennen lichterloh.

Mr. Pezzolanti steht bei einem Grüppchen Polizisten und wischt sich mit einem weißen Taschentuch über den Kopf. Als er sie sieht, geht er zu ihr. »Amy?«, sagt er, als könnte er nicht glauben, dass das alles tatsächlich passiert.

»Es tut mir leid«, sagt sie. »Das ist schrecklich.«

Er schüttelt den Kopf. »Der Kerl, der deinen Vater angefahren hat, muss irre sein.«

»Was ist passiert?«

»Er ist in sein Auto gestiegen, hat den Rückwärtsgang eingelegt und hat noch mal versucht, deinen Vater umzufahren. Dieses Mal ist er auch auf mich los. Aber er ist wogegen gedonnert. Dann ist er aus dem Auto raus, hat sich irgendwelche Taschen oder Beutel aus dem Kofferraum geschnappt und ist zur Kirche gerannt. Dein Vater ist ihm hinterher und hat ihn gestellt und angebrüllt. Woher er die Energie hatte, nachdem er angefahren worden war, ist mir ein Rätsel. Du hättest ihn hören sollen. ›Lass bloß meine Tochter in Ruh‹, hat er gebrüllt und ihn Arschloch und Dreckschwein und was weiß ich noch genannt. Der Kerl hat wohl was abgekriegt bei dem Aufprall auf das Tor, aber dann hat er sich geschüttelt und angefangen, mit der Knarre rumzufuchteln. Und dann sind die ersten Cops aufgetaucht.«

Die Geschichte erschüttert Mr. Pezzolanti zutiefst. Dass die Kirche, die er sein Leben lang besucht, in Flammen steht, scheint ihm weniger zu schaffen zu machen als diese actionfilmreife Szene. »Ich konnte gar nicht so schnell schauen, wie der Kerl die Kirchentür eingetreten hat. Schreit rum wie Jimmy Cagney. ›Mich kriegt ihr nicht!‹ So blöd kann doch keiner sein. Dein Vater hinterher, als wär er Superman, kaum zu glauben. Die Cops brüllen. Sie haben auch ihre Waffen gezogen. Dann fängt's an zu brennen. Keine Ahnung, was der Kerl da drin gemacht hat.

»Sind die beiden nicht wieder rausgekommen?«

»Nicht dass ich wüsste.«

»Ich fass es nicht.«

Mr. Pezzolanti legt einen Arm um sie. »Armes Kind.«

Amy kann gar nicht glauben, dass Mr. Pezzolanti noch Mitleid mit ihr hat. Nachdem sie fast keinen Finger gerührt hat, als Fred angefahren wurde. Nachdem sie direkt oder indirekt Alessandra, Diane, Fred und alle anderen in Gefahr gebracht hat. Wenn sie nicht dauernd Mist gebaut hätte, gäbe es dieses Feuer überhaupt nicht. Aber sie sagt nichts. Es ist schön, dass sie sich einen Moment lang als das bemitleidenswerte Kind fühlen kann, das er in ihr sieht.

»Geht's deiner Freundin gut?«, fragt er.

»Sie ist weg.«

»Aber ihr Koffer steht doch noch auf dem Bürgersteig.«

Amy zuckt die Achseln.

»Komm, setz dich.« Mr. Pezzolanti deutet auf das Mäuerchen vor dem Apartmenthaus an der Ecke.

»Es geht schon«, sagt Amy.

Die Cops haben sich offenbar darauf verständigt, nichts zu tun, außer die Schaulustigen in Schach zu halten. Sie sehen wie Filmcops aus. Schnittige Uniformen und konfus-arrogante Mienen. Erleichtert treten sie einen Schritt zurück, um die

Feuerwehrleute ihre Arbeit machen zu lassen. Den Bewaffneten und den Alten, der ihm in die brennende Kirche nachgelaufen ist, haben sie wahrscheinlich abgeschrieben.

Sie starrt auf das Feuer wie auf eine offene Wunde.

Der Gedanke, dass Monsignore Ricciardi jeden Augenblick auftauchen, auf die Knie fallen und in Tränen ausbrechen könnte, macht sie nervös.

»Bin gleich zurück«, sagt Amy zu Mr. Pezzolanti und windet sich aus seiner Umarmung. Unbeholfen lässt er die Arme sinken. Als wüsste er nicht, was er sonst tun sollte, als sie zu trösten.

Sie hält es nicht mehr aus. Sie hält ihre Schuld nicht mehr aus.

Amy überlegt, dass sie in die Wohnung gehen, ihren Rucksack nehmen und abhauen sollte. Dem Brand und Mr. Pezzolanti den Rücken kehren und Alessandra folgen. Zur Twenty-Fifth Avenue gehen und in eine D Richtung City steigen. Dort in die J oder M wechseln. In zwei Stunden kann sie bei Gwen sein.

Ein paar Schritte von Mr. Pezzolanti entfernt nimmt sie ihr Handy und schreibt Gwen eine SMS: *Bin auf dem Weg.* Gwen simst sofort ein Emoji zurück, aber das Uralthandy von Amy kennt so etwas nicht und zeigt ein Fragezeichen in einem Kästchen.

Dann fällt Amy Alessandras Koffer ein, der mitten auf dem Bürgersteig steht. Den sollte sie vielleicht mitnehmen. Er hat Rollen. Dann hätte sie einen Grund, sich zu melden. Sie könnte sich bei Alessandra melden und ihr anbieten, den Koffer zu schicken. Sie hat schon öfter gesehen, wie jemand in der Post einen Koffer aufgegeben hat. Oder sie behält einfach die Sachen, die darin sind. Sie könnte Alessandras Unterhosen und

BHs und T-Shirts tragen. Das Strandparfüm benutzen. Die Tabletten nehmen. Dann wird sie sich ein bisschen wie Alessandra fühlen. Und das Medaillon, das sie Mrs. Epifanio geklaut hat, wird sie auch behalten. Sie ist stark. Sie wird es tragen, um sich zu erinnern, dass man der Welt den Stinkefinger zeigen kann, auch wenn es um einen herum lichterloh brennt. Aber das ist albern. Sie ist keine Jeanne d'Arc. Das Feuer wird sie verzehren.

Vor einem Polizeiauto überquert sie die Straße und starrt auf den Koffer im Scheinwerferlicht des Daytona. Wenn sie ihn holt, wird sie den Feuerwehrleuten nicht in die Quere kommen. Sie muss sich nur schnell bücken, den Griff packen und zu ihrer Wohnung gehen. Klar könnte sie jemand beobachten. Mr. Pezzolanti oder Monsignore Ricciardi, wenn er denn auftaucht. Was Dom angeht, der ist wahrscheinlich tot.

Sie geht zum Koffer.

Als sie den Griff herauszieht und den Koffer aufrichtet, meint sie etwas aus dem Augenwinkel zu sehen. Aber da ist nichts. Der Koffer gehört ihr. Sie zieht ihn über den holprigen Bürgersteig hinter sich her.

Sie denkt an Alessandra in dem weißen Uber-Malibu mit getönten Scheiben auf dem Weg zum Flughafenhotel. Sie wird nicht zurückkommen. Bestimmt nicht. Die Gegend hier hat zu viele Wunden bei ihr hinterlassen. Außerdem ist Alessandra einfach anders. Sie wird jemanden an der Hotelbar aufgabeln und sich eine neue Lüge ausdenken, die sie vergessen lassen wird, was sie vergessen will.

Amys Wohnungstür steht offen. Sie erinnert sich, sie nicht zugemacht zu haben. Den Koffer lässt sie am Gartentürchen stehen und geht rasch hinein, um ihren Rucksack zu holen.

Zuerst sieht sie Fred, dann Dom. Sie sitzen mit verrußten

Gesichtern am Tisch, die Tasche und die gelbe Kissenhülle – der gesamte Schmuck – zwischen ihnen. Dom hält die Pistole auf Fred gerichtet. »Ich hätt dich gleich umbringen sollen«, sagt er wieder zu Amy.

Amy überlegt, ob sie es aus der Wohnung herausschafft, bevor Dom einen Schuss abgeben kann. Wenn sie zur Kirche rennt, könnte sie sich hinter den Cops verschanzen. Dann wäre sie in Sicherheit und die Cops könnten sich Dom schnappen. Aber das wird nicht klappen, er hat die Waffe schon auf sie gerichtet.

»Lass sie in Ruhe«, sagt Fred.

»Ach, und warum?«, fragt Dom.

»Was willst du?«, fragt Amy. »Ich hab niemand was gesagt. Und werd's auch nicht.«

»Du hast mit meiner Mutter geredet«, sagt Dom. »Du hättest ihr garantiert gesagt, dass ich Vincent umgebracht hab. Das darf sie nicht erfahren. Deshalb bin ich zurückkommen.« Er hält inne. »Sie hat dir erzählt, dass sie mit ihm gevögelt hat, oder? Es stimmt. Vincent hat mir meinen Schmuck weggenommen, weil er mir meine Mutter wegnehmen wollte. Sie wollten zusammen weglaufen, nicht zu fassen, was? Sie ist doppelt so alt wie dieses Stück Scheiße.«

Amy starrt nach draußen. Sie hofft, dass jemand vorbeigeht und einen Blick ins Fenster wirft. Aber sie sieht nur das Blaulicht der Streifenwagen.

»Du hast bestimmt ein paar Fragen«, sagt Dom.

»Warum hast du die Kirche angezündet?«, fragt Amy.

»Das war nur zur Ablenkung«, sagt Fred. »Er hat eine von diesen kleinen Kerzen genommen. Ich hab versucht, ihn zu hindern.«

»Halt die Schnauze«, sagt Dom.

»Wir sind durch die Sakristeitür raus«, sagt Fred mit gesenktem Kopf. »Dann sind wir durch den Pfarrhausgarten und über ein paar Hinterhöfe hierher. Er hatte die Waffe auf mich gerichtet. Es tut mir leid.«

»Ich hab gesagt, du sollst die Schnauze halten«, sagt Dom zu Fred. Und dann zu Amy: »Du musst uns von hier wegbringen. Hast du ein Auto?«

Amy schüttelt den Kopf.

»Und dein Vermieter?«

Sie reagiert nicht.

»Also ja.«

»Du wirst mich sowieso umbringen«, sagt Amy. »Warum sollte ich dir helfen?«

»Weil dir nichts anderes übrigbleibt, Amy. Besorg den Schlüssel. Und dann bringst du mich zu der Karre, ohne dass es wer mitkriegt. Wenn du brav bist, lass ich dich vielleicht am Leben. Ich könnt dich mitnehmen. Du könntest meine Dienerin sein oder so was.« Wieder dieses Grinsen. Selbstzufrieden. »Wir kommen von hier weg. Keine Sorge. Ich bin vielleicht nicht der Schlaueste, aber ich hab immer Glück.«

Fred beugt sich vor und schlägt Dom die Waffe aus der Hand. Sie schlittert über den Boden. »Lauf!«, ruft er Amy zu.

Statt sich sofort zur Tür zu wenden, rennt Amy zum Bett und schnappt sich den Rucksack. In dem Moment schießt Dom von seinem Stuhl hoch und hechtet nach der Waffe. Fred stürzt ihm nach, packt ihn an den Beinen.

Amy wirft den Rucksack über ihre Schulter und dreht sich zur Tür.

Mit einem Tritt befreit sich Dom von Fred und bekommt die Waffe zu fassen. Er ist auf seinen Knien und Ellbogen.

Amy macht einen Satz durch die Tür und ist draußen,

umklammert den aluumwickelten Handlauf und stolpert Richtung Gartentürchen. Dom gibt einen Schuss ab, die Kugel sirrt an ihr vorbei, schlägt in Alessandras Koffer ein und wirft ihn um. Sie hofft, dass die Cops den Schuss hören, aber wahrscheinlich kriegen sie in dem Tohuwabohu nichts mit. Wie Alessandra kann sie von Glück reden, dass Dom so ein beschissener Schütze ist.

Er ruft, dass sie stehen bleiben soll.

Sie läuft weiter. Auf dem Bürgersteig wendet sie sich nach links und rennt so schnell sie kann davon. Unwillkürlich wirft sie einen Blick zurück. Dom ist durch die Tür und läuft ihr nach. Hinter ihm der hinkende Fred. Das muss den Cops doch auffallen. Dom hat die Waffe auf sie gerichtet, sie schwankt hin und her. So wie das alles läuft, wird er mit dem nächsten Schuss ein Baby erwischen, das in einem der Häuser schläft. Die Kugel wird durch eine Wand oder ein Fenster dringen und direkt in dem Bettchen einschlagen.

»Bleib stehen, Amy!«, ruft er. »Oder ich erschieß deinen Vater!«

Sie dreht den Kopf, läuft aber weiter.

Dom reißt den Arm herum und schießt auf Fred. Zweimal. Fred ist so dicht bei ihm, dass selbst Dom ihn nicht verfehlen kann. Ein Schuss trifft Fred in die Brust, der andere in den Bauch. Fred gibt keinen Laut von sich. Wie ein Sack Mehl fällt er um.

Keuchend bleibt Amy stehen.

»Mann, ich hab's dir gesagt«, sagt Dom, so als hätte er vergessen, wo er ist und wer da ist und was gerade passiert. Er sieht Amy an, dann blickt er zurück zu Fred. Drei Cops kommen mit gezogenen Pistolen von der Kirche angespurtet und brüllen ihm zu, die Waffe fallen zu lassen.

Dom lässt die Waffe nicht fallen.

Amy springt zwischen zwei parkende Autos. Duckt sich und schließt die Augen. Im Kopf sieht sie, was passiert. Ein Schuss von Dom, der von den Cops erwidert wird. Als sie neben der Stoßstange hervorlugt, liegt Dom da, Kopfschuss. Zwei Cops rennen zu ihm und bleiben neben ihm stehen, die Waffen nach wie vor im Anschlag. Seine Waffe ist ihm aus der Hand gerutscht. Er ist mausetot. Der dritte Cop beugt sich über Fred, kümmert sich um ihn. Fred scheint noch zu leben.

Sie steht auf und geht an Dom und den Cops vorbei. Die Cops richten ihre Waffen auf sie. Sie sind sich nicht ganz im Klaren darüber, was hier passiert.

»Das ist mein Dad«, sagt sie und die Worte klingen seltsam in ihren Ohren.

Sie senken die Waffen und fummeln an ihren Funkgeräten. Aus der Kirche quillt immer noch Rauch und treibt die Straße entlang.

Amy erreicht Fred und kniet sich neben ihn. Seine Augen sind offen.

»Der Rettungswagen steht an der nächsten Ecke«, sagt der Cop, der bei ihm ist. »Sie sind gleich da.« Mit seinem pausbäckigen Gesicht sieht er kaum älter als zwanzig aus. Über der Lippe hat er einen kleinen Leberfleck. Buschige Augenbrauen. Muskulöser Hals, muskulöse Brust, muskulöse Beine. Ein einziges Fleischpaket. Als er sich hinkniet, spannen sich seine Hosen, als würden sie gleich reißen. Das Licht der Straßenlaterne spiegelt sich in seinen glänzenden Schuhen.

Fred will etwas sagen. Jede Farbe ist aus seinem Gesicht gewichen und sein Bart zittert bei jedem gequälten Atemzug.

»Still, streng dich nicht an«, sagt Amy.

»Halt mich«, bringt er endlich hervor.

Sie nickt. Sie beugt sich vor, schiebt ihre Arme unter ihn und zieht seinen Oberkörper auf ihren Schoß. Als sie nach unten sieht, entdeckt sie die Schusswunden, hässliche, klebrige, blutende Löcher.

Zuerst scheint der Cop sie hindern zu wollen, aber dann besinnt er sich eines Besseren. »Sie sind seine Tochter, oder?«, fragt er.

»Ja«, sagt Amy. Ihr Vater in ihren Armen. Sie spürt das Blut, das sie miteinander verbindet, trotz allem.

»Ich bin bei dir«, sagt sie zu ihm. Sie weint nicht. Sie kann nicht weinen. Unvermittelt denkt sie an den Schmuck auf dem Tisch in ihrer Wohnung.

Fred versucht wieder zu sprechen. »Ich bin froh«, sagt er. »Froh, dich … zu sehen, wenn ich sterbe.« Seine Lippen verziehen sich zu etwas wie einem Lächeln.

Rauch und Stille. Ihr Vater. *Er.* Amy fühlt sich, als wäre ihr Innerstes nach außen gekehrt. Sie will bleiben, auch das bezeugen. Das ist das wenigste.

Epilog

Amy ist allein an der Gravesend Bay. Sie lehnt gegen die Motorhaube eines Chevy Caprice, Baujahr 89. Blau, blitzblank. Es war Mr. Pezzolantis Auto. Er wollte es ihr schenken, aber sie hat darauf bestanden, etwas zu bezahlen, und hat ihm tausend Dollar gegeben. Der geklaute Schmuck ist im Kofferraum. Dazu der Rucksack mit dem Rest der Fünftausend. Alessandras zerschossener Koffer und ihre eigene Holzkiste mit den LPs und den anderen Sachen, von denen sie gedacht hat, dass sie sie zurücklassen müsste, weil sie zu schwer sind, um sie zu tragen. Sogar ihren Hot Pot und ihren Wasserkocher hat sie mitgenommen.

Zu ihren Füßen steht eine Kaffeedose mit der Asche ihres Vaters. Sie will die Asche ins Wasser streuen, und dazu eignet sich diese Stelle so gut wie jede andere. Majestätisch überspannt die Verrazano-Brücke den Horizont. Die Sonne auf dem Wasser. Die Felsen. Auf der Promenade Menschen, die mit entschlossener Miene von Ceasar's Bay Bazaar bis zum Sixty-Ninth Street Pier in Bay Ridge Fahrrad fahren, joggen und angeln.

Die Blechdose hat die Farben der italienischen Trikolore. Medaglia d'Oro. Mr. Pezzolanti hat sie ihr gegeben. Im Beerdigungsinstitut wollten sie ihr zur Aufbewahrung der Asche eine Urne verkaufen. Aber das braucht sie nicht. Sie wusste, dass sie Freds Überreste irgendwo verstreuen würde. Zuerst hat sie an Queens gedacht. Dann wollte sie es unterwegs machen, an einem einsamen Bach oder auf einem Felsen in den Bergen, wo keiner von ihnen je gewesen ist, an einem versteckten, unbekannten Ort. Aber hier ist es okay. Es ist okay.

Die letzte Woche hat sie wie hinter einem Schleier erlebt. Sie musste der Polizei und Diane alles erzählen. Was sie gesehen hat. Doms Mord an Vincent. Doms Drohungen. Sie ist überzeugt, dass nicht alles Sinn ergab, besonders für Diane, die wahrscheinlich für immer glauben wird, dass Amy tiefer in die Sache verstrickt war und einen Keil zwischen Dom und Vincent getrieben hat. Noch weiß niemand von dem Schmuck.

Amy ist Monsignore Ricciardi so lange wie möglich aus dem Weg gegangen. Er war in heller Aufregung wegen des Brandes in der Kirche, auch wenn er ihr nicht die Schuld daran gab. Aber es gab so viel zu erklären, ohne dass sie viel erklären konnte. Mit Mrs. Epifanio zu sprechen würde nichts bringen. Mrs. Mescolotto, jetzt offiziell in Trauer, spülte eine Packung Schlaftabletten mit ihrem teuren Wodka runter, starb aber nicht. Jeder wusste, was Dom Vincent angetan hatte. Nur wusste keiner, warum. Alle sagten auf einmal, dass er ein Hitzkopf gewesen sei, dass er so habe enden müssen.

Amy war zwischenzeitlich bei Gwen in Williamsburg untergekommen, wo sie wenig geschlafen und viel getrunken hatte. Jetzt ist sie müde. Ihre Lider sind schwer. Sie ist hierhergefahren, um die Dose auszuleeren, dann macht sie sich endgültig auf den Weg.

Am Tag nach Freds Tod hat Alessandra ihr eine SMS geschrieben, dass sie zurück in Los Angeles ist, Hunde ausführt und so tut, als würde sie den ganzen Tag Yoga machen. Sie hat nicht gefragt, was noch passiert ist, weder Sorge noch Fassungslosigkeit darüber geäußert, wie scheiße alles gelaufen ist. Amy hat ihr nur knapp geantwortet und nichts von ihren Plänen geschrieben. Wenn, dann will sie Alessandra überraschen und eines Tages mit ihrem Koffer und dem vielen Geld vor ihrer Tür stehen. Dann könnte Amy einfach sagen: »Siehst du, der irre Traum ist Wirklichkeit geworden. Ich hab doch die Gelegenheit ergriffen.«

Aber Alessandra kann nicht das Ziel sein, das weiß sie inzwischen. Das ist eher zu verschwinden, wohin und wie sie will.

Es war nicht schwer, sich den Schmuck unter den Nagel zu reißen. Niemand wusste, dass er in der Wohnung war, und die Cops hatten keinen Grund, zu ihr zu kommen. Nur Dom hat davon gewusst. Mr. Mescolotto hat keine Ahnung, dass das Zeug nicht mehr da ist und dass es eigentlich nur darum ging. Vielleicht würde er sich das Ganze bald zusammengereimt haben, aber bis dahin wäre sie schon über alle Berge und hätte den Schmuck vielleicht schon zu Geld gemacht. Aber nachdem sein Sohn von der Polizei erschossen worden ist und seine Frau im Krankenhaus liegt, wird Mr. Mescolotto erst mal anderes im Kopf haben.

Auf dem Beifahrersitz liegt eine Straßenkarte. Amy hat sie in einem Laden in Williamsburg gekauft und alle Städte umringelt, in denen sie Station machen könnte: Austin, Chicago, Minneapolis, Denver, Seattle, Portland, San Francisco, vielleicht sogar Los Angeles. Sie hat sich die Strecken, die interessant sein könnten, gemerkt, Touristenattraktionen, Nationalparks und Seen angekreuzt. Sie wird durch Gegenden fahren, die sie nicht kennt und von denen sie nie gedacht hätte, dass sie sie einmal sehen würde. Sie wird in billigen Motels übernachten, fernsehen, sich mit traurigen kleinen Hotelseifen unter trostlosen Duschen waschen und in Raststätten Pancakes essen. Irgendwann wird sie eine Wohnung mit einem großen sonnigen Fenster finden, wo sie auf dem Fensterbrett einen Kaktus ziehen kann. In Mr. Pezzolantis Auto – *ihrem* Auto – ist ein Kassettendeck. Jede ihrer Kassetten wird sie anhören. In voller Lautstärke. Die Kassetten hat sie in eine Schuhschachtel sortiert und neben die Karte auf dem Beifahrersitz gestellt. Sie liest gern die Bandnamen und Plattentitel, die auf die weißen Rücken gekritzelt sind.

Jetzt nimmt sie die Kaffeedose und geht zum Zaun. Es ist Ebbe. Das Wasser schwappt die Felsen hoch. Sie sieht eine Ratte, schleimiges grünes Moos weht im Wasser und ein paar verlorene Tennisbälle und Plastikstücke treiben in der Brühe. Hinter ihr rauscht der Belt Parkway. Bald wird sie Teil dieser Geräuschkulisse sein. Sie zieht den Plastikdeckel von der Dose und streut ihren Vater auf die Felsen. »Eigentlich ist das Einzige, was jeder braucht, ein Platz zum Schlafen«, sagt sie. »Den verdienst wahrscheinlich auch du, Fred.« Die Asche auf den Felsen wird dunkel, dann schlägt eine Welle darüber und sie ist weg. Amy vergisst, ein Gebet zu sprechen. Die Kaffeedose wirft sie in eine am Zaun hängende schwarze Mülltüte.

Zurück im Auto setzt sie sich hinters Lenkrad, lässt den Motor an und schiebt eine Kassette ein. L7, *Bricks Are Heavy*. Ihr Handyakku ist leer. Sie will kein Handy mehr. Sie will allein sein auf der Straße zwischen hier und irgendwo, nur sie und die Musik. Sie will in den Ausläufern einer Stadt ankommen, so wie jemand vor langer Zeit angekommen wäre: müde, verloren, hungrig nach Gesellschaft. Vielleicht wird sie sich eine Zeitlang wie neu fühlen, dieser Mist der letzten Tage ein Film, den sie kein zweites Mal sehen will.

Danksagung

Der Autor möchte sich bei folgenden Personen für ihre Großzügigkeit, Unterstützung und Ermutigung bedanken:

Nat Sobel, Judith Weber, Siobhan McBride, Sara Henry, Kristen Pini, Adia Wright, Katie McGuire, Claiborne Hancock, François Guérif, Simon Baril, Oliver Gallmeister, Marie Moscoso, Jeanne Guyon, Sebastien Bonifay und den vielen wunderbaren Buchhändlern und Lesern in Frankreich. Alex Andriesse, Jimmy Cajoleas, Megan Abbott, Ace und Angela Atkins, Jack Pendarvis und Theresa Starkey, Tom Franklin und Beth Ann Fennelly, Chris Offutt und Melissa Ginsburg, Lee Durkee, Tyler Keith, Burke Nixon, Abby Greenbaum, Anya Groner, Kevin Fitchett und Rachel Smith, David Swider und End of All Music, David Shirley, Gary Short, John und Heather Brandon, Willy Vlautin, J. David Osborne, Dave Newman und Lori Jakiela, Micah Adler und Richard und Lisa Howorth, Cody Morrison, Lyn Roberts, Bill Cusumano, Slade Lewis, Katelyn O'Brien und allen anderen bei Square Books. Insbesondere Katie Farrell Boyle, Eamon Boyle, Connolly Jean Boyle, Geraldine Giannini und Rosemary Giannini.